AMANHÃ TARDARÁ

AMANHÃ TARDARÁ

ROMANCE

PEDRO JUCÁ

Copyright © Pedro Jucá, 2024
Copyright © Editora Planeta do Brasil, 2024
Todos os direitos reservados.

Revisão: Marina Castro e Fernanda Guerriero Antunes
Projeto gráfico e diagramação: Gisele Baptista de Oliveira
Capa: Gabriela Pires
Imagem de capa: Mika Takahashi

DADOS INTERNACIONAIS DE CATALOGAÇÃO NA PUBLICAÇÃO (CIP)
ANGÉLICA ILACQUA CRB-8/7057

Jucá, Pedro
   Amanhã tardará / Pedro Jucá. -- 1. ed. -- São Paulo :
Planeta do Brasil, 2024.
   320 p.

   ISBN: 978-85-422-2747-5

   1. Ficção brasileira I. Título

24-2224   CDD B869.3

Índice para catálogo sistemático:
1. Ficção brasileira

Ao escolher este livro, você está apoiando o manejo responsável das florestas do mundo

2024
Todos os direitos desta edição reservados à
Editora Planeta do Brasil Ltda.
Rua Bela Cintra, 986, 4º andar – Consolação
São Paulo – SP – 01415-002
www.planetadelivros.com.br
faleconosco@editoraplaneta.com.br

*A minha mãe, meu pai
e minha irmã,
pelos desencontros do passado
e pelos muitos outros que
no futuro virão.*

Nós olhamos para o mundo uma única vez, na infância.
O resto é memória.
– Louise Glück, *Nostos*

*

Irmãos, a um só tempo, ao Amor e à Morte
Gerou o destino.
– Giacomo Leopardi, *Amore e Morte*

*

No mundo, perene trânsito,
calamo-nos.
E sem alma, corpo, és suave.
– Carlos Drummond de Andrade, *Dissolução*

zero

A última parte da viagem até a casa de minha infância eu teria de trilhar a pé.

Eu havia descido do ônibus no arremedo de rodoviária que ficava no alto da pequena Vila de Ourives, onde vivi por quase trinta anos de minha vida. Olhando-se para baixo daquele ponto, ainda não se viam as casas dos moradores, construções de madeira escondidas por encostas e ângulos. De mais adiante, lá do final do povoado, contudo, já me alcançava, como um brilho fragmentado através das copas das árvores, o Rio do Ourives. Era lá, à sua beira, que eu precisaria chegar.

Não sei se foi o cansaço da viagem a pousar sobre minha nuca (foram quase dois dias inteiros entre voos, aeroportos e ônibus), mas a caminhada me abateu muito. Enquanto eu descia por um caminho que se mostrava sem volta, o rio parecia crescer – passou de um rumorejo quase imperceptível a um constante zumbido e, por fim, depois que ultrapassei a casa de minha irmã e cheguei a meu destino, a uma fonte de franco tormento auditivo.

Me sentei sobre um dos três degraus da sacada e joguei a bagagem a meus pés, cuidando para não fazer barulho. Eu me sentia exausto, minhas têmporas latejavam. Do outro lado da rua, mais para cima, ficava a casa de minha irmã. As cortinas estavam fechadas e não havia sinal de movimento em seu interior. Talvez ainda estivessem dormindo. Um pouco mais adiante, à minha esquerda, a estrada dava lugar a um caminho de terra. A trilha furava o paredão de árvores altas e cerradas que, parecendo proteger o Rio do Ourives, desenhavam para ele um improvável pórtico. Quantas vezes eu não tinha atravessado aquela passagem? A pergunta brotou em mim e, de imediato, me conduziu até Yule, sua mãozinha segurando forte na minha enquanto passávamos por debaixo do dossel de folhas e galhos envergados.

Decidi entrar (naquele momento, pensar em minha sobrinha mais velha seria insuportável).

A porta estava aberta, o que não era raro. Entrei e ajustei minha visão ao interior da casa, dominado pelo fogão a lenha revestido de tintura azul-clara. Era dele que eu e Nine costumávamos roubar calor nas noites mais frias, conversando conversa de criança e rindo muito, até que nossos pais pedissem silêncio para ver a novela das oito. Agora a casa estava vazia, mas o ar frio que se acumulava ali durante a noite não estava tão denso, o que significava que alguém já havia caminhado pela sala e pela cozinha. Fui até meu quarto para finalmente me livrar das malas e, com alguma surpresa, descobri que minha mãe havia escolhido mantê-lo como era, a mesma mobília, a mesma disposição. As portas de todos os cômodos estavam abertas – à exceção do quarto onde inferi estar meu pai.

Como, além dele, não havia mais ninguém em casa, resolvi tomar um banho e dormir. Depois de me vestir dos grossos pijamas que encontrei lavados e passados em meu antigo armário, trombei com a velha gata de minha mãe.

Não acreditei que a Mima ainda estivesse viva. Como se quisesse me assegurar de que estava mesmo diante de mim, ela miou baixinho e veio se roçar em minhas pernas, o rabo negro de escovinha em riste, vibrando. Mima tinha um perfil meio siamês, o pelo ia escurecendo na extremidade de seu corpo raquítico. Suas orelhas estavam carcomidas, algum fungo havia corroído a pele ao redor de seus olhos e de sua boca. Apresentava falhas pela pelagem de todo o dorso e se coçava muito, soltando pequenos gemidos. Que dó que eu tive da Mima. Revoltado com todos da família, me impus, naquele mesmo momento, a tarefa de cuidar dela – queria que, sob meus cuidados, ela passasse o resto de sua vida com alguma dignidade.

Indiferente a minhas comoções, Mima logo se entediou de mim. Quando me deu as costas e saiu para a sala, ouvi, vinda de longe, a voz de minha mãe. Sem muita ponderação, me dirigi para fora.

Minha mãe e Nine vinham com cestos cheios de peixes. A seu lado, a pequena Rute, calçada de galochas que lhe subiam até os joelhos, saltava em uma brincadeira ensimesmada. Me senti flagrando e invadindo uma cena íntima, uma familiaridade de que, por pactos antigos e tácitos, eu havia aberto mão. Não soube o que fazer, então fiquei em pé, imóvel, na sacada, porém Rute, que vinha adiantada, logo deu de cara comigo.

Minha sobrinha mais nova – que, assim de perto, já não parecia tão menina – precisou engolir um grito quando percebeu que eu era *eu*. Sem saber o que fazer, se virou angustiada para minha irmã, mas Nine dava atenção aos próprios passos, absorta em uma conversa com nossa mãe, ambas concentradas em não deixarem cair os peixes recém-pescados. Rute baixou a cabeça e fixou o olhar no chão. Respirou fundo para tomar coragem e disse baixinho: "oi, Tio Cello". Depois, como se finalmente entendesse que aquela era uma situação complexa demais para que seu pequeno coração de criança conseguisse compreender, abriu um berreiro a chorar.

Nine largou o cesto que carregava e os peixes se esparramaram no chão em espasmos discretos, resto involuntário de vida. Minha irmã correu até sua filha e a recolheu com um cuidado violento. Dirigiu sua hostilidade não somente a ela, mas sobretudo a mim, com um empurrão em meu peito que quase me leva ao chão. Buscava, a um só tempo, proteger e alertar a prole incauta contra uma ameaça iminente. Recolheu a menina pelo braço e a carregou para o outro lado da rua, batendo com força a porta da frente de sua casa. Em nenhum momento ela olhou para meu rosto.

Pela primeira vez em muito tempo, ouvi a voz de minha irmã. Insensível ao choro da filha, ralhava com ela a plenos pulmões. Um arrepio cruzou minha espinha: em seus gritos, eram nítidos o rancor e o medo.

Minha mãe recolhia os peixes do chão com uma placidez que só não me irritou porque, por lhe ser típica, foi reconfortante de testemunhar. Vê-la assim agachada em gestos tão serenos me encheu de ternura.

Ela se aproximou e me disse que estava surpresa, que não esperava que eu fosse retornar logo. Eu sentia sobre todo o meu corpo a quentura do pijama fresquinho, então sorri e aquiesci, me deixando vestir da mentira de minha mãe.

Ela entrou em casa sem me abraçar e colocou os peixes sobre a bancada de pedra que ficava antes da entrada para o quintal. Me pediu que não ligasse para a maneira como Inês havia me tratado – e ouvir sem apelidos o nome de minha irmã na voz apática de minha mãe foi o que, de tudo aquilo, mais me atingiu. Ela me orientou a não fazer barulho, pois meu pai tinha tido uma noite difícil e ainda dormia. Por fim, seguiu para os fundos da casa para estripar e limpar os peixes.

Não viu quando, me arrastando até o quarto, comecei a chorar.

O choro, entretanto, não engrossou. O sono e o cansaço me tomavam por completo, sugando para dentro de uma estranha espiral tudo o que, por meio de meus sentidos, chegava até mim. Imagens, sons e texturas foram se transformando em uma só e indistinta massa. Estive a ponto de adormecer quando me dei conta de que, infensa a tudo isso, persistia uma única e sólida presença sonora, que invadia meu quarto, meu corpo, meu sonho: inapagável como um corte profundo em minha terra natal, o Rio do Ourives continuava a correr sobre seu leito.

.1.

Em minha segunda manhã ali, acordei estranhando o inusitado calor para aquela época do ano. Precisei de alguns minutos para entender que não estava mais no outono do hemisfério norte, mas na primavera de Ourives.

Era sábado. Mamãe estava na cozinha arrumando os pratos. Perguntei-lhe se papai já havia acordado, e ela me respondeu que provavelmente não, pois, se fosse o caso, já a teria chamado.

Eu ainda não o havia visto, em parte porque minha mãe, que controlava a pinça cada acontecimento da casa, buscava adiar nosso reencontro. Talvez achasse que nem eu nem ele estivéssemos prontos, no que, ao menos quanto a mim, eu seria obrigado a concordar. Eu antevia que a realidade de meu pai deveria ser apreendida aos poucos, absorvida a goles parcimoniosos, então era de bom grado que me submetia ao ritmo ditado por minha mãe.

Meu olhar se transportou da mesa posta para o aparador no canto da sala, móvel dominado pelo retrato do casamento de meus pais. Na revelação já quase sem cor, mamãe tentava conter, no rosto impassível, a alegria entretanto denunciada por seus olhos. Papai, que a abraçava por trás, se traía e deixava transparecer, intrusa à sisudez militar, uma sombra de sorriso. Ambos fitavam um ponto imaginário logo acima do fotógrafo, como se vislumbrassem os dias de um futuro promissor.

Mamãe passou em frente ao retrato e interrompeu minha contemplação. Ela já não era a mesma. A moça enlevada do retrato se transformou na jovem mãe diligente e, agora, diante de mim, na senhora comedida que se punha à mesa, inspirando fundo. Não consegui distinguir se estava cansada ou triste, mas, sob certas circunstâncias, isso não importa, a vida dá um jeito de nos fazer os dois. Sua postura combalida me comoveu. Me estirei por cima da mesa e toquei sua mão.

— Ele vem piorando muito... Como estão as coisas lá nos Estados Unidos?

A discrepância abrupta entre os dois assuntos me chocou. Ela não era dada a digressões, costumava ser sucinta, direta, crua. Esperei que emendasse com algo como "desse mês ele não passa". Em vez disso, se calou. Minha mãe queria tratar de assuntos sérios, mas lhe faltou coragem – ou talvez já não se sentisse tão próxima de mim. Tive raiva dela, me senti alienado, como se ela tivesse realizado um grande feito e sonegasse de mim a informação.

Abri a boca e despejei sobre ela dezenas de fatos aleatórios a respeito de meu cotidiano na universidade, de meu desencanto com a educação superior americana, de como o povo de lá oscilava entre a obesidade e a ortorexia nervosa, de como suas relações eram voláteis e descartáveis, de como eu odiava e amava aquele país, de como eu me tratava com *Vick*, analgésicos e muito líquido quando adoecia, para não ter de recorrer a um sistema de saúde falido, de como o racismo lá conseguia ser ainda mais arraigado que no Brasil e, pasme, em Ourives. Falei tudo isso quase sem respirar, filtrando de meu discurso qualquer informação que de fato concernisse a mim. Enquanto falava, busquei me convencer de que aquilo era uma vingança minha, que, de propósito, eu deformava minha personalidade para, num contragolpe, deixá-la constrangida. Só então me dei conta de que a criança silenciosa e o rapaz circunspecto que tomou seu lugar já haviam realmente deixado de existir, substituídos, em definitivo, pelo homem articulado que, por vários minutos, dominou o ambiente da sala sem fingimento algum. Eu também havia mudado, não se tratava de uma pantomima. Não era justo que eu sentisse raiva de minha mãe por não ser mais quem era antes. Além disso, por mais diferentes que estivéssemos, não teríamos como ir muito longe: comungar de um passado é elo que não se muda nem se move.

. 2 .

Os sábados de minha primeira infância também começavam daquela maneira, sob o estandarte daquele retrato. Eu acordava sempre com o barulho de meu pai trabalhando, o claque-claque afofado do arado rasgando a terra, o chope-chope de lenha cortada no inverno, o mugido terrível do gado morrendo para ser carneado (nesse último caso, eu ficava deitado, paralisado, até que mamãe viesse me buscar). Eu me levantava e, lençol arrastado atrás de mim, ia até o quarto de Nine. Mesmo sob o pouco peso de meu corpo de menino, a madeira do piso rangia, e eu achava bom porque soava como um anúncio de minha chegada. Sentado na cama de minha irmã, eu me encostava contra a parede gelada e, chupando o dedo, observava cada um de seus movimentos.

Inês não se importava que eu a assistisse brincar com as bonecas. Vez ou outra, sobretudo quando a narrativa que ela construía em voz alta ganhava contornos mais dramáticos (algumas discussões chegavam a terminar em tapa), eu me sentia corajoso o suficiente para pedir que me deixasse participar. Eu lhe fazia a concessão de me dar a boneca mais feia, me bastaria até segurá-la calado, não tinha problema. Mas Nine era irredutível. Ela me alertava que papai não queria me ver metido em brincadeira de menina, então, um pouco humilhado, eu me recolhia de volta à posição de espectador. A cortina de tecido da janela de Nine filtrava o sol ainda fraco, mesclando e extinguindo plena luz e plena sombra, difundidas assim em uma penumbra que, aderindo-se ao meu limbo entre sono e vigília, conferia à atuação de minha irmã uma qualidade de, a um só tempo, ser teatro e sonho, presente e recordação.

Quando eu começasse a piscar os olhos com peso, ameaçando adormecer de novo, mamãe aparecia para nos levar até a cozinha, onde bolachas doces, bolos e pães frescos nos esperavam. Como eu me sentava de frente para o retrato do casamento de meus pais, era impossível não ser convocado por ele.

— Mamãe, conta de novo a história do teu casamento?

Às vezes, Dona Hilde bufava e soltava um "hoje não!", o que fatalmente acontecia durante as provas – minha mãe era professora de português na pequena escola local. Chegou a dar aula a toda uma geração de Ourives, inclusive a mim e a Nine, para glória minha e desgraça de Inês, que nunca se deu muito bem nos testes. A cada dois meses, eram aplicadas avaliações parciais, período em que, apesar de acelerada, mamãe ainda se mostrava tratável. Ao final dos semestres, entretanto, ela precisava aplicar uma bateria de exames cuja elaboração e correção demandavam muito tempo e energia. Como jamais relaxava o pulso firme com que conduzia sua rotina de afazeres domésticos, passava a viver aborrecida. Eram aquelas as épocas do ano em que nos tratava com menos paciência – nunca chegou a nos bater, mas podia ser bastante ríspida.

Nos finais de semana regulares, no entanto, minha provocação era, para minha própria delícia, infalível. Mamãe se sentava à mesa meio de lado, uma perna cruzada sobre a outra, segurando a xícara de café fumegante e mordiscando uma das bolachas recém-tiradas do forno. Seu olhar mirava o longe, vagueando por pontos indefinidos de nosso vasto quintal. Balançava a cabeça como se, vasculhando aquela terra, vasculhasse também o antanho de sua vida.

.3.

O que eu imaginava do casamento de meus pais é que havia sido a festa mais bonita da região. Sempre avessa a toda sorte de invencionice, mamãe tentava me convencer do contrário. Insistia em descrições pálidas, muito mais apagadas do que meu aquarelesco olhar de menino anelava. A mim coube, assim, preencher os espaços vazios e repintar de minhas próprias e vívidas cores uma história que, de resto, devia se aproximar muito mais da prosaica narrativa de minha mãe.

Enquanto mamãe falava, eu me deixava fascinar, passando meu olhar dela a seu retrato, de seu retrato a ela. Eu acompanhava seu conto matrimonial com uma coreografia secreta, contraindo os pés quando chegava na parte da marcha até o altar e unindo as mãos em um círculo imaginário quando descrevia o grande buquê amarelo. Certa vez, sem conseguir domar a excitação, corri escondido para o quarto e, na parte traseira do cós da bermuda, enfiei inúmeros guardanapos abertos em cascata. Calcei um sapato de minha mãe – grande demais para mim –, arranquei flores de um vaso e saí desfilando com ar solene. Mamãe ainda tentou brigar comigo, mas Nine ria tanto que ela logo cedeu e começou a rir também. Quando ouvi papai chegando do roçado, trucidei minha fantasia de papel e a joguei no lixo.

. 4 .

Depois de se formar na Escola Normal, mamãe voltou da cidade a fim de se instalar de vez em Ourives, onde teria emprego garantido. Ela conta que havia conhecido meu pai anos antes, em um dos bailes promovidos pela prefeitura. O que ela nos revelava era uma versão mal costurada em que, por algum milagre de Páscoa, Vovó Márcia teria autorizado sua ida à festa, sob a condição de que retornasse até onze horas da noite. Antes de morrer, entretanto, minha avó – que era estrita em seus costumes e falava muito mal o português – desmentiu essa fábula, chamando sua filha Hilde de uma *"pela te uma namorateira"*. Na realidade, o que acontecia era que mamãe enganava meus avós e saía escondido, saltando pela janela para muitas vezes só retornar ao amanhecer.

Mamãe se lembra de que, naquela noite, usava branco, porque, assim que entrou no velho galpão que ficava no extremo oeste de Ourives, bem para além da gruta, papai veio *galanteá-la* dizendo que, se ela ficava tão *formosa* usando branco – nesse ponto do relato, Nine dava uma sonora gargalhada, no que, sem entender direito o porquê, eu a acompanhava por pura imitação –, era com ela que ele queria se casar. Ela percebeu que ele já estava bêbado e lhe perguntou se não tinha vergonha de, ainda tão cedo no Bailão, se apresentar daquele jeito à futura esposa. Papai teria respondido que, para ser feliz, não tinha hora. Eles não se falaram mais durante a festa, mas, dois dias depois, ele apareceu na casa de meus avós para chamá-la para sair.

Seu breve namoro foi interrompido pela decisão de mamãe de estudar na cidade. Ela nunca havia olhado com desprezo para a vida que seus pais levavam, mas antecipava de si um crescimento para além das formas que lhe eram dispostas, como quem prepara um bolo e só na última etapa – justamente a do preenchimento das formas – percebe que errou na receita e fez massa demais. Sua partida à capital refletia, assim, menos uma ambição que um repúdio ao desperdício. Naquele contexto, isso significou, ainda que sob a promessa de retorno, relegar papai a um segundo plano – mágoa da qual, no fundo, talvez ele nunca tenha deixado de se ressentir.

Ela jamais nos revelou com todas as letras, mas, como a um corpo cuja presença só se adivinha pela sombra que projeta, extraíamos de suas conversas sobre aquele tempo alguma figura masculina de importância. Quando, entrando na adolescência, eu e Nine ficávamos até tarde fofocando escondidos, chegávamos à conclusão de que mamãe havia mantido uma paixão clandestina na capital. Fantasiávamos sobre como teria sido tórrido o seu caso amoroso, ao ponto de descrever a intensidade de seus beijos e, depois de certa idade – ameaçando cruzar a linha da deferência materna –, a maravilha de seu sexo. Era, claro, um exercício bobo de imaginação, e dizia menos respeito às aventuras de nossa mãe que ao serão tardio entre mim e minha irmã. Nessa outra brincadeira de bonecas, Nine não apenas permitia, como ativamente demandava minha participação. Nós tentávamos conter o riso e, nisso, tínhamos ainda mais vontade de rir. Às vezes, não conseguíamos nos controlar e galhofávamos em alta voz, até que papai viesse e, aos gritos, me retirasse do quarto de Inês.

Com ou sem amante secreto, mamãe voltou a Ourives e reatou o namoro com papai, que tratou de logo a pedir em casamento. Vovó Márcia e Vovô Tonico não ligaram muito para a fama de beberrão do futuro genro. A eles importava apenas que os noivos conseguissem meios adequados de sustentar a si e aos filhos, então assentiram e deram sua bênção. Uma vez que mamãe havia começado a dar aula, papai arrendou para plantio um pedaço de terra próximo ao rio, local onde, depois de comprado – mais com o dinheiro dela que o dele –, viriam a construir a casa em que passariam o resto da vida.

Em seus dez meses de noivado, se esmeraram em juntar dinheiro para uma festa digna. Por papai, eles teriam se casado imediatamente, mas mamãe foi categórica em aguardar, pois não queria expor a cerimônia ao potencial destrutivo da estação chuvosa de Ourives.

. 5 .

Nessa parte do relato, eu desviava a atenção para o detalhe da chuva. Pedia que mamãe recontasse os antigos causos sobre o Ourives, mas ela não demorava a perder a paciência. Nosso momento estava terminado. Entre o medo e a excitação, eu insistia para que continuasse, puxando a barra de seu vestido. Quando se irritava de verdade, ela começava a narrar tragédias exageradas sobre um rio que crescia e engolia a vila inteira, como se fosse um monstro. Eu pedia mais, esticando uma corda que logo se rompia. Maravilhado e apavorado, caía no choro e corria para a cama de Nine, em cujos lençóis eu buscava refúgio. Mamãe ia até mim e, rindo, me acalmava, dizia que era tudo mentira, que eu não precisava me preocupar.

Depois da enchente que assolou nossa família, contudo, nenhuma daquelas histórias voltou a sair de sua boca.

.6.

Durante alguns meses do ano, chovia muito em Ourives, às vezes por semanas a fio. O céu assumia uma tonalidade firme e mudava de textura, tornava-se íntegro, de um cinza sem falhas. Parecia até mais próximo do chão. Nos dias mais frios, eu ia para a varanda todo encasacado e me sentava no piso de madeira para contemplar o efeito de esmagamento que aquele céu imprimia sobre a vila. Como nossa casa ficava na parte mais baixa de Ourives, eu olhava para cima e observava as colinas que, distribuídas a esmo em redor da vila, subiam e subiam até esbarrar no firmamento. Isso retirava de mim qualquer senso de temporalidade, o que me levava a cair numa hipnose meditativa. A certo ponto, eu tirava luvas, calçados e meias, e esperava que o frio agudo se infiltrasse em minha carne através de dedos, mãos e pés, pulsos e calcanhares, antebraços e tornozelos.

Quando começasse a chover – e o frio já estivesse enrijecendo meus cotovelos e joelhos –, eu corria para dentro e dava de cara com Nine, que, embora costumasse ficar em seu quarto, não resistia a sair para ver a chuva. Naquele dia, ela olhou para mim atemorizada e me perguntou por que meus lábios estavam roxos. Decerto eu havia prolongado demais minha rotina de pequeno-masoquista. Era um flagra. A vergonha que senti faz, ainda hoje, frente a muitas vergonhas, de criança e de adulto, que eu viria a passar. Primeiro a abracei muito forte, depois segui de cabeça baixa até o banheiro e tomei um banho tão quente e tão longo quanto minha pele aguentou. Quando, logo depois, papai voltou ensopado do roçado, e, mais tarde, mamãe retornou de galochas e guarda-chuva da escola, Nine não lhes contou nada. Em vez disso, me puxou para a janela da sala e ali mesmo forjou uma tradição que seguiríamos em boa parte dos dias chuvosos de nossa infância.

No sofá da sala, nos sentávamos sobre os joelhos e, apoiando o queixo sobre o peitoril da janela, assistíamos ao espetáculo das precipitações em Ourives. Desde o cume da colina mais alta, pequenos veios de água iam se abrindo no solo terroso e, entrecruzando-se e agregando-se em feixes cada vez maiores, desaguavam no riacho de curso vário que passava em frente a nossa casa e descia para enfim se unir ao Ourives. A vila inteira parecia se dobrar a algo muito mais grandioso do que ela. Em nossas mãos, porém, a solenidade do momento não durava nada. O jogo que Nine me propunha era o de adivinhar o que a chuva carregaria até o rio. Nunca acertávamos, mas o absurdo dos objetos trazidos era, no fundo, a única coisa por que ansiávamos: roupas, sapatos, comida, eletrodomésticos, bijuterias, cadeiras, poltronas e, apenas uma vez – que nos fez rir com tanta violência que eu fiquei sem ar e Nine fez xixi nas calças –, uma criança, a filha de uma vizinha. Por um instante, a mulher havia se descuidado, e a menina, que era uma peste, se aproveitou da desatenção para fugir de casa e se jogar na correnteza, em que vinha deslizando às gargalhadas, indiferente aos gritos da mãe.

.7.

Quando chovia muito, contudo, nossa farra virava pesadelo. Se descesse mais água do que a vazão do Ourives conseguiria transportar, as inundações de que mamãe falava se tornariam realidade.

Foi o que aconteceu naquele ano.

Eu era ainda muito novo. Estava sozinho na sala, brincando com Tobby, que rosnava de mentirinha em reação às minhas provocações. Nine estava em seu quarto, papai e mamãe acho que tiravam um cochilo, pois era domingo e a casa estava em silêncio. Eu vi quando, transbordando a linha imaginária do paredão de árvores ao longo do Ourives, uma fronteira movediça de água começou a afluir, se aproximando de nosso terreno em oscilações contínuas, como se o próprio rio se contraísse em regurgitação.

Fiquei paralisado, não consegui avisar nada a ninguém. Peguei Tobby no colo e comecei a me tremer, tentando represar o medo e o fascínio pelo rio que invadia a vila. Se eu acordasse meus pais à toa, brigariam comigo pelo resto da tarde. Eu não sabia o que fazer, mas, quando a água alcançou nossa soleira, extravasei minha agonia em um grito agudo. Quem primeiro apareceu foi Inês, com olhos arregalados e uma postura inquisitória:

— O que foi, Marcelo?

Eu chupava o dedo, sentado no sofá aos prantos. Tirei a mão da boca e tudo o que consegui fazer foi apontar para a janela. Quando veio até mim, Nine precisou afastar Tobby, que latia em meu colo. Ela olhou para fora e gritou alto. A água já estava na altura da sacada e logo mais entraria pela porta. Papai e mamãe apareceram em seguida, meio desnorteados, mas, assim que entenderam o que estava acontecendo, nos agarraram e correram para fora de casa.

Papai me carregava em seus ombros. Me lembro do aperto de suas mãos em meu corpo, em meio aos solavancos da corrida pela ladeira acidentada e escorregadia. Guardo também, com nitidez, a visão de meu pequeno cão lutando contra a torrente de água que queria empurrá-lo de volta para baixo. Eu gritava seu nome e espremia meus olhos, pedindo, mais do que tudo, que ele também conseguisse se salvar.

Quando alcançamos terreno alto o suficiente, papai me colocou de volta no chão. Dali, pudemos contemplar, impotentes, a titânica devastação da natureza sobre aquele pequeno reduto de criação humana. Ao nosso lado, sob a chuva implacável, inúmeros vizinhos e compadres, moradores do declive junto ao rio. Ao final, nossa casa estava quase inteira submersa. Mamãe chorava, perguntando a papai o que fariam agora. Eu queria protegê-la, mas estava aterrorizado e, por isso, me agarrei à perna de meu pai, que se desvencilhou de mim com uma joelhada. Voltei a chorar aos soluços, ao que Nine se aproximou de mim com Tobby no braço e passou a mão ao redor de meu pescoço. Nesse semiabraço, ficamos juntos por não sei quanto tempo, testemunhando o irreversível afogamento de Ourives.

.8.

Não vivi outra enchente como aquela. Na realidade, conforme Vovô Tonico e Vovó Márcia repetiriam dezenas de vezes ao longo das semanas seguintes, a Vila de Ourives nunca tinha conhecido tamanha destruição. O rio já havia baixado, mas, como ainda precisaríamos de tempo para reconstruir a casa e recompor o acervo da mobília perdida, passamos a morar provisoriamente com meus avós. A vida com eles impôs a todos nós uma rotina muito diversa da que seguíamos, e muitos dos acontecimentos que ali se deram serviram de alicerce para traços tectônicos de minha personalidade: do edifício de meu caráter vieram a constituir uma parte profunda, inacessível por meios diretos, mas nem por isso menos essencial.

Ali moravam dois dos muitos irmãos de minha mãe, Tio Cláudio, que eu e Nine chamávamos de Tio Dico, e Tia Mirtes, que nunca ganhou apelido, pois estava sempre envolta em uma atmosfera de irritação que nos afastava. Sua amargura se desvelava a pequenos sinais: a passada forte quando andava pelo corredor, o barulho alto enquanto colocava os pratos na mesa, as pequenas risadas irônicas que sempre entrecortaram as falas de minha avó.

Tia Mirtes sempre morou ali. Enquanto os demais filhos foram arribando como as aves sazonais de Ourives – ainda que, como mamãe, para pousar não muito longe –, minha tia nunca alçou voo. Terminou por se quedar na velha casa de meus avós, que já tinham quase oitenta anos e, por isso, precisavam de cuidados constantes. Tio Cláudio havia tentado ir embora, mas, desajeitado, se machucou e voltou de asinha quebrada para se curar. Quando Vovô Tonico nos contava essa história, eu achava que fazia muito sentido, porque meu tio andava sempre meio cabisbaixo e trazia sobre os pulsos duas bandagens que não tirava por nada.

Ficou decidido que mamãe e papai ficariam em um quarto, enquanto Nine dormiria com Tia Mirtes, e eu, com Tio Cláudio. Minha irmã fechou a cara quando a informaram disso e, nos dias que se seguiram, ela não pararia de reclamar dos roncos da bruxa da Tia Mirtes. Eu, ao contrário, achei bom, porque gostava de meu tio de uma maneira magnética e taciturna. À mesa do café da manhã, já suados do trabalho matinal, papai e vovô comentavam da lavoura e do gado, ao passo que as mulheres se dedicavam às mais variadas garrulices. Tio Dico, por sua vez, trazia na cara sonolenta uma concentração peculiar, dirigida à própria caneca. Com o olhar, ele se mergulhava inteiro no café e, nisso, a mim parecia dotado de uma dignidade que ao resto dos meus familiares faltava. Eu o achava muito bonito. Meu tio tinha um rosto muito branco, a boca, úmida do café, muito rósea, o cabelo e a barba curta muito pretos. Era nele que eu pensava quando, em uma daquelas primeiras noites de refugiado, escapuli para o quarto de mamãe e lhe perguntei, cuidando para que meu pai não ouvisse, com quantos anos eu teria barba. Mamãe riu e disse que só dali a muito tempo, depois que eu fosse gente grande. Aquilo me dilacerou por razões que, à época, de todo me escapavam. Chorei até ficar vermelho, chorei tanto que papai não brigou comigo e, por aquela noite, me deixou dormir em sua cama.

.9.

Depois do café da manhã, mamãe saía com Nine para a escola e papai descia para voltar a cuidar do pasto ou fazer consertos em nossa casa. Como ainda não frequentava as aulas, eu ficava sozinho por muitas horas, explorando e sendo explorado por hábitos de pessoas com quem não partilhava muito mais do que o sangue. Foram dias de ininterrupta expansão, dias em que, apesar de extático, amanheci dominado por uma vaga sensação de vertigem.

Meus momentos favoritos aconteciam quando os adultos se esqueciam de mim. Eu saía com Tobby para o jardim e ali vivíamos aventuras em faz-de-conta. Eu menosprezava a rica materialidade do quintal de meus avós para extrair dele, agora como enredo, todo o seu potencial. Se eu não subia nas árvores, era porque estava ocupado em imaginar quantos anos cada uma teria; se eu não corria atrás das galinhas, era porque inventava sentido para seus cacarejos, como se dialogassem comigo ou com meu cão; se eu não subia no poço e saltava entre suas paredes de pedra – como minha irmã fazia de tarde, se gabando de sua coragem –, era porque me dedicava a adivinhar, nos desenhos aleatórios de galhos e folhas acumulados sobre a água do fundo, a silhueta de algum animal ou pessoa.

Depois de lavar a louça do café, em geral sob instruções autoritárias de Vovó Márcia, Tia Mirtes saía para cultivar a horta vertical que mantinha rente à casa. Antes que eu voltasse a me alienar em meus jogos de imaginação, ela conseguia atrair minha atenção por alguns minutos. Vinha com um regador e uma tesoura, e, enquanto aplicava toda a sua diligência ao minucioso ofício de molhar, podar e colher ervas e temperos, parecia se dissolver de seu rosto a seca cola que endurecia sua expressão. Tia Mirtes tinha sempre uma feição carrancuda, porém ali se movia de maneira mais lenta, mais gentil, quase carinhosa. O milagre herbáceo durava até o momento em que minha avó levava uma cadeira para fora, se sentava para bordar e começava a reclamar de tudo, apontando cada um dos supostos erros da filha. Indicava que o jeito correto de cuidar do tomilho era assim, que a maneira ideal de adubar a terra era assado, que umidade demais fazia o coentro murchar.

A rabugice de minha avó não terminava ali. Depois de trazer de volta ao rosto de minha tia o azedume que lhe enfeava o semblante, era contra mim que a velha se voltava. Eu nunca ia muito longe no jardim, então seus músculos senis davam conta de acompanhar meu trajeto. Ela vinha até mim e me perguntava que diabos é que eu estava fazendo ali parado, olhando para o nada de boca aberta. Eu respondia que estava brincando com Tobby, ao que ela batia nele com a bengala e retrucava que eu era *"idiôta"*, que menino da minha idade era para estar *"supinto em árfore"*. Como não entendia bem o seu português carregado de sotaque, abaixava a cabeça e, calado, esperava que fosse embora. Só então eu saía ao resgate de Tobby, que, desconfiado, nos observava de longe.

Uma vez, na ponta dos pés, ela se esgueirou até mim em absoluto silêncio, o que, eu tinha certeza, exigiu todo o resto de destreza de seu corpo decrépito. Eu estava com a cabeça enfiada no poço, concentrado em um insólito balé de mosquitos. Sem fazer barulho nenhum, a velha se estirou por cima de mim e deixou que sua cabeçorra desgrenhada se refletisse na água. Mamãe nunca acreditou, mas ainda hoje me mantenho fiel à versão de que ela havia tirado a dentadura e arreganhado de propósito as gengivas para mim. Entre galhos e folhas, sua visão me pareceu medonha e me levou a soltar um grito fino, agitando os braços no ar. Tomada ela mesma de susto, Vovó Márcia bateu com a bengala em meu cocuruto, e eu comecei a chorar.

Na mesa do almoço, ela impôs a todos uma espécie de concílio. Dizia que eu não era uma criança normal, não era normal ficar vagando a manhã inteira sem fazer nada, não era normal gritar feito uma menininha só porque ela apareceu a meu lado. Meus pais conduziram o assunto de uma forma que não entendi, mas ficou decidido: no outro dia, eu sairia com meu avô para começar a aprender o trabalho no campo. Ele já não labutava tão pesado como meu pai, portanto aquela seria a circunstância ideal para que eu *"tomasse jeito te homem"*.

.10.

O transcorrer da noite foi pautado pelo suave metrônomo do ronco de meu tio. No breu insone daquela madrugada, sua presença me serviu de farol. Quando ele se virava no colchão e suspendia o ressonar por um instante, às vezes pigarreando, eu prendia a respiração e torcia para que acordasse e me narrasse uma das histórias que, nos últimos dias, vinha sempre me contando antes de dormir. Não aconteceu. Quando, às cinco da manhã, Vovô Tonico me cutucou no escuro, eu de pronto me levantei, pois mal havia conseguido pregar o olho.

    O sol ainda nascia. Saí no encalço de meu avô, que havia tomado a dianteira e ia me alertando de um arbusto venenoso, de um formigueiro ativo, de um buraco de cobra. Com um ancinho sobre os ombros, ele me explicava que nossa missão seria a de limpar o terreno dos fundos, para lá do córrego que cortava a propriedade. Sua intenção era usar o espaço para plantar pasto para o gado.

    Vovô Tonico disse que minha função era ajudá-lo a arrancar os tufos de grama mais arraigados ao solo. Sua coluna andava ruim, não queria ter que se dobrar tanto. Logo começou a trabalhar a terra. Seguia até que o ancinho encontrasse uma resistência e ficasse preso. Então eu me acocorava e mondava o mato com as mãos. Em alguns minutos, concertamos nossos movimentos em uma dinâmica quase automática. Eu me agachava próximo a seus pés, enroscava a mão direita nos talos maiores e, com a esquerda, cavava a terra para cima, puxando pela raiz. Eu não havia compreendido a conversa dos adultos no dia anterior, mas sabia que aquilo era um teste. Eu sentia que, se fosse reprovado, sofreria uma punição severa – algo como ser banido de ir à escola ou nunca mais ver mamãe.

    O sol subia à meia altura quando me atrapalhei. Minha camiseta estava encharcada, mas me mantive vestido. Eu era oprimido, já nessa época, por uma lancinante vergonha de expor meu corpo. Contra o sol, meu avô resfolegava como uma sombra sem muita forma. De seu torso descamisado, gotas de suor pingavam sobre meus olhos, que ardiam embaçados. Vovô Tonico disse que eu deveria tirar a camiseta também, e eu súbito me vi confrontado com uma parte do teste que não seria capaz de atravessar, por isso tropecei de cara no chão.

Meu avô desabou sobre mim – a máquina que construímos havia se desmantelado. Cheio de cólera, com o rosto salpicado de terra, ele deu um soco em minha cabeça, bem no alto da nuca. Aquela era a sirene que anunciava minha reprovação. Aturdido com a violência física vinda de um homem tão velho, consegui não chorar. Percebi, no entanto, que meu rosto se transtornava em um imóvel esgar de fingimento: comecei a sorrir. Olhei para meu avô e vi que ele compreendia quão grave era meu fracasso e, na mesma medida, quão ridículo era meu esforço de, com um sorriso, tentar despistá-lo disso. Minha figura o consternou tanto que, ainda no chão, ele me abraçou e disse que estava tudo bem, que aquilo acontecia.

O velho se levantou e foi comigo até o córrego. Tirou as roupas e, apiedado, lavando-se na água, ordenou que eu também me despisse. Ele não tinha como saber que, de tudo o que poderia ter acontecido, aquele era o desfecho que mais me torturaria. Eu não queria decepcioná-lo ainda mais, então, mortificado, tirei a roupa e entrei na água. Os minutos que passei ali foram insuportáveis. Mais tarde, quando estivéssemos de novo à mesa do almoço, Vovô Tonico contaria a todos sobre como eu havia sido um bom rapaz àquela manhã. Eu estava atordoado, mas, vinda do outro lado da sala, ouvi bem a risadinha ferina de minha avó.

.11.

As perversidades de minha avó não eram restritas a mim. As relações entre ela e as demais pessoas da casa não chegavam a ser esquemáticas, mas também não eram – à parte a conexão com Tio Dico – tão complexas que não pudessem ser agrupadas em dois conjuntos. No primeiro, o da malquerença quase hostil, estávamos eu, Nine e Tia Mirtes. No segundo, ostentando privilégios de que não tinham consciência, mamãe, papai e Vovô Tonico.

Eu logo me resignei com a posição que ocupava. Desde que escapasse de suas ativas investidas em maltratar a mim ou a Tobby, atravessaria aqueles dias mais ou menos em paz. Com minha irmã e minha tia, entretanto, acontecia o contrário. Embora ocupassem polos diametralmente opostos na cartografia da dinâmica familiar, nunca foram capazes de estabilizar os laços com Vovó Márcia.

Depois do almoço, sobretudo quando fazia calor, uma pesada modorra caía sobre todos nós. Enquanto meus pais tiravam a sesta antes de voltarem ao trabalho, eu aproveitava para me enfurnar entre os dois e gozar do diminuto período de sono em que papai consentia com minha presença. Quando eu me levantasse, já não os encontraria mais ali, mas ainda podia ouvir Tia Mirtes lavando louça na cozinha. Seus grunhidos de insatisfação reverberavam por toda a casa, se destacando em meio ao barulho do choque entre pratos, talheres e panelas.

Nine já estaria na sala rondando vovó, que bordava enquanto bodejava um dialeto esquisito, provavelmente maldizendo a filha e os netos. Minha irmã fingia fazer a tarefa de casa, mas não desgrudava o olho de nossa avó, na expectativa de que enxergasse seu esforço e dedicação. Como isso não surtia efeito algum, ela se aproximava de Vovó Márcia e improvisava alguma pergunta sobre a lição. Era muito claro o seu intento de mostrar a tarefa pronta, mas seus erros eram sempre o que primeiro chamava a atenção da velha, que dava sua típica risada de escárnio e se negava a respondê-la. Como é que a menina queria saber daquilo se não acertava nem o básico?

Minha irmã voltava humilhada a seu canto, mas não desistia. Ficava irrequieta, largava os livros e ia se sentar no sofá. Embora se mantivesse calada, toda a sua postura a denunciava. Empertigada, se inclinava para o lado e, com ares de cientista, observava cada ponto-cruz. Não queria aprender o bordado – queria agradar minha avó. A velha farejava de longe a intenção da neta, o que terminava por irritá-la ainda mais. Antes minha irmã a bajulasse com palavras. Vovó Márcia ficava possessa, perguntava o que é que aquela menina queria ali *"parata com poca aperta feito uma palerma"*, devia ser por isso que andava gorda igual a uma porca de abate. O insulto variava, porém o resultado era o mesmo: minha irmã corria para dentro do quarto de Tia Mirtes e não saía mais de lá até que, no final da tarde, meus pais retornassem do trabalho e pudessem servir de anteparo entre as carências de minha irmã e a amargura implacável de minha avó. Passados alguns dias, Nine parecia se esquecer de tudo, e, com algumas variações, o processo inteiro se repetia.

. 12 .

Com nossa tia, a animosidade de Vovó Márcia se despia do caráter meio cômico reservado aos netos e se degradava em uma crueldade muito desagradável de assistir. Nós éramos crianças e visitas, então, por mais maltratados que fôssemos, não havia comparação com os sofrimentos de Tia Mirtes – os que passava e os que infligia. A relação delas padecia de um apodrecimento que só atinge convivências de longa data, transformando-as em um amálgama embolorado de sentimentos muito complexos e, em sua maioria, também muito vis.

À minha tia havia sido imposta uma tarefa indesejada, mas afinal aceita por absoluta falta de alternativa. Nunca se casou, nunca sequer namorou. Não teve formação ou experiência de trabalho que a alforriasse dos pais. Como não havia aberto mão de nada, sua estada na casa de meus avós não lhe servia nem mesmo de insígnia de abnegação. Muito ao contrário, aliás, aquela coabitação lhe impingia uma perene lembrança de sua incapacidade de ter se tornado independente. À minha avó só restou, assim, odiá-la. Vieram dali meus aforismos, ainda hoje muito sólidos para mim, de que o ser humano é ingrato por natureza. Em algum nível muito radical e muito menos secreto do que a civilização exigiria, passamos a tratar com virulência quem quer que nos ofereça ajuda: se o fazem, é porque são melhores, ou porque têm mais, ou porque podem mais. Algum húbris sobe à garganta, algum instinto deformado de justiça é acionado, não o podemos controlar. Os ecos das brigas homéricas entre minha avó e minha tia retumbam ainda hoje em mim – vivo sozinho, recuso ajuda para que não me salte aos olhos o pior de mim, recuso ajudar para que ninguém me odeie como minha avó odiou minha tia.

A hostilidade entre elas não se reduzia à tensão que pairava no ar quando as duas estavam sozinhas, nem aos pequenos gestos ou palavras de agressividade que pululavam às mais variadas ocasiões. Quando minha tia servia comida à mãe, havia sempre um desleixo calculado em largar o prato na mesa, apenas o suficiente para provocar a velha sem cruzar o fino limiar além do qual minha avó reagiria. Vovó Márcia, por sua vez, não desperdiçava a oportunidade de, sempre que a filha passava, sussurrar maledicências como quem roga uma praga. Ninguém precisava compreender com exatidão o que ela falava para adivinhar seu conteúdo pernicioso (certa vez, eu estava encolhido atrás do sofá, brincando com Tobby, quando distingui um "*puta imprestáfel*" saindo da boca de minha avó).

Tudo aquilo me assustava, eu vivia sobressaltado, menos por medo do que pudessem fazer a mim, mais por não ser capaz de encaixar aquelas personagens em meu reduzido repertório de teatro familiar. Nada, entretanto, se equiparava ao que eu sentia quando, durante uma briga, uma delas – ou, às vezes, as duas ao mesmo tempo – se permitia satisfazer os impulsos físicos que toda aquela coleção de atos preparatórios visava evitar.

Eu bem me lembro da primeira vez que chegaram às vias de fato. Terminado o jantar, minha avó queria comer sobremesa, mas minha tia vociferou que o médico tinha proibido, empurrando para longe o prato de pudim.

O que entregou Tia Mirtes foi seu sorriso de satisfação: ela se regozijava não com o zelo pela saúde da mãe, e sim com a interdição que lhe impunha. Vovó Márcia ficou vermelha de cólera e, tomada de adrenalina, conseguiu se erguer de chofre. Arrastou o prato para perto e se serviu de um obsceno pedaço do doce, flácido e reluzente sobre a louça branca. Minha tia foi até ela e fez menção de lhe tomar a sobremesa, porém a velha agarrou o outro lado do prato e, assim, entraram as duas numa brincadeira de cabo-de-guerra. Não demorou muito, a louça escorregou e se espatifou no chão. Minha avó deu uma bengalada no ombro de minha tia, que respondeu com um tapa no braço da mãe. Nessa hora, meu pai interveio e separou as duas.

A comoção arrefeceu, mas a guerra não havia acabado. As duas ficaram sem se falar por alguns dias, até que minha tia buscou trégua. Era uma manhã de chuva, por isso eu não havia saído para brincar com Tobby em meu jardim imaginário – expandido até depois do córrego, terreno que conquistei após o episódio com meu avô. Em casa, silencioso como eu era, não fui notado por minha tia. Vi quando, minuciosa, ela descascou uma manga enorme, tão suculenta que quase viscosa, tão amarela que quase dourada. Com lentidão cirúrgica, fatiou a fruta em tiras íntegras, simétricas, sem defeitos. Veio, então, o toque final: um escarro demoradamente fabricado. Tia Mirtes olhou por cima dos ombros para checar se ninguém a observava, se virou de volta para a cumbuca e começou a se mover de um jeito estranho, como uma vaca ruminando. O pescoço se contraía todo e os músculos faciais quase convulsionavam, puxando humores do âmago da garganta qual uma máquina cavando por petróleo. Por fim, como se vertesse uma calda preciosa, truque secreto de uma receita complicada, deixou que a saliva encatarrada escorresse dos lábios em bico. Misturou muito bem o preparado e o entregou para minha avó, que comeu tudo com gosto.

.13.

Acredito que Vovó Márcia nunca descobriu a real natureza daquela iguaria. O que aconteceu depois teve mais que ver com seu perverso senso de oportunidade do que com uma vingança. Ela havia esperado que a filha viesse fazer as pazes e deixou que todos da casa soubessem disso, a fim de afastar de si qualquer suspeita. Na mesa do almoço, teceu elogios à saborosa manga que minha tia havia lhe servido e, em seguida, passou a puxar assunto com ela sempre que podia, impostando uma voz açucarada que lhe era muito desencaixada, como uma dublagem ruim de um filme B. Antes de dormir, perguntava alto se Tia Mirtes não queria assistir à novela com ela e, na hora de tomar os remédios, acariciava a mão da filha, em falso agradecimento.

Era domingo, o único dia da semana em que papai e Vovô Tonico se permitiam dormir até mais tarde (o que, salvo nos dias da bebedeira noturna de meu pai, não passava das sete da manhã). Todos estavam em casa. A sala rescendia a ovo frito na manteiga, queijo assado, leite fresco e bolachas doces que saíram quentinhas do forno. Aquelas extravagâncias dominicais satisfaziam minha glutonaria, e eu terminava o café embalado por uma prazerosa sensação de estufamento. Comia rápido e ia para o colo de minha mãe, onde, sob o cálido refrigério maternal, me aquecia do ar frio da primeira manhã. Se chupava o dedo, papai me olhava de soslaio, fazendo cara feia. Quase sempre aos pés de vovó, Nine brincava de boneca.

Tia Mirtes se dedicava à horta sobretudo aos domingos. Tirava do armário da cozinha uma caixa em que mantinha terra tratada, fertilizante de titica de galinha, regadores e variadas tesouras de poda. Naquele dia, bastou ela sair pela porta dos fundos que ouvimos um grito agudo, seguido do barulho dos instrumentos indo ao chão. Corremos para fora e encontramos a estrutura de madeira da horta vertical completamente carbonizada. É muito forte para mim a recordação do preto encarvoado dominando todo o quadro – as chamas não apenas consumiram as plantas, mas, flamulando e se expandindo, tingiram de uma negra sombra a parede externa da casa, como um alerta retroativo do perigo que todos nós havíamos passado. Quando o vento mudou de direção e o cheiro forte de queimado nos alcançou, eu e Nine despertamos do transe visual e fomos nos enroscar nas pernas de nossa mãe.

Assistimos então ao grotesco espetáculo de minha tia se descompondo, esfacelada pelo contraste entre uma impassibilidade fingida e o sentimento de devastação que tentava esconder. Ela o escondia de vergonha: havia miséria em que uma mulher de mais de trinta anos tivesse por norte e sentido de seus dias um desimportante conjunto de ervas, temperos e pequenos arbustos aromáticos. Senti muita pena de minha tia.

Em sua voz sem choro, havia mais dor que susto. Não estar surpresa com o que havia acontecido era também seu último ato de desistência – depois dali, era possível que minha avó fizesse qualquer coisa. Enquanto dormíamos, a velha havia realizado uma façanha física que ninguém acreditava que ainda tivesse forças para executar – e, tanto pior, arriscando nossas vidas. Vovó sempre negou a autoria do incêndio, nunca assumiu nada. Mas nós sabíamos. Tia Mirtes havia perdido a guerra. Depois daquela manhã, conduziria uma vida automática e insignificante até o dia em que morreria de aneurisma, aos quarenta e tantos anos, poucos meses depois da morte da mãe.

.14.

Papai, mamãe e Vovô Tonico integravam o grupo dos privilegiados da família. Fosse por medo, vergonha social ou respeito, minha avó permitia que transitassem pela casa sem perturbá-los. Em meio ao constante ruído familiar, essa era uma prerrogativa de que eles só tomavam consciência por comparação, nas ocasiões em que ficava claro o quanto minha avó se empenhava em minar o cotidiano dos demais.

A exceção a tudo isso era meu tio. Com ele, Vovó Márcia perdia o ar mordaz que lhe enrugava o rosto. Sua expressão amolecia, a boca caía frouxa. Não havia nisso, contudo, relaxamento algum. Transferindo-se inteira aos cuidados com o caçula, minha avó se desocupava de si. Da provocação gratuita às práticas propositais de desamor, da maledicência amarga ao antagonismo generalizado, tudo nela se dissolvia em desespero de mãe. Com Tio Dico, ela abandonava seu tão caro papel de vilã (do qual somente se despojaria em definitivo depois do aniversário de oitenta anos, quando se transformaria em uma velhinha comum, esclerosada e dependente).

Não posso falar muito sobre como se estruturava a relação entre minha avó e meu tio, como também não posso falar muito sobre ele. Não porque não me custe muito discorrer sobre Tio Dico – de fato, sempre me custa –, mas porque não consigo. Simplesmente não consigo, o aparato psíquico me falta. Por mais esforço que eu aplique, não sou capaz de conferir densidade à sua narrativa. Quanto mais me concentro, mais inapreensível se torna sua presença naquela casa. Ora ele é espectro, ser de fumaça e éter, ora é imensa formação rochosa que, sob vertigem, tento escalar: agarrado à pedra imediata que me cabe à mão, não sei onde começa nem onde termina o monolito, entretanto adivinho que largá-lo seria não um ato de bravura, mas de insanidade.

Muito se diz da natureza enganosa da memória, mas, quando revisito esses esquetes familiares, o que primeiro me vem à cabeça é sua potência estabilizadora: se engana, se distorce os eventos, é antes por defesa que por defeito. Esquecer talvez nos custe mais energia do que lembrar, mas o corpo o escolhe porque é sábio, entende que a alternativa seria se forçar a suportar o insuportável fardo da completa recordação. E, se dessa forma fosse, sucumbiríamos.

Assim, para que possam ser carregados conosco, os acontecimentos e as personagens de nossa vida vão sendo burilados e burilados, até que, diminuídos de sua forma bruta, consigamos encaixá-los uns nos outros e lhes conferir alguma organização. A realidade é complexa demais para se deixar amarrar em um fio contínuo (existe mesmo um fio vermelho a ligar todas as coisas, todas as pessoas, todos os tempos?), então, com condão de clemência, a memória a achata, condensa, ficciona. O que escapa acaba por se encerrar em um paradoxo: se parece muito esquecido é porque é em demasia lembrado.

É assim que, ao modo do Ourives à nossa casa, a história de Tio Dico me invade. Daquele refúgio da primeira infância, Tia Mirtes, vovô e vovó tomaram seu curso natural, foram comprimidos em personagens-tipo, bonecos sem muita vida que, a meu comando, saem da estante ou voltam para ela, à maneira das brincadeiras de Nine aos sábados de manhã. De resto, são por si mesmos inanimados. Meu tio, ao contrário, ganhou vida própria em mim, sua lembrança não pôde ser contida nem domada – tudo o que lhe disse respeito durante aqueles dias solapou qualquer capacidade de compreensão que, como criança, eu pudesse ter desenvolvido até ali. Alguma coisa dele me chegou desencontrada, antecipada a si mesma, e ainda hoje pelejo para lhe dar regular destino. Não sei se obtive muito sucesso nisso.

.15.

Eu andava em frenesi. O céu havia se esvaído das chuvas mais intensas, e, sob sol aberto, um verde sobejante se espalhava por Ourives. Para completar, tinha ouvido de papai que nossa casa estava quase pronta. Estava ficando "uma boniteza só", ele disse, antes de anunciar que talvez nos mudássemos de volta ainda aquela semana.

Naquele dia, antes de sair com Tobby para o quintal, fui até Vovó Márcia e me certifiquei de que estaria absorta demais no crochê para me seguir pelo jardim. Curvando a cabeça e balbuciando no dialeto, ela mais cochilava que movia agulhas. Era a oportunidade perfeita para, sem vigilância, explorar as trilhas depois do riacho. Caminhei até as ameixeiras na lateral do terreno e procurei um galho seco para me servir de cajado. Com ele na mão, primeiro imitei minha avó usando bengala (e gargalhei sozinho), mas, enquanto virava pedras cobertas de limo para ver se encontrava minhocas, acabei o partindo ao meio. Quando me voltei mais uma vez para a ameixeira, percebi que havia nela um fruto tardio. Aspirei seu cheiro obliquamente doce, entre o cítrico e o metálico, e lhe dei uma dentada, depois outra e mais outra. Só na última mordida entrevi, com a visão periférica, que algo se movia onde não deveria haver movimento: disputando comigo o banquete improvisado, uma larva amarela revolvia a suculenta polpa da ameixa. Cuspi tudo com nojo (mas não com força). Joguei longe o resto da fruta e esfreguei a língua com os dedos, sentindo o sumo e a saliva escorrerem queixo abaixo.

Sem fazer muito caso, segui meu caminho.

O parapeito da ponte de madeira sobre o córrego batia na altura de meus olhos. Tentei subir nele pela enésima vez, mas, pela enésima vez, fui ao chão.

Se alguém estivesse ali, eu não teria nem tentado. Eu não era covarde por covardia, era covarde por vergonha (o medo não era de cair, mas sim de me ver flagrado em uma situação humilhante). Como eu estava sozinho, a queda nem sequer doeu, e eu ainda ri alto quando Tobby veio até mim e me farejou inteiro, tentando entender se eu precisava de ajuda.

    A manhã passou rápido. Eu arremessava o galho, Tobby ia buscar e voltava incansável, pedindo mais. Corríamos de um lado para o outro sobre o terreno que eu havia capinado (e que, no final das contas, não serviu para nada). Empolgados com as boas notícias, rolávamos no chão. Próximo das onze, quase à hora de voltar, estávamos imundos: a terra preta derretia no suor da pele e virava lama, não desgrudava mais. Decidi fazer um último arremesso, mas exagerei na força e o graveto sumiu mata adentro. Tobby entrou na vegetação cerrada e desapareceu.

    Eu não conhecia as trilhas além do descampado. No entanto, mesmo depois de ter reencontrado Tobby e sua vareta, continuei a penetrar na mata. Saltei por cima de troncos caídos, fugi de formigueiros grandes, matei besouros furta-cor. Fui tomado por um êxtase que tinha menos a ver com a excitação de uma nova descoberta que com o relaxamento por trás da escolha de perder o controle. Logo escutei um rumorejo de água e fiquei surpreso ao compreender que, na realidade, o Rio do Ourives era antes o riacho sob a ponte do terreno de meu avô e, ainda antes disso, mais para cima, um incipiente curso de água cristalina.

    Ali eu encontrei Tio Dico. Minha reação imediata foi me esconder atrás de um arbusto e puxar Tobby para junto de mim. Meu tio não parecia tanto o homem silencioso que varava os dias a fazer coisa nenhuma, vagando sem rumo pelos cômodos da casa. Estava calado, não disse nem uma palavra, mas eu apreendia nele, vinda dele, uma potencialidade ao som e à voz que, no dia a dia, ele só conseguia portar de uma maneira postiça, quando provocado por minha avó ("meu filho não quer peixe hoje?" – "pode ser.", "mandei Mirtes preparar feijão-tropeiro, de que meu filho tanto gosta!" – "ah."). Ele olhava para o sol enquanto desabotoava a camisa de tecido e se descalçava. Estranhei a dessemelhança entre aquele corpo e o corpo de meu pai. Tio Dico tinha pelos sobre todo o torso, chamava muita atenção o contraste entre o preto dos pelos e o róseo quase infantil de seus mamilos. Mais magro que papai, ele se movimentava com cuidado, como quem tem medo de magoar um machucado em cicatrização. Tio Dico tirou a bermuda e a cueca, e vi que a penugem de sua barriga descia e se adensava em direção ao púbis. Quando encontrei seu pênis, quis fechar os olhos – mas não fechei. Ele entrou na água e começou a se molhar aos poucos com a mão. Lavou a barba, as costas, as axilas. Eu me tremia muito, meu coração batia forte, eu sofria com inéditas pulsações em meu corpo de infante. Antes de mergulhar inteiro no córrego, meu tio esboçou no rosto a expressão de uma súbita lembrança e voltou à margem, virando para mim as nádegas branquíssimas. Ele se abaixou por alguns segundos e fez uma espécie de coreografia que não pude entender. Percebi que suas bandagens agora estavam no chão, colocadas com delicadeza sobre sua roupa para que não se sujassem.

Quando Tio Dico se virou de novo e eu deparei com seus braços descobertos, o nojo me assaltou, então me desequilibrei e caí para trás. Corri de volta para casa sem saber se ele tinha me ouvido.

.16.

Mamãe quase nunca se irritava de verdade comigo, mas, naquele dia, levei uma bronca quando, sem aguentar esperar, invadi o banheiro do corredor e a flagrei sentada no vaso. Desde o acontecido no rio, eu teimava em segui-la por todo canto, insistindo em manter contato físico com ela. Eu achava que, se parasse de tocá-la, algum mal terrível aconteceria comigo ou com minha família. Nessa expectativa, logo fiquei exausto, pois precisei investir o resto da minha energia, já esgotada do dia de tensão, em tentar dissimular meu medo inexplicável.

Eu estava todo errado, sufocado por uma angústia que, em vez de me deprimir, me fez entrar em um combustivo estado de insanidade temporária. Sem propósito, eu balançava pernas e braços e estalava os dedos das mãos e dos pés. Com uma voz esganiçada, falei muito – eu, que era uma criança feita de silêncios. Na hora da novela, quis me sentar entre as pernas de minha mãe, mas ela me afastou com um empurrão agastado. Fui de fininho até Nine e lhe dei um beliscão na nuca. Minha irmã gritou e me bateu de volta. Dei língua para ela, soprando cuspe em sua cara. Atônito, papai puxou minha orelha, ao que corri para seu quarto e me escondi debaixo da cama, onde fiquei até a hora de dormir.

Antes de se deitar, minha mãe se sentou na ponta do colchão e iniciou uma conversa com meu pai, que escovava os dentes no banheiro. Então finquei minhas unhas em seus calcanhares, imitando, com a boca, o sibilo de uma cobra. Mamãe gritou de pavor e eu comecei a gargalhar incontrolavelmente. Meu pai me arrancou de debaixo da cama e me deu um tapa no braço. Fiquei roxo de tanto rir. Para me tirar dali, ele precisou me arrastar até meu quarto (até o quarto de Tio Dico). Tentei me segurar no umbral da porta, queria implorar que me deixassem dormir com eles aquela noite, mas, sem ar de tanto rir, não consegui articular palavra. Papai me arrebatou no colo e me carregou para longe. Tudo o que eu queria fazer era chorar, mas a crise de riso não cessava. Fiquei na minha cama me babando de tanto rir. No fim de tudo, dormi de cansaço.

.17.

Quando Tio Dico entrou no quarto e se enfiou debaixo das cobertas, acordei e não consegui mais dormir.

Tentei me descobrir, mas o frio me fazia tiritar. Se, por outro lado, cobria a cabeça, me subia um calor enervante, não suportava receber no rosto o ar quente de meu próprio hálito. Do outro lado do quarto, meu tio roncava com suavidade. Sua presença me causava um desconforto semelhante ao de um mecanismo corporal de que se toma súbita e indevida consciência, como se dar conta do piscar de olhos ou perceber que a posição relaxada da língua é contra o céu da boca. Difícil apagar a percepção, difícil retomar o automatismo.

    Tobby latiu lá fora, e eu atravessei o véu do ressonar de Tio Dico para me deixar enredar na lúgubre malha sonora que envolvia a casa. Pequenos estalidos de madeira se reencaixando, vento parecendo rascar paredes e telhados, pássaros noturnos em cânticos desorquestrados. Foi ali, ainda muito criança, que primeiro experimentei uma aguda e ao mesmo tempo difusa desolação, que, no fundo, não podia se confundir com medo infantil. Era, antes, uma espécie de gestação de angústia, travo que só um adulto que perdeu um ente amado poderia distinguir. Depois de se conhecer a morte, toda forma de vida passa a portar um semblante de contrafação, um traço qualquer de supérfluo, de mentiroso ou de temporário – passa a carregar, em si mesma, a potência do próprio fim. À época, no entanto, eu ainda não havia conhecido a morte. Tratava-se, ali, de um sentimento sem nome. Perdido naquela cama solitária no meio do nada, temi por meus pais e por minha irmã, temi por minha família e por mim.

    Não pude mais suportar. Me levantei e fui até meu tio. Ele estava de lado, a boca aberta, o maxilar pendendo de tão relaxado. As costelas subindo, descendo, o peito se enchendo, se esvaziando, respirando tão profunda, tão naturalmente. Tão lindo, meu Tio Dico. Passei a mão em seu rosto, sua barba por fazer espetou a ponta dos meus dedos. Ele fechou a boca e seu ronco desapareceu. Me deitei ao lado dele e enfiei a cara em seu peito, deixando que seu calor esquentasse a ponta gélida do meu nariz. O peito subindo, descendo, subindo, descendo, respirando. Senti nele cheiro de sabonete, de madeira e de algo cítrico e doce (talvez ameixa). Dobrei e abracei minhas pernas, esfregando a bochecha contra seus pelos.

Então meu tio acordou.

Não se assustou, nem me perguntou o que eu estava fazendo ali. Me fez um cafuné, me pôs nos braços e me levou até meu colchão. Por fim, beijou minha testa e, antes de voltar para sua cama, me cobriu. Não senti mais nem frio, nem calor, e me deixei embalar por seu ronco. Pela segunda vez àquela noite, agora em definitivo, adormeci.

.18.

Retornamos para casa em clima festivo, no sábado véspera do aniversário de oitenta anos de minha avó. Acordei com Nine aos pulos na cama ao lado. Ela escandia "a gen-te vai pa-ra ca-sa", dividindo as sílabas a cada salto que dava. Comecei a rir e me levantei já bem desperto. Mamãe e papai estavam na sala terminando de empacotar as coisas que havíamos trazido – não muito, só o que se conseguiu recuperar do estrago da enchente. No jardim, como se comemorasse, Tobby caçava passarinhos. Nem mesmo Vovó Márcia, que, com cara feia, soltou para minha mãe um "mas trate *te foltar* para me *axutar* com as *comitas ta* festa", era imune à contagiante atmosfera de recomeço que havia tomado o local.

Desci nossa rua de mãos dadas com Nine. A gente cantava canções típicas da região, errava a letra, começava a inventar outra e ria dos absurdos das composições. Um pouco mais à frente, nossos pais carregavam trouxas, caixas e maletas. Tobby seguia ao lado deles, apartado das crianças, se afirmando guardião. Eu e minha irmã os imitávamos – inclusive a Tobby em sua pompa – e ríamos disso também. O sol claro não queimava porque era amenizado pela brisa fresca que subia do rio às colinas. Apesar de reconhecível, nossa vila não era mais a mesma. Os vizinhos haviam aproveitado a ruína generalizada para adaptar espaços, levantar cômodos e pintar de novas cores portas, janelas e fachadas. Impelida pelo calor e pelo vento, Ourives renascia com o colorido de uma pipa subindo contra o azul do céu.

    Nossa casa não havia mudado tanto, mas fiquei feliz em ver os móveis novos, sem arranhões, e a pintura da casa ainda brilhante, quase úmida. Mamãe guardou minhas roupas no armário recém-comprado, e papai nos chamou para se gabar das surpresas que havia deixado para anunciar no último minuto. Saímos para o quintal, onde agora se erguia uma grande estrutura de madeira imitando o formato de uma casa. Corri até lá e, sem conseguir me conter, dei um grito de excitação. As galinhas empoleiradas se assustaram e bateram as asas, levantando penas e palha seca, com a qual meu pai havia aninhado seus ovos. Do outro lado do terreno, foi Nine quem gritou. Ela estava diante de um pequeno abrigo de alvenaria, com seções separadas por gradeados de ferro, dentro das quais meu pai havia acolhido porcos, patos, bodes e ovelhas. Não nos importamos com o cheiro acre que subia das fezes dos animais e, sem temor, fizemos carinho nos bichos. Papai ria e dizia: "esperem só, esperem só".

Ele nos fez cruzar a casa e nos levou até o outro lado da rua. O grande galpão coberto se via de longe – no caminho, achei até que fosse de algum vizinho. Lá dentro, um estábulo cheio de cavalos, vacas e bois de chifre. Tive medo do seu porte, dos sons que faziam com a boca enquanto mastigavam e das suas pisadas fortes, mas prevaleceu o encanto de estar tão próximo daquelas pujantes formas de vida. Abracei os joelhos de meu pai, agradecendo por tudo. Ele se mostrou emocionado, uma das poucas vezes que isso aconteceu durante toda a minha infância. Então me disse que, um dia, seria ele a me ensinar a cuidar do gado – só assim para eu me tornar um *homem de verdade*. Foi, talvez hoje ele mesmo reconheça, uma metonímia muito perigosa. Depois de entender que eu seria incapaz da primeira tarefa, se deu conta de que, também na segunda, eu seria malsucedido – decepção que ele custaria muito a superar.

.19.

Mamãe me vestiu inteiro de roupas sociais. Camisa azul de mangas longas, calça bege de alfaiataria e sapatos marrons. Não guardo disso nenhuma lembrança – me achei, por acaso, no canto de uma das poucas fotos reveladas do aniversário de minha avó –, mas ressoam muito nítidas as palavras de minha mãe ao terminar de pentear meus cabelos ainda molhados. Ela se afastou de mim para ganhar perspectiva e disse: "parece um rapazinho!". Fiquei feliz. Subimos a rua em silêncio, ressabiados pela presença de parentes com os quais não tínhamos convivência alguma, irmãos e irmãs de minha mãe que, viajando de vilarejos vizinhos e mesmo de outras cidades, traziam seus cônjuges, filhos e até netos.

A festa já estava cheia quando chegamos à casa de minha avó. Como o espaço era reduzido, bastava um pequeno número de conversas paralelas para gerar um burburinho perturbador. Meu coração batia forte, eu sentia falta de ar com tanta gente ao meu redor. Minha mãe me obrigou a falar com cada um de meus tios e primos, gente que eu nunca havia visto na vida, gente com sotaque esquisito que eu mal pude entender. Tia Mirtes nos saudou à distância, enquanto entrava e saía com bandejas de pães, salames, broas, salgadinhos e refrigerantes. Varri o ambiente à procura de meu tio, mas ele não estava lá.

Só me acalmei quando chegamos ao jardim, onde o falatório da família tinha área para se expandir e se dissipar. À maneira de um teatro de arena, as mesas desenhavam semicírculos imaginários, e bem no centro ficava o balcão do enorme bolo coberto de morangos com merengue. Balões coloridos estavam presos às cadeiras de plástico e davam um ar infantil à festa. A decoração devia ser obra de minha mãe, preocupada em entreter os sobrinhos de fora, porque nada daquilo era do feitio de minha avó, que não parava de fazer muxoxos. Onde outrora ficava a horta de Tia Mirtes, estava instalado um freezer cheio de cerveja e de gelo (se alguém perguntava que marcas de fogo eram aquelas na parede, meus pais desconversavam).

Quando o cheiro ferroso da carne chegou até mim, eu salivei e, por tabela, encontrei meu tio. Distante da azáfama familiar, ele estava ao lado de meu avô, que, com a ajuda do filho, comandava a grande churrasqueira de alvenaria situada na lateral do terreno. Tio Dico ora enfiava o espeto em corações de frango, cebolas e linguiças, ora salgava os cortes que, debaixo do sol forte, adquiriam uma tonalidade escarlate.

Desde o momento em que avistei meu tio, estudei cada um de seus movimentos. Acredito que se inaugurou ali minha postura estética de colecionador de arte, sempre sôfrego por exclusividades. Se eu via algo que ninguém mais viu, a cena só pertenceria a mim: num balé, é fabuloso assistir à solista, mas o espirro contido de uma bailarina secundária acrescenta um elemento de humor ao espetáculo; num livro, é a cacofonia involuntária de uma sequência de palavras que me fará detestar um autor; num filme, a mímica facial exagerada de um figurante me assolará pelo resto da narrativa, agora entretecida àquela outra, secundária (mas também, só para mim, principal), que gira em torno do desespero de um ator desimportante em ser notado. Foi assim que, através da balbúrdia de convidados, comida, música, calor e festividade daquele dia, eu consegui, como testemunha exclusiva, acompanhar cada passo do desmoronamento de meu tio.

.20.

O entusiasmo de Tio Dico em preparar o churrasco era visível. De início, tentou se conter, como se estivesse com vergonha do pai. Vovô Tonico contraía os lábios para baixo, censurando o vigor com que meu tio temperava as carnes. Quando o filho arriscou alguns passos de dança, o desconforto de meu avô se transformou em franco constrangimento, e ele saiu dali com cara de fugitivo. Sozinho no comando do churrasco, inebriado com vapores de sangue, gordura e sal, Tio Dico parecia maravilhado, virando grelhas e tirando o suor da testa com a extremidade da manga da camisa.

    Ele se virou, nos viu e, antes de vir até nossa mesa, abriu um sorriso. Era a primeira vez que eu via meu tio sorrir assim. Só não estranhei porque pôr os dentes à mostra o deixou ainda mais bonito, ainda mais jovial. Ele falou com meus pais e se abaixou sobre os joelhos para abraçar a mim e a minha irmã. Perguntou se não gostaríamos de aprender a fazer churrasco com ele, e nós prontamente dissemos que sim. Sob a urgência de absorver de meu tio tudo o que pudesse, minha resposta saiu quase inaudível.

    Ele nos levou pela mão até a churrasqueira. Ali, eu estaria incumbido de, plantado a uma distância segura, abanar o fogo para que não morresse. Nine, que, por ser mais velha, já podia manusear objetos cortantes, ficou responsável por enfiar as linguiças nos espetos. Que momento maravilhoso vivemos ali. As outras crianças passavam por nós e se afastavam ou tristonhas ou desdenhosas, em todo caso reafirmando nosso posto emérito de parentes íntimos da aniversariante. Esmerado em avivar as brasas com um papelão, olhei para Nine e ri do cuidado maternal com que furava a comida. Para me provocar, ela imitou de um jeito exagerado o movimento dos meus braços e acabou se desequilibrando do banquinho onde estava.

Não caiu, mas derrubou no chão um espeto repleto de linguiças milimetricamente espetadas.

Meu tio começou a rir fora de controle, no que foi seguido por mim e, depois de alguma resistência, pela própria sobrinha. Ficamos os três gargalhando por alguns minutos, os olhos ardendo do suor e da fuligem preta que, errática, subia do carvão queimado. Depois do incidente, Tio Dico decidiu nos levar de volta até mamãe, que nos recebeu com uma expressão atarantada, mas também grata, aliviada por ver o irmão tão efusivo.

Meu tio pegou uma garrafa de cerveja e voltou para a churrasqueira. Deu um gole demorado, de virar a cabeça para trás, o pomo de adão se destacando sob o sombreado da barba curta. Bebeu com tanta vontade que se engasgou e derramou cerveja nos braços. Apoiou a bebida no balcão e, tomado de um estado de fruição que parecia novidade a ele mesmo, gingou o corpo ao som da música, enquanto dobrava as mangas da camisa até a altura dos cotovelos. Entregue a uma espécie de esquecimento, meu tio estava feliz, o mais que eu jamais havia visto. Um parente passou próximo a ele e levantou a bebida, como se fizesse menção a um brinde. Tio Dico correspondeu, pegou sua garrafa e ergueu os braços bem diante de si. Fitou-os paralisado, como se estivesse brincando de estátua. Depois baixou a cabeça. Sua felicidade se encerrava ali.

Largou a cerveja de novo e, com expressão amargurada, desdobrou as mangas e abotoou os punhos da camisa. Em súbita afluição, o ermo se reinstalou no olhar de meu tio. Sua velocidade diminuiu, ele inteiro parecia se submeter a uma vertiginosa força de frenagem. Foi até Vovô Tonico e lhe disse algo com rosto abatido. Meu avô concordou e assumiu a churrasqueira, enquanto meu tio vagava entre as mesas mais distantes, à procura de uma que estivesse vazia. Por mais de uma hora, ficou ali, recolhido em invisível suplício. Já não comeu nem bebeu mais nada.

Mamãe foi até ele, mas ele a dispensou sem muita interação. Quando ela voltou até nós, meu pai, que já estava bêbado, disse que não era possível que meu tio fosse ficar daquele jeito o restante do aniversário. Será que não conseguia fazer um esforço? Minha mãe disse que ele não tinha culpa, estava doente, meu pai não tinha como entender. Ele retrucou dizendo que era tudo frescura, era tudo falta de uma boa surra na infância, era tudo falta de uma mulher na vida dele – como é que podia ninguém nunca ter visto ele com mulher nenhuma? Mamãe colocou a mão no ombro de meu pai e pediu para ele não falar daquele jeito, mas isso exaltou ainda mais seus ânimos. Ele alteou a voz e, quase aos gritos, alardeou que o que faltava a meu tio era ter virado *homem de verdade*. Os dois perceberam que, atentos, eu e Inês escutávamos tudo, então se calaram até a hora dos parabéns.

.21.

Foi Tia Mirtes quem conseguiu arrastar Tio Dico até o meio da multidão de parentes embriagados. Ele se recusou a gozar dos privilégios dos familiares próximos, ao contrário de mim, mamãe, papai, Nine, vovô e da própria Tia Mirtes, que tínhamos nos colocado ao lado da aniversariante, bem diante do bolo. De onde eu estava, no colo de minha mãe, via que a feição bonita de meu tio se destacava do restante dos convidados. Ele estava pálido, é verdade, mas de seu rosto emanava um brilho róseo e triste. E não há, nisso, alegoria alguma. Na montagem com que, em uma quase alucinação, meu cérebro me engana, Tio Dico irradiava uma cor destoante do panorama geral.

Muitos anos depois, em um museu dos Estados Unidos, eu esbarraria com um quadro que, por meio de uma combinação de elementos concretos, terminaria por me livrar da tarefa abstrata, e até então muito malsucedida, de metaforizar o que eu havia visto: sobre um fundo de mar aberto, uma nuvem solitária flutuava em meio a centenas de pontos de luz róseo-neon. A atmosfera obscura do quadro ganhava, com esse artifício luminoso, não um caráter lúdico, mas uma mímica de pós-sonho, como quando se acorda em lamento pelas imagens que, ainda aos olhos, vão se dissolvendo em fumaça e memória. Chorei muito quando vi esse quadro, mas fui incapaz de derramar qualquer lágrima na tarde do aniversário de minha avó, ou mesmo nos dias ou anos que se seguiram.

Terminados os parabéns, o povo se dispersou, e a festa retomou seu ritmo. Minha avó foi até meu tio, encostou de lado a bengala e passou a mão sobre sua mão. Depois deslizou pelo cabelo do filho os dedos ossudos. Desistiu quando ele não esboçou reação, então beijou sua testa e, de novo empunhando sua velha bengala, voltou ao meio dos parentes que começavam a dividir o bolo.

O sol da tarde caía. Esfriava. Tio Dico ficou imóvel por muito tempo. Levantou-se e entrou em casa. Sua ausência me imantou, e eu fui compelido a segui-lo. Há, na vida, acontecimentos inexplicáveis, contingências que parecem seguir algum tipo de ordem. Nunca contei a ninguém que, a partir do momento em que ele se retirou, eu soube exatamente onde devia procurá-lo. Como estava com medo, agarrei a mão de minha irmã e a obriguei a vir comigo. Ela não ofereceu resistência.

Quando atravessamos a soleira da porta da cozinha, nos vimos abrigados da algazarra do churrasco e da luz do sol. Reinava ali um sombreado silencioso, através do qual, cedo demais para que se ligassem as luzes, a forma das coisas era ainda a sugestão da forma das coisas. Nine caminhava a meu lado. De mãos dadas, nos conduzimos mutuamente. Sem titubear, fomos até o quarto de meu tio e abrimos a porta. Uma sensação frisante se espalhou por toda a minha pele, mas não gritei. Uma corda amarrada numa viga do telhado descia tensionada e, em grosso enlace, terminava envolta ao pescoço de meu tio. Tio Dico estava com os olhos injetados de sangue e saltados das órbitas. Sua língua roxa caía da boca, pendurada para fora, e dela escorria um líquido viscoso e avermelhado. Nine gritou e correu. Eu restei ali, observando meu tio. Suas mangas estavam mais uma vez dobradas até o cotovelo, e eu finalmente mirei com demora as cicatrizes que ele escondia debaixo das bandagens, as cicatrizes que tanto me aturdiram no dia em que flagrei seu banho no córrego. Eram dois traços tuberosos de carne revolvida que iam do pulso até a metade de seus antebraços, e ele ali as ostentava como se afinal liberto da vergonha que lhe causavam. Seus estigmas não me faziam mais nojo, pareciam sinistramente bem adornar a versão monstruosa e flutuante de meu tio. Seu corpo espasmou e eu tomei um susto. Meu pai entrou às quedas no quarto, seguido de minha mãe, que começou a gritar em desespero. Enquanto papai corria para abraçar as pernas de Tio Dico, tentando debalde sustentá-lo e salvá-lo da constrição da corda, outras pessoas entravam na casa para ver o que causava a gritaria de minha mãe. Quando descobriam do que se tratava, elas também começavam a gritar e a chorar.

Criança, fui súbito esquecido em meio às urgências de adulto daqueles minutos terríveis. Vaguei pela casa, sem compreender que meu Tio Dico não ia se curar daquele dodói estranho. Em minha cabeça de menino, bastava ele tomar um remédio, colocar um pano embebido de água gelada na testa, se cobrir de lençol e dormir bastante, que era o que mamãe fazia comigo. Comecei a suspeitar da seriedade do que aconteceu quando vi minha avó desmaiar no sofá da sala. O que significava tudo aquilo?

Eu não conseguia aglutinar nada. Sem parâmetro narrativo, os eventos todos se espalham pelo ar, perdem qualquer fio de meada. Em meio ao caos de toda experiência inaugural, os elos entre causa e efeito não conseguem se atar – nada se firma, tudo é móvel e, portanto, possível. Eu pensei que, por ter olhado tanto para meu tio nu no córrego, por ter olhado tanto para meu tio na festa, ele havia se enfeado de propósito, só para que eu o deixasse em paz. Mas para que tanto choro? Eu prometia que não fazia mais e pronto, mamãe podia me deixar de castigo, papai podia até me bater, se quisesse. Queria explicar isso às pessoas, mas ninguém olhava para mim, não havia a quem dirigir meu pedido de desculpas. Senti tanta angústia que, para não sujar as calças, precisei me contrair inteiro.

Encontrei Nine recolhida no canto do quarto de Tia Mirtes. Ela não chorava, mas se tremia muito. Quando me viu, fixou os olhos arregalados nos meus, e isso me ancorou de minha deriva. Fui até ela, me sentei a seu lado e deitei minha cabeça em seu ombro. Tomei coragem e perguntei a ela por que o Tio Dico estava tão feio. Ela alisou meu rosto com o dorso da mão, mas não disse nada. Eu lhe perguntei se ia demorar muito para ele ficar bom, então ela objetou que nunca mais ele ia ficar bom, que na morte era assim. Eu a indaguei sobre o que era a morte, e ela concluiu que morte era quando você deixava de respirar para sempre.

Apesar de não ter conseguido tirar sentido do que ela me disse, eu soube ali mesmo que Tio Dico havia ido embora e não ia mais voltar. Nunca mais. Agarrei com força o braço de Nine e percebi que ela nomeava o algo-sem-nome que, algumas noites antes, havia me impelido a buscar o peito de meu tio. Fazendo substantivo aquele traço de finitude, aquele primeiro limite a toda coisa humana, ela cunhava em mim o próprio conceito de tempo, matéria mesma de tudo o que é vivo, e importa, e perece. Abracei minha irmã com um amor do qual, até então, eu não tinha conhecimento algum.

i

Eu não conseguia encontrar Mima em canto nenhum.

Comecei por meu quarto. Vasculhei travesseiros e lençóis, que eu não arrumava nunca, subi na cama e me estiquei para ver se ela estava no alto do meu armário, seu novo lugar favorito. Os vãos debaixo dos móveis da sala e da cozinha estavam vazios. Na sacada, onde ficava sua comida durante o dia, o montinho de ração estava revirado, vazio no centro e cheio nas bordas, sinal de que, se não fazia tanto tempo desde sua última refeição, ela não poderia ter ido tão longe.

No dia anterior, eu havia marcado uma consulta para ela na cidade, porque Ourives não contava com médicos-veterinários. Na realidade, mal contávamos com médicos *humanos*, que só apareciam no Postinho umas duas vezes na semana. Qualquer problema de saúde era primeiro tratado com chás, unguentos e sono ("vá dormir que passa, meu filho"). Alopatia só em caso de não se conseguir mais nem se levantar da cama. Cuidar de animais domésticos – aqueles que não tivessem serventia imediata para o sustento, como bois, porcos ou cavalos –, ativamente cuidar deles, para além da mínima manutenção com água e comida, soava, portanto, como um estrangeirismo – tanto que, quando avisei à minha mãe que levaria Mima ao veterinário, ela olhou para mim com uma careta de surpresa.

Faltavam duas horas para a consulta, e eu levaria pelo menos cinquenta minutos para dirigir até a clínica veterinária. Como eu ainda não havia visto meu pai, me senti culpado por pegar seu velho carro para procurar Mima. Papai ainda me era, àquele momento, som e cheiro. Cada vez menos esparsos, seus gemidos seguiam em um crescendo até o ponto em que, à semelhança de uma melodia infinita em instrumento de sopro, se tornavam contínuos. Eu esperava com sofreguidão pelo momento em que mamãe entrasse no quarto com frascos e seringas. Papai então se aquietava, e eu mesmo relaxava, respirava melhor. Entre químico e escatológico, um ar moribundo escapava pela porta momentaneamente aberta e se espalhava pela casa, se impregnando em minhas narinas. Quando minha mãe saía dali depois de trocar as fraldas de meu pai, eu me escondia no banheiro, fazia espuma com o sabonete e aspirava as bolhas com intensidade, cerrando os olhos quando a mucosa começasse a queimar.

Saí com o carro engatado na primeira, dirigindo bem devagar para não assustar Mima, caso estivesse pela redondeza. Ao meu lado, uma latinha de atum aberta e uma caixa de transporte. Abri os vidros enquanto subia pelo declive da rua de meus pais. Dobrei à direita, depois à esquerda, depois à direita de novo.

Ourives havia seguido o curso natural das vilas da região: modernizar-se ao preço de se desgastar.

As casas contavam com parabólicas de TV por assinatura, e seus interiores, que eu entrevia através de portas e janelas, estavam aparelhados com geladeiras brancas, máquinas de lavar, televisões de tela plana e computadores que recebiam internet dos cabos estendidos entre os postes. A contrapartida a isso era a decrepitude generalizada. Se a maioria não era pobre, também não era rica o suficiente para arcar com a parafernália tecnológica e, ao mesmo tempo, com o custo da manutenção de paredes, pinturas, calhas e calçadas.

Além disso, a escolha não se dava somente por motivos pecuniários. Instalava-se em Ourives, embora com um tanto de retardo, a ética de uma nova geração – a minha. Transitando a esmo por aquelas ruas, pude reencontrar e, com algum esforço, reconhecer inúmeros colegas do colégio (será que, sob a barba, eles também me reconheciam?). Havíamos sido crianças e adolescentes que cresceram e se tornaram adultos com muito menos aptidões domésticas que nossos pais, agora velhos e desistentes. Obtinha-se um diploma em uma faculdade, mas não se trocava a lâmpada queimada da garagem; lia-se mais, falava-se inglês (e até francês), mas cozinhar e lavar louça eram um suplício muito confortavelmente trocado por comprar marmita de restaurantes da Vila Alta; fazia-se mais dinheiro com trabalhos na cidade ou com agricultura e pecuária mecanizadas, mas ele deveria ser economizado para uma viagem, não para a troca da madeira afofada do piso da varanda.

Eu rebatia meus pais quando eles nos chamavam de desleixados, displicentes ou mesmo preguiçosos, mas, assistindo de fora à *decadência informatizada* de

Ourives, pude entender o que eles queriam dizer (talvez eu mesmo estivesse ficando velho, constatei com uma risada).

Não tive coragem de perguntar de Mima a ninguém. Passei por dois mercadinhos, mas me contive, porque me encabulava com o pressentimento de que me julgariam. Para um estranho, seria invasivo gritar da janela e perguntar sobre o paradeiro da gata da Hilde da Vila Baixa. Para um (re)conhecido, seria muito má educação – "vocês viram que o Marcelo sumiu por anos, se mandou pros Estados Unidos e aí apareceu do nada no carro do pai doente querendo saber da gata rabuja da mãe?". Preferi, por isso, peregrinar sozinho a cair na *ignomínia pública* (ri mais uma vez).

Mais duas curvas e encontrei Mima em uma esquina. Com a cauda recolhida em caracol ao redor de si mesma, lambia a patinha e, em seguida, esfregava as orelhas pesteadas em movimentos insistentes, os olhos fechados de indiferença ao restante do mundo. Estacionei o carro e, com cautela, me aproximei com o atum e a caixa de transporte. Mima miou fino, um miado trêmulo que queria dizer "pode vir, eu gosto de você". Eu me abaixei e deixei que metesse a cara na latinha – já não havia meios de chegar a tempo no veterinário, depois eu remarcava. Cocei as costas de Mima no ponto que ficava bem na base do rabo, e ele vibrou de prazer. Olhei para cima, para o prédio à nossa frente, e, captando a ironia de nossa parada final, dei vazão à gargalhada que vinha se formando em mim.

Mima entrou de bom grado na caixa de transporte e entramos juntos no carro. Eu ainda ria muito alto quando comecei a observar melhor o prédio de minha antiga escola. Estava muito bem preservado, mas não vinha disso a minha surpresa. Eu achava que, se escapasse de casa por aquele dia, escaparia também das memórias domésticas. Estava errado. Com uma piscadinha marota, Ourives me forçava a lembrar. Naquela escola, recorrendo aos livros, me refugiei o quanto pude das aflições de menino e de adolescente. Foi dali que veio o subtexto da gravidez precoce de minha irmã – e, portanto, da minha relação tão crucial com Yule –, foi ali que, com nostálgica violência, tive meu primeiro contato sexual propriamente dito. Enxuguei os olhos úmidos de tanto rir, tamborilei os dedos na caixa da Mima e, dando uma última olhada para a escola, dirigi de volta para casa.

.1.

A morte de meu tio afetou meus familiares de diferentes maneiras.

Nos anos que se seguiram, quase não houve rastro que ligasse suas atitudes àquela tarde de domingo, e eu mesmo parecia ter escapado ileso. Não existia uma queixa precisa da parte de ninguém, e pouca vez o nome de Tio Dico foi levantado. Foi somente depois de décadas que entendi como minha família sofria. Padecia-se de uma sombra experimentada em conjunto, dor impalpável que começou de maneira íntima, particular, mas que, sob mútua implicação, logo ganhou dimensões coletivas – sem, entretanto, jamais perder seu caráter de intangibilidade.

.2.

Há uma certa fila de prioridades no luto, mas mamãe não soube se valer disso. Como era a parente mais próxima de meu tio, ela tinha direito a se desbulhar em lágrimas, a rasgar as vestes metafóricas e, com a testa coberta de cinzas, sair às ruas em pano de saco. Não o fez – ao menos não naqueles anos. Não dormiu mais que o normal, não se mostrou abatida, não tirou licença do trabalho.

Em casa, se recusou a descansar da rotina doméstica. Levou aquele primeiro ano a ferro e fogo. Preparava o almoço com a desenvoltura de um polvo, um braço para o arroz, outro para os legumes, outro para mexer as três, quatro panelas borbulhantes sobre o fogão. Almoçava enxugando o suor da testa com o dorso da mão, lavava a louça inteira e, antes do segundo turno no trabalho, aproveitava para dar conta da roupa. Como não tínhamos máquina, ela precisava bater e torcer calças, camisas e roupas íntimas. Retornando à tardinha, lavava as mãos e, sem nem mesmo tirar o uniforme, espalhava sobre a mesa utensílios, ovos, sal, farinha, manteiga e açúcar. Preparava a massa de pães, bolachas e bolos, depois metia tudo no forno e aproveitava o tempo da assadura para corrigir provas ou preparar aulas.

Quando o aroma amanteigado subia, ela gritava nosso nome – "Marcelo! Inês! Tá pronta a fornada!" –, e eu e minha irmã largávamos as brincadeiras com Tobby para queimar os dedos nas travessas. Como papai só chegaria mais tarde (sempre tentando disfarçar a embriaguez), havia apenas três pratos sobre a mesa. Antes de nos servir, minha mãe separava duas outras porções da fornada: uma para quando meu pai retornasse, outra para o café da manhã do dia seguinte. Ainda mastigando, ela se levantava e, automática como uma vaca no arado, sem consciência alguma do que de fato estava fazendo, apanhava outras panelas para preparar o caldo que, algumas horas depois, nos serviria de jantar. Às vezes, enquanto a fome apertava nosso juízo, esperávamos muito tempo por meu pai. Nesses dias, eu comia irritado, olhando com raiva para minha mãe, à espera de uma providência que nunca vinha.

Depois de lavar as últimas louças do dia e se dedicar a mais um ou outro afazer doméstico, ela tomava um banho e ia escovar os cabelos no sofá, onde nos reuníamos para assistir à novela. Mamãe nunca se irritava, nunca se entristecia, mas era nítido que se tratava de uma mulher em erosão. Ela se colocava em frente à TV e respirava fundo, o olhar mais inexpressivo que resignado. Eu me sentava sobre o encosto do sofá, às suas costas, puxava a escova e continuava a pentear seus cabelos ainda úmidos. Ela fazia cara de quem achava bom e, às vezes, beijava minha mão. Enquanto eu lhe fazia uma trança, desfrutando da sensação dos fios entre meus dedos, papai olhava de soslaio para mim. Ele trazia uma careta no rosto e, a curtos intervalos, deixava escapar um tardio soluço alcoólico.

.3.

Em meu primeiro dia de aula, foi mamãe quem me acompanhou pelo corredor da escola. Me apresentou à tia e me levou para sentar a uma das muitas mesinhas quadradas espalhadas pela sala. Quando me virei para trás, ela já havia partido.

Logo descobri que adorava estar em aula. Eu era uma criança gordinha e envergonhada do próprio corpo, então tentava escondê-lo de toda forma. Por isso, a disposição da sala me trazia enorme alívio: todos prestavam atenção à professora, não a mim. Invisível, eu me sentia à vontade para responder a suas perguntas – com pressa e, no mais das vezes, acerto. Sobretudo depois que aprendi a ler, me destaquei muito na escola. Tirava nota máxima em quase todas as matérias, me dava bem com os números da matemática e com os fatos da história. Foi a linguagem, entretanto, o que desde cedo me capturou. Passada a alfabetização, ler meu primeiro paradidático foi um absoluto deleite para mim. Eu vibrava a cada nova palavra aprendida e era capaz de me lembrar até mesmo de onde primeiro as vi (mais até do que do enredo ou do nome das personagens de um livro). Depois, quando essas mesmas palavras me surgiam de maneira espontânea em alguma conversa – agora domesticadas, introjetadas a meu léxico –, uma estrela candente faiscava em meu peito.

Fora da sala de aula, entretanto, a escola era um tormento para mim. Soube disso desde minha primeira aula de educação física. Os meninos e as meninas haviam sido separados em dois grupos. Elas jogariam queimada, nós, futebol. Quando o professor nos mandou formar uma fila, eu me esgueirei até o final e, em um segundo, bolei um sistema de fuga, porque adivinhava que minha participação seria um fiasco. Depois que um colega chutava a gol e voltava a tomar posição atrás de mim, eu oferecia meu lugar, de modo que nunca avançava. Eu suava de tensão, apavorado com a possibilidade de descobrirem meu esquema. Do outro lado do pátio, as meninas se aqueciam com uma brincadeira de pega-pega. Era lá que eu queria estar, pois, entre os meninos, sempre me sentia mais desconfortável.

Me distraí com o jogo das meninas e acabei engolido pela marcha da fila. Agora eu estava no campo de visão do professor, que apitava e gritava nossos nomes. Se eu me retirasse ou trocasse de lugar, ele perceberia. Então chegou a minha vez. Um impulso de coragem beliscou minha testa quando me coloquei à frente da bola. Era correr e chutar. Era correr e chutar. Era correr e chutar. Em uma vertigem, corri e chutei. Errei a bola com a milimétrica precisão de transformá-la em uma roda que girou sob meus dedos, meu pé, meu calcanhar, minha panturrilha e minha coxa, até me alcançar o meio das pernas escancaradas em espacate involuntário. Dei um grito fino de dor, ao que todos os meninos caíram na gargalhada.

Foi um grave golpe a meu corpo roliço e humilhado, que, dali em diante, decidiria se apartar de vez de mim. Desde então e mesmo depois de meu súbito emagrecimento na adolescência, minha experiência corporal é sempre descentrada, alienada, como se, de outro lugar e sob controle de outra entidade, meu corpo fosse um peso a ser carregado, não *incorporado*. Tenho um corpo, hoje pondero, mas não o sou.

.4.

O tempo livre na escola eu passava quase inteiro com Nine. Quando a sirene tocava, eu ia procurá-la onde estivesse, e, ao menos em um primeiro momento, ela aceitou bem minha presença de irmão caçula.

A verdade é que eu não tinha amigos. Com os meninos eu não andava porque, para mim, tudo o que faziam era macacada. Eles me repeliam com sua correria convulsiva e sua gritaria sem fim, e eu me achava intelectualmente superior a todos eles. Quanto às meninas, sem que eu conhecesse a razão, a professora havia me proibido de brincar com elas durante o recreio. No entanto, como era da família, Nine estava excluída da proibição. Por meio dela, portanto, eu tinha acesso ao plácido e dialógico reino das meninas, e, de quebra, me inseria na turma dos mais velhos. Eu não participava das conversas (isso seria pedir demais), mas concordava com tudo o que minha irmã falava, como se lhe dar apoio fosse, a mim também, uma forma de estar certo.

A Nine que eu primeiro conheci na escola era uma menina serena e acolhedora – a pré-adolescente que foi surgindo nela, entretanto, ansiosa e irritadiça. Ela já não me aceitava tão bem a seu lado, e eu me ressentia de que agora houvesse meninos na roda. Eram, na realidade, garotos mais velhos que usavam o *intervalo* – não se falava mais em recreio – para se dedicar a atividades que não a galhofa dos menos maduros, que continuavam a gritar feito hunos pelo colégio. Havia uma compostura diferente neles. Sua voz era mais grossa e alguns já traziam uma penugem fina acima dos lábios.

Eu os achava ridículos. Sempre que apareciam, minha irmã me colocava de escanteio. Por que Nine mexia sem parar nas sobrancelhas sempre que eles se aproximavam? Por que se encostava na parede e, em questão de segundos, colocava a mão na cintura, cruzava os braços, enfiava os dedos nos bolsos e ajeitava o cinto repetidas vezes? Eu enxergava um pavor abraseado em seus olhos, mas seu comportamento era servil. Ela pedia mesada à mamãe para comprar lanches, bombons e refrigerantes que, muitas vezes, nem sequer provava. Sobrava tudo para as amigas, para os rapazes e para as colegas dos rapazes.

Eu me sentia traído, mas, em parte por vingança, em parte porque não teria mais para onde ir, permaneci a seu lado, condição sem a qual não teria compreendido a tortura a que depois a submeteriam. Eu passei a ser mal e mal tolerado e, quando os meninos começavam a fazer chacota comigo ("cadê tuas *amiguinhas*, gordinho?"), ela me enxotava. Eu via que ela me maltratava por pressão do grupo, o olhar cheio de bem-querença e culpa. De todo modo, não era tão mau assim: fora do colégio, Nine ainda era minha melhor amiga.

. 5 .

Papai estava cada vez menos cuidadoso ao carnear os animais. De longe, no quarto, eu tapava os ouvidos quando, com o efeito de um terremoto, o barulho metálico das facas cruzava a rua e me avisava que, logo mais, um bicho seria morto.

Em um primeiro momento, para nos preservar, ele realizava os abates em um matadouro improvisado bem para trás do galpão. Tangia o bezerro, ou a vaca, ou o porco, e ali os imolava. Eu não tinha problema com o ritual em si, mas com os sons que vinham dele. Não me consternava, por exemplo, com a morte silenciosa das galinhas, quando mamãe lhes quebrava o pescoço no quintal. Nem mesmo o sangue – nos casos em que ela dava um golpe em falso e precisava degolá-las a facão – me alarmava tanto quanto o arquejar das reses sacrificadas por meu pai.

Naqueles tempos, porém, ele já não tinha tanto senso de preservação. Fazia tudo no próprio galpão, deixando que o pedido último dos bichos ecoasse casa adentro. Hoje penso que a atitude de meu pai não era fruto de um desleixo, mas de um propósito, e talvez orientado a mim. Eu ia para o quarto e pressionava as mãos contra o crânio. Às vezes, cantava em voz alta. E sempre me tremia muito, pois nunca encontrava sucesso em abafar o barulho – um resquício de morte sempre me atravessava os dedos e chegava até meus ouvidos.

Estava de olhos cerrados quando minha irmã colocou a mão sobre meu ombro. Estremeci de susto. Ela estava com Tobby no colo e insistiu para que eu a seguisse. Eu a segui. Sob minha perspectiva de menino, a passagem aberta entre as árvores parecia maior – mas o Ourives, adiante, menos revolto do que o penso hoje. Paramos no espaço em meia-lua que ficava à margem do rio, uma porção de terra úmida que, fora da estação das cheias, nós transformávamos em nosso reduto. Eu não conseguia entender a intenção de minha irmã, mas ela apontou para o meu ouvido e me perguntou se eu ainda podia escutar os grunhidos que vinham do galpão.

O fluxo da água sobre água e pedra era retumbante, mas também brando, quase narcótico, correndo feito láudano. O som nos envolvia e nos arrastava para longe da vila, para longe dos bichos que se prostravam ao abate. Meu corpo inteiro relaxou e eu abracei minha irmã com força, pressionando a cabeça contra seu peito. Descobria ali que, por debaixo do Rio do Ourives, em um álveo recavo e manancial, sulcado de comunhão e de confidência, corria um outro rio, um rio profundo, um rio secreto que só eu e Nine podíamos acessar.

.6.

Ir à praia – como chamávamos aquela antessala do rio – se transformaria em um costume que, mais tarde, eu transmitiria, entre paternal e saudoso, a Yule e a Rute.

Quando fazia frio, sobretudo no inverno, eu e Nine nos agasalhávamos, vestíamos as galochas de borracha e nos sentávamos ali em pequenas cadeiras de praia, daquelas desmontáveis, que mamãe havia comprado depois de muito implorarmos. Levávamos uma mochila com biscoitos, uma térmica com suco e sanduíches que nossa mãe preparava fingindo estar magoada por não poder participar do nosso *rendez-vous*. Ninguém mais era autorizado a entrar no clube, salvo por Tobby, que se aninhava entre minhas pernas e, com o focinho, puxava a parte de baixo do meu casaco para se cobrir.

Eu e minha irmã passávamos horas na praia, nos refestelando com as comidas, contando fuxicos da escola ou imitando atores da novela. Não era comum que tivéssemos visitantes (o acesso principal ao rio ficava mais para o alto da vila), mas, se aparecia alguém, fazíamos cara feia e começávamos a falar em um idioma só nosso, que havíamos inventado. Constrangido, o invasor não demorava a ir embora, muitas vezes expulso por nossas risadas.

Sozinha comigo, Nine voltava a ser quem era. Agradava Tobby com uma mão e, com a outra, remexia a mochila em busca de gostosuras. Sem razão aparente, começava a rir, até que eu me contaminasse e também caísse na gargalhada. Mesmo a Nine adolescente, cada vez mais tensa, a praia conseguiu amolecer – ao menos durante algum tempo.

No verão, o repertório de atividades aumentava. Eu ia com roupa de banho por baixo, mas apenas Nine mergulhava no rio – nem com ela eu me sentia à vontade para mostrar meu corpo. Mamãe nos fazia medo com suas histórias de correnteza, dizia que o Rio do Ourives era traiçoeiro: em seu cerne, escondido debaixo das águas mansas, corria um feixe de água gelada que, feito cobra, pegava as crianças pelo pé e as arrastava até o fundo. Sua voz monótona não almejava nenhum poder de convencimento, então tomávamos a narrativa por uma das fábulas que costumava contar para nos incutir medo e se livrar da tarefa de supervisionar nossas brincadeiras.

Eu me sentava sobre as largas pedras da beira do rio e me dividia entre Nine e Tobby. Ela nadava de um lado para o outro, subia na boia amarela que papai havia lhe dado de aniversário e ficava olhando para o céu, absorta. Depois despertava e vinha me atazanar o juízo, jogava água em mim, queria saber por que eu não tomava banho. Eu respondia que, no fundo, acreditava nas histórias de mamãe. Era, no entanto, uma mentira. Eu sentia uma vontade premente de ser envolvido pela água, de ter meu peso subtraído, de ter a quentura do sol lavada e carreada para longe pela água fria, mas nunca fiz nada disso. No máximo, quando me sentia mais afoito, submergia braços e pernas no rio, sem, contudo, jamais deixar minha guarida sobre as rochas.

Para não criar despeito da felicidade de minha irmã, eu me virava e dava atenção ao Tobby. Jogava galhos para que ele fosse buscar e enterrava objetos que, frenético, ele desenterrava para me trazer com a cara suja de terra. Eu limpava o focinho dele e me voltava de novo para o rio, onde Inês levantava, com os braços, centenas de gotículas de água refulgentes da luz do sol. Eu a observava de longe e, mais de uma vez, cheguei até a ficar triste, mas, renitente, me recusava a entrar no Ourives.

.7.

Era a primeira vez que Nine usava um biquíni. Ela havia insistido por semanas com Dona Hilde – nós a chamávamos assim sempre que queríamos dar um ar de seriedade a nossos pedidos –, até que mamãe cedeu e, após uma visita à cidade, lhe deu de presente a roupa de banho.

Nine entrou radiante no banheiro para se trocar, mas saiu emburrada, cobrindo as nádegas com as mãos. Minha mãe perguntou a ela se não tinha gostado da cor, ao que Nine não fez mais que grunhir. Embora desconfortável, minha irmã se recusou a trocar o biquíni pelo velho maiô azul. Caminhamos em direção ao rio com Inês tomada por tiques nervosos: repuxava o tecido para esconder os seios poucos e andava a passos curtos, engolindo a barriga. Estava envergonhada do próprio corpo, mas, em vez de se dobrar ao sentimento (como no meu caso), revoltava-se e se insurgia contra ele – no que, e isso seus maneirismos estranhos deixavam claro, vacilava a todo instante. Incapaz de tomar uma postura definitiva, Nine claudicava como um boneco de madeira mal montado.

Na praia, sua altivez fingida virou valentia. Ela pulou da rocha plana onde eu costumava me sentar e entrou na água. Mergulhou fundo. O rio era raso na borda, mas ganhava profundidade poucos metros adentro. Nine desapareceu por alguns segundos e emergiu quase à outra margem. Minha irmã nadava com cólera. Era raro vê-la assim violenta, cada braçada, um soco, cada pernada, um chute. Com o rabo e as orelhas eretas, Tobby gemia assustado. Na volta, ela subiu de novo na pedra e, com a respiração desesperada de uma asmática, mais uma vez saltou e imergiu. Na terceira ou quarta vez, sua musculatura já falhava: perdeu equilíbrio e escorregou quando tentava erguer o peso do corpo para fora da água. Seus braços tremiam, mas ela não desistia do nado cheio de ira.

Da última vez, minha irmã afundou e demorou a subir, demorou a subir, demorou a subir – até que, afinal, não subiu. Tobby começou a ganir antes que eu começasse a gritar: "Nine? Inês? Inês!". Não havia nenhum sinal dela – uma bolha, um rasgo na superfície uniforme da água, um grito. Nada: à minha frente, o rio deslizava com percuciente indiferença. Fiquei paralisado, sem saber o que fazer. Desatei a chorar e recorri a uma velha muleta minha: chupar o dedo. Depois comecei a jogar areia para cima, maldizendo o rio e maldizendo minha irmã.

Nine apareceu de repente do meio do mato. Estava pálida e só não chorava porque sabia que seria um desperdício de energia com o qual não poderia arcar naquele momento. Desabou no chão e começou a vomitar bastante água, tossindo e cuspindo uma baba grossa que parecia não acabar mais. Por fim, se largou no chão e começou a chorar, um choro decoroso que condizia com sua aversão a desagradar a quem estivesse a seu redor. Rangia os dentes e apertava os olhos, gotas de lágrima e gotas de rio se atraindo e fundindo, virando, elas mesmas, um íntimo curso d'água. O ato teatral de minha irmã havia acabado. Ela falou baixinho quando me perguntou se, às vezes, eu me lembrava do Tio Dico, se, às vezes, como ela, eu também não conseguia dormir, pensando sem parar na língua de nosso tio pendurada para fora.

Eu não lhe dei resposta, mas fiz uma carícia em sua mão, ao que Tobby veio e lambeu a água de seu rosto. A ela isso pareceu bastar, pois sorriu e, inadvertida do horror e do fascínio que seu corpo estirado na areia exercia sobre mim, se deixou ficar ali alguns minutos, respirando o ar ribeirinho com a expansão torácica de quem por muitíssimo pouco não perdeu o fôlego de vez.

. 8 .

Nine me contou que, apesar da estafa muscular, ela só se afogou porque uma corrente a enlaçou e arrastou pela perna. Era uma força imperceptível à superfície, um membro de um gigante submerso que se recusava a morar sozinho no fundo do leito, lá aonde os peixes e os caramujos não vão.

Depois do acontecido, fomos mais cautelosos nas idas à praia. Quando ousava mergulhar, Nine não ia muito além da linha imaginária que as pedras recortavam na água. Ficava menos tempo comigo, voltava cedo para casa e, muitas vezes, se recusava a me acompanhar.

Passei, por isso, a ter momentos sozinhos diante do rio.

Ainda guardo memória da primeira vez. Tobby corria de um lado para outro, à caça de passarinhos. Me deitei na cama de pedras da margem e meti as mãos no rio, brincando com a água. Em um movimento natural, me apoiei sobre os cotovelos e fui curvando meu pescoço para a frente. Mergulhei minha cabeça na água e a mantive ali até o instinto me impelir a erguê-la novamente.

Meu coração batia rápido, me parecia uma coisa terrível o que eu estava fazendo. Tive vergonha, tive nojo também, mas não consegui parar. Olhei para trás em extremo sobressalto. A imagem de Nine batendo braços e pernas, lutando para subir de volta à superfície, não se dissolvia da minha mente. Imergi de novo a cabeça e me forcei a ficar um segundo a mais. Mais uma vez, e um outro segundo. E outra – e outro.

Na última, me segurei lá embaixo até estrelas roxas e douradas começarem a pipocar na escuridão de meus olhos cerrados com força. Então Tobby cavou meu braço e eu retornei a mim. Emergi buscando o ar com urgência, a ponta dos dedos formigando.

Aquele seria um exercício que praticaria sempre que tivesse certeza de que mais ninguém apareceria de surpresa no Rio do Ourives. Fiquei deitado sobre as pedras até recobrar o ritmo normal da respiração, enxuguei os cabelos na blusa e voltei para casa.

.9.

Meu pai não chegou a seguir uma direção diversa da de minha mãe, mas a estrada acidentada que tomou rumava a esmo, cortava a dela – a de todos nós – em pontos aleatórios, se enroscava sobre si mesma e o forçava a girar, girar, girar, até trombar e cair. Ele também trabalhava muito, porém a rotina, égide e algoz de minha mãe, de todo lhe faltava. Seus horários e afazeres bem que podiam ser estabelecidos com rigor, mas nunca o eximiram da refinada tarefa de enxergá-los como baluartes do sentido, como pequenos pontos de ancoragem. À maneira de um batel abandonado no Ourives, meu pai vivia à deriva. Numa carência ardorosa, pelejava por forjar uma ordem que nunca alcançou. Por isso, na mesma medida em que se empenhava, era tentado a desistir.

Ele cavou, arou e semeou a terra de legumes, vegetais e grãos que não serviriam apenas à nossa subsistência, mas também ao escambo e, depois de ter comprado um caminhão, ao comércio na madrugada lilás da cidade. Encontrou nas duras geadas daquele ano uma desculpa para nos despistar do tédio que sentia em arrastar o arado e, no final das contas, se desfez dos pedaços de terra que geravam colheita excedente. O mesmo aconteceu com o gado vendido a pequenos frigoríficos das vilas vizinhas – bichos que, entretanto, ainda eram mortos de quando em quando, esquartejados e guardados no congelador do galpão.

Largou tudo e se dedicou ao frete de cargas, móveis e até mesmo animais, dirigindo o caminhão gasto em viagens que podiam durar semanas. Voltava exausto, jogava um maço de dinheiro na mesa – que mal e mal batia o que minha mãe ganhava na escola – e se enfurnava no quarto para dormir. Dormia por dias. Depois, o telefone tocava, ele dizia "sim, sim, certo, é só me dar o endereço" e desdobrava sobre a mesa grandes mapas de papel, estudando a rota antes de partir com uma mala, um beijo na testa de minha mãe e uma contração de desgosto nos olhos.

Bateu o caminhão algumas vezes, mas só desistiu dele quando o tombou, derramando pela rodovia milhares de laranjas. Moradores de um vilarejo vizinho cuidaram de saquear tudo, mas não se preocuparam em socorrer o motorista. Esquecido na cabine, meu pai estava inconsciente, com um braço quebrado e uma concussão cerebral leve (o álcool ingerido na noite anterior ainda evaporando da pele).

Depois de semanas de recuperação, pegou o dinheiro do seguro e desceu o rio para pescar. No entanto, as redes subiram sempre vazias e não lhe renderam miséria – os pescados eram sazonais. Cortou do pau verde e, tentado pelos preços altos do mercado clandestino, também do branco, que era protegido por legislação ambiental. A polícia começou a rondar a área, ele ficou apreensivo e parou de bom grado. Arranjou emprego na cerâmica da Vila Baixa, acordou cedo para queimar telhas e voltou pretejado da fuligem que se aderiu a seu corpo e a seu pulmão, fazendo-o tossir noite adentro. Mergulhou em criatórios de camarão, limpou com água e sabão os pátios da escola (evitando trocar olhares com minha mãe), descarregou mercadoria em bodegas e espraiou agrotóxico nas bananeiras da região, amargando o trato ruim que os chefes lhe davam.

Tudo isso se misturava, sobrepunha e repetia. Às vezes, meu pai não tinha trabalho nenhum por meses. Plantava para a família e carneava para a família. Outras vezes, se esfalfava em vários trabalhos simultâneos, numa labuta sem fim. Quando, final de tarde, finalmente chegava no bar, era recebido pelos compadres com um "lá vem o Joca da Hilde! Esse homem faz de tudo!". Dava um sorriso mais conformado que orgulhoso e batia na mesa com força, fazendo sinal para que lhe trouxessem a primeira dose.

.10.

Não houve um começo marcado para o alcoolismo de meu pai – não, ao menos, como houve um fim, após a chegada da doença. Com sua bebedice mamãe havia lidado desde sempre, aprendendo a lhe arrebatar das mãos trêmulas aquela dose-a-mais de cachaça. Depois da morte de meu tio, todavia, essa capacidade dela foi se esbatendo, ao mesmo tempo que ele parecia experimentar uma sede de outra ordem, como se lhe premisse o peito, de dentro para fora, um órgão vestigial novo, desconhecido, que, crescendo, lhe doesse de maneira difusa, mas física, e o impelisse a ingerir anestésico.

Ele saía dos serviços direto para o bar. Se estivesse sem ocupação, esperava o final de tarde para encontrar os amigos. Como, sobretudo no verão, os homens exalavam mau cheiro, as camisas pesando de suor e de sebo, meu pai passava o dia sem banho. Antes de sair, cheirava as axilas e amarrotava a roupa, na tentativa de disfarçar a falta de trabalho. Depois se unia ao grupo que, sem trégua, bebia cerveja, cachaça ou vinho barato pisado pela própria gente de Ourives.

Não havia muita conversa entre eles. Nas raras ocasiões em que minha mãe se cansava demais, me dava um trocado para comprar pão na padaria em frente ao bar predileto de meu pai. Enquanto esperava pela fornada, eu observava os homens em silêncio, gente nova e gente velha estalando a língua quando o álcool lhes cortava a garganta. De vez em quando, alguém fazia um comentário sobre o que passava na TV sobre o balcão. Os demais concordavam e discordavam da mesma forma: poucas palavras rosnadas. Eu pegava os pães e passava mirando meu pai, que nunca virava o rosto para mim.

Sua demora em voltar para casa também aumentou ao longo dos anos, embora nunca deixasse de aparecer, mesmo que para encontrar sopas frias e pães já murchos. Havia um certo humor na disparidade entre a expressão grave de meu pai e seu passo trôpego, mas, impaciente e faminto, eu não conseguia achar graça alguma. A partir dali, o jantar transcorria como se nada tivesse acontecido, em uma cena de conivência que me desagradava sobremaneira. Eu só me salvava porque, tão logo começasse a comer, minha irritação derretia e escorregava boca adentro, como o açúcar polvilhado sobre as bolachas que, como uma compensação, minha mãe me deixava devorar.

.11.

Apenas uma noite meu pai quebrou a regra de retornar para o jantar.

Quando percebeu que ele não vinha, minha mãe nos autorizou, sem alarde, a pegar comida dos refratários sobre a mesa. Jantamos em silêncio. Eu estava contente, fruindo de um sentimento de justiça. Mamãe, por sua vez, estava letárgica, incapaz de reconhecer perigo em uma situação que escapava da sua rotina. Nine, entretanto, se mostrava nervosa. Olhava para a porta, se remexia sobre a cadeira e estalava os dedos para Tobby. Quase não tocou na comida. Sem conseguir se conter, perguntou a nossa mãe onde estava papai e, como resposta, recebeu um "deve estar para chegar, minha filha". Indiferente à angústia de Inês, minha mãe se levantou e foi lavar os pratos, arrumar as panelas no armário e organizar a mesa para o café do dia seguinte.

Fomos dormir. Devia ser alta madrugada quando ouvi passos pesados na sala. Me levantei num sobressalto e fui até o corredor para ter certeza de que não se tratava de um invasor. Nine já estava lá, de costas para mim, observando nosso pai. Nenhum deles podia me ver. Esperei que minha mãe aparecesse, mas, exausta, nada a teria acordado. Papai estava derreado sobre o sofá, meio sentado, meio deitado, com o quadril à iminência de deslizar para fora do assento. Suas mãos revolviam seus cabelos e, como se tartamudeasse, ele balbuciava sons desconexos.

Nine avançou até nosso pai. Chamou-o por "papai", mas ele só se deu conta da presença a seu lado quando minha irmã o sacudiu. Ele se ergueu de chofre, se pôs de joelhos e, num susto, se apoderou da mão de Nine. Ela deu alguns passos para trás. Ele engatinhou em sua direção e agarrou seu tornozelo. Nine caiu no chão e se levantou, mas ele a havia alcançado. Com seus braços de adulto, envolveu minha irmã num abraço forçado.

Então, para nossa surpresa, começou a chorar. A filha parou de resistir e o acolheu, fazendo um carinho mal ensaiado em sua cabeça, enquanto ele se embaralhava em dizeres sem sentido, pedia desculpas, dizia que era um bosta e que nunca conseguiu dar sustento a quem precisou.

Foi tenebroso para mim flagrar o desespero e a vulnerabilidade de nosso pai. Pior ainda terá sido para Nine, a quem se assaltou com uma atroz charada afetiva. Papai não costumava nos tocar, tanto menos compartilhar agruras íntimas. Ali, de maneira invasiva, ele cometia a covardia de pedir sem nunca ter dado.

Chorou por alguns minutos e se deixou cair no chão, humilhado. Então súbito se ergueu e, com sons estertorantes, vomitou minha irmã inteira. Um, dois, três jatos fortes e incontidos – e, no instante seguinte, ele já estava desmaiado. Inês ficou parada e trêmula, violentada, os braços levantados num gesto inútil de defesa. Eu voltei para o quarto na ponta dos pés, e logo em seguida minha irmã entrou no banheiro do corredor. Só consegui dormir quando, quase ao amanhecer, ela finalmente parou de chorar – depois de horas a se lavar das entranhas de nosso pai.

.12.

Não seria o último golpe no espírito de minha irmã – a estocada final viria de mamãe. Mas, depois daquela noite, algo em Inês entrou em curto. Era nítido que, pouco a pouco, ela perdia a vitalidade, mas sua reação se travestia do contrário: Nine se tornava cada vez mais elétrica, como se, em vez de reduzido a quase nada, seu ânimo tivesse se submetido a altas voltagens.

Minha irmã piscava os olhos várias vezes seguidas e estalava uma a uma as articulações do corpo, numa sequência de pescoço, mãos, dedos, joelhos e tornozelos. Roía as unhas com vigor, até o sabugo. Movimentava os braços como um roedor estocando comida e dava passos acelerados, à maneira de quem anda sobre um braseiro.

Seu gesto frenético qualquer um podia observar, mas existia o que eu a via fazer escondido. Acreditando estar sozinha na sala, ela beliscava as sobrancelhas, levava os dedos à boca e, de olhos esbugalhados, movia o maxilar com concentração, enquanto uma tira de saliva escorria pelo canto dos lábios. Só entendi o que minha irmã fazia quando, em vez dos pelos da sobrancelha, ela passou a arrancar e mastigar os cabelos da cabeça. Fio a fio, ela os puxava com um solavanco e mordiscava as raízes. Com uma expressão de alívio, se deitava no sofá e respirava fundo, se permitindo relaxar em meio aos cabelos acumulados no chão.

    Meus pais não perceberam a mazela que, com grossas cordas, prendia os pulsos de minha irmã. Papai era distante e mamãe ainda demoraria a ressuscitar de seu sonambulismo. Sozinha, Nine tentava abafar da cabeça o desnorteante zumbido da ansiedade. Ela precisava de ajuda para descobrir um novo sentido, mas, sob os cegos faróis de sua família, não encontraria caminho algum.

.13.

Seu comportamento também se alterou na escola. Sem aviso prévio, Nine começou a propagandear aos colegas uma vida que não era a sua. Com riqueza de detalhes, elaborava diversas fábulas de absurdo, narrativas que iam desde anedotas tolas, como ter ganhado a loteria (e perdido o bilhete), até verdadeiras mitologias.

    Nos monólogos de minha irmã, nosso avô era um convocado da guerra do Vietnã, mesmo sendo brasileiro. Suas glórias no exército nacional chamaram a atenção dos Estados Unidos, mas, em solo inimigo, ele se uniu aos vietcongues, e por isso a guerra terminou como terminou. Nossa avó se formou em uma academia de acordeonistas onde, no concerto de formatura, mais de mil músicos tocaram. Foi solista e acabou o espetáculo aplaudida de pé. Viajaria para a Europa para começar carreira, mas, naquela mesma noite, quebrou o dedo mindinho e nunca mais pôde tocar.

Inês inventava palavras. Dizia que havia acordado muito *orplênia* e, se alguém tinha coragem de lhe pedir explicação, soltava, de maneira muito casual, um sinônimo também inventado, como *perplexionativa*. Uma vez, com o nervosismo de um malabarista principiante, montou uma frase inteira com seu léxico deformado: "a novela ontem estava *téfida*, meio *catárica*, sabe? Mamãe disse que a vilã *cormuscava* demais, por isso a gente acha tudo muito *qualímodo*".

Nine padeceu de inúmeras enfermidades. Tossia alto, perguntava às pessoas se estava com febre ("coloca a mão aqui na minha testa?") e portava um ar moribundo, buscando a atenção e, sobretudo, a comoção de quem quer que a ouvisse. "Mas o que você tem?", e ela elencava uma lista de sintomas, enxaquecas, palpitações, dores agudas, labirintite e anemia.

Afinal ela amarrou um lenço na cabeça e chegou dizendo que logo mais estaria 100% careca. Tudo por causa da quimio – não dava maiores detalhes porque era difícil falar sobre seu estado de saúde. Mas sim, sim, estava com câncer. A essa altura, sua plateia já não era tão grande. Poucos eram os colegas (Nine tinha amigos?) que, se cutucando, não se afastavam conforme ela se aproximasse. Ainda em menor número eram aqueles que lhe davam algum crédito. Mesmo eu, que nunca saí de seu lado enquanto delirava em suas epopeias de bairro, ficava muito constrangido.

Tinha vontade de empurrá-la e pedir que parasse com aquilo. Será que ela não via as pessoas rindo dela?

A história do câncer chegou aos ouvidos de uma professora, do que, por óbvio, abriu caminho até mamãe. Era uma terça de noite – um dia antes da excursão à fábrica de cal – quando, esperando papai retornar do bar, nossa mãe nos chamou para uma conversa.

.14.

"Em Ourives, de tudo se morre."

Foi assim que, depois do jantar, minha mãe nos puxou para tirar satisfações com Inês. Eu e minha irmã nos entreolhávamos enquanto Dona Hilde titubeava calada. Não sei se, com a demora, procurava o meio mais maternal de acolchoar as pancadas com que pretendia nos educar ou se sua cautela era egoísta, usando os minutos de silêncio para decidir se, afinal, valia a pena levar a discussão adiante.

"Em Ourives, de tudo se morre", ela retomou, às voltas. Havia encontrado um ritmo (pausado) e um tom (suave, como a enfermeira escolar que dá bronca enquanto faz o curativo) para, munida deles, discorrer longamente sobre o histórico mortuário da vila, como em um necrológio às avessas.

As pessoas eram atropeladas por motos, carros, caminhões e bois. O pai de uma vizinha esqueceu a porteira aberta e a boiada passou por cima do irmão dela, que na época tinha só cinco anos. Sob as pisadas implacáveis do rebanho, o menino morreu na hora.

Briga de toda sorte matava gente, briga com faca, briga com revólver, briga com foice. Ainda jovem, na volta da escola, mamãe viu, estirado numa vala, um homem com um machado enterrado na testa. Era um primo seu, que estrebuchava com a cara coberta por uma máscara de sangue espesso. O neto do dono da mercearia achou a arma da família e explodiu metade da cabeça com um tiro. Dizem que ainda hoje se veem as marcas dos miolos da criança na parede caiada do quarto do avô. Um morador da Vila Alta decepou a mão com um facão de estripar peixes, desmaiou de dor e, sozinho em casa, sangrou até morrer. Mamãe escapou por pouco de uma árvore que, fincada no solo amolecido pelas chuvas, desabou bem onde ela estava um segundo antes. Casas desmoronavam sobre famílias inteiras, os meninos chorando noite adentro, enquanto vizinhos tentavam se antecipar aos bombeiros, que nunca chegavam antes de as crianças se calarem de vez. Nas mortes por deslizamento de terra, ao contrário, nunca se ouvia nenhum pedido de socorro, pois logo a areia invadia as bocas e os pulmões de quem os abrisse à procura de voz. O clima dava para ser inclemente, as temperaturas frias ceifavam a vida dos velhos com gripes fatais, as temperaturas quentes lhes causavam desidratações fulminantes. Quando chovia granizo, o povo corria para procurar abrigo, mas as pedras maiores, blocos maciços de gelo que caíam com o peso de um elefante, eram sempre mais rápidas e rachavam vários crânios por vez. O trabalho matava gente esmagada por máquinas, matava gente envenenada por agrotóxico, matava gente de desgosto por ser explorada e nunca conseguir acumular patrimônio algum.

Já adolescente, a melhor amiga de mamãe comeu mandioca-brava sem o preparo adequado e, algumas horas depois, começou a arquejar – morreu com a cara amarela e torta. Pragas se alastravam com facilidade, tirando proveito da falta de higiene do povo. O cólera e todo tipo de disenteria aniquilavam metade dos recém-nascidos de Ourives. Adultos ainda jovens definhavam de doenças degenerativas como se fossem idosos, as cãs precoces vistas de longe enquanto, desmemoriados, vagavam pelas estradas, as mãos frouxas, sem conseguir firmar os trêmulos missais.

Havia também – nesse ponto, minha mãe interrompeu seu copioso obituário e tomou um pouco de ar – aqueles que tiravam a própria vida, como Tio Dico. Ao ouvir esse nome, Nine perguntou se ninguém morria afogado. Seus dedos brilhavam de saliva após um acesso de onicofagia e seus lábios estavam pálidos. Ela falava, claro, do que tinha lhe acontecido, e falava sem provocação. Mamãe não teria como saber, mas, se tivesse se disposto a enxergar a própria filha, que trazia os olhos cheios de úmido abandono, teria entendido que Inês já havia captado a mensagem – teria entendido que, a partir dali, o que viesse era crueldade, não disciplina. Não era necessário continuar.

.15.

Mas ela continuou. Não me acode à memória nenhum sinal que me permita discernir como mentirosa ou verdadeira a história que mamãe nos contou.

Ela falava de forma impassível, no tom científico que usava em sala de aula. Depois dali, nunca mais se comentou sobre o assunto. Tratou-se de um fato isolado, uma anomalia, uma ilha despovoada no meio de um antigo oceano. Não vivemos nada daquele passado, mas a devastação que o relato nos causou – causou, sobretudo, a Nine – foi semelhante à interrupção de uma peça por uma briga de atores na coxia: não pode ser vista, mas é o suficiente para, entreouvida a pancadaria, acabar com o espetáculo.

Mamãe revelou que nós havíamos tido um outro irmão. Um menino de nome Pedro, nascido antes de Inês. Seu primogênito. Era uma criança linda, o cabelo preto e ondulado, o corpo rechonchudo cheio de dobrinhas. Nosso pai era louco por ele. Não bebia tanto na época, então voltava logo do serviço, se deitava no chão da sala e espalhava brinquedos por todo canto. O bebê aprendeu a falar com menos de um ano e meio, era muito inteligente. Todos riam das suas tiradas e das suas perninhas tortas de papagaio, que aprendeu a usar cedo, na intenção de correr em direção ao rio sempre que ouvia o murmúrio da água. O menino adorava o Ourives.

Então, com quatro anos, morreu afogado. Tomava banho na beirinha quando minha mãe se distraiu com um barulho no mato. Bastou virar a cabeça e, num piscar de olhos, a criança não estava mais lá. Ela chamou por ele, gritou e chorou. Como uma pedra afundando na água, seu primeiro rebento havia sumido, tragado pelas correntes traiçoeiras do rio.

Mamãe não conseguiu continuar, pois Nine começou a chorar de maneira escandalosa, deixando à mostra o fundo vermelho da garganta. Fiquei aterrorizado com sua úvula a vibrar como um ser de vida própria, uma larva tentando escapar do pássaro predador. Minha irmã correu para o quarto e se trancou. Pela primeira vez àquela noite – pela primeira vez em eras –, minha mãe esboçou em seu rosto uma expressão de alívio. Estava quase grata. Quando caminhei até ela com o dedo na boca, me acolheu em seu colo e beijou o alto da minha cabeça. Voltava a ser mãe.

Em seu quarto, Nine fungou e gemeu até a hora de dormir. Não tornaria a mentir daquele jeito.

.16.

Eu não conseguia olhar para minha irmã. Sem falar nada, virei o rosto para a janela do ônibus que chacoalhava pela paisagem árida do percurso até a fábrica de cal. Aquela excursão escolar havia injetado grandes expectativas em nossos corações entediados, sempre acostumados à mesmice de Ourives. Eu e Nine havíamos antecipado a viagem por semanas, imaginando, durante nossas longas conversas, tudo de empolgante que encontraríamos por lá.

Na hora de sair, minha irmã estava atrasada. Por isso, com um beijo de despedida em mamãe, me agarrei à mochila e fui sozinho até meu assento. Pouco depois, Inês apareceu. Não acreditei quando a vi subir no ônibus. Fiquei tão zangado que por pouco não perdi a calma. Eu queria beliscá-la, queria dar um soco em seu ombro. Por que ela estava fazendo aquilo comigo? Por que tentava estragar nosso passeio?

O estado de minha irmã era sórdido. Sua figura se assemelhava à de um espantalho. Os cabelos desgrenhados invadiam o rosto e duas covas arroxeadas se destacavam debaixo dos olhos. Coçava a cabeça a todo instante, piscava com força e arrancava as sobrancelhas sem pudor algum. Havia sobre sua língua uma crosta amarelada, e seus lábios estavam cobertos por uma membrana branca de saliva ressecada. Bocejava de maneira compulsiva, bafejando seu mau hálito sobre mim. Apesar disso, quando percebi que usava a farda suja do dia anterior, me arrependi da minha raiva, que logo se transformou em uma comoção latejante. A imagem adelgaçada de minha irmã me doeu muito. E tanto mais me doeu quanto mais eu entendia, submetido aos solavancos da estrada, que ela nem sequer se dava conta da própria aparência.

Os eventos daquele dia se cerrariam em um silêncio blindado. O que obtenho deles é, em larga medida, resultado de um exercício de cogitação, porque o assunto se tornou um tabu entre mim e minha irmã. Do que me aconteceu ela não soube de nada. Do que lhe aconteceu eu soube aos poucos, costurando versões que captava pela escola – versões mais ou menos cruéis, entreouvidas em meio às risadas abafadas que, dali em diante, anunciariam sua chegada aonde quer que fosse.

.17.

Descemos e nos reunimos às dezenas de alunos que escoavam dos ônibus e se amontoavam como formigas em frente à mineradora. Fomos divididos em dois grupos, que seguiriam itinerários alternados entre si. As crianças mais novas, como eu, visitariam primeiro a estrutura da fábrica, enquanto o pessoal mais velho, como Inês, aproveitaria a área de lazer destinada aos funcionários da empresa, espaço composto de uma quadra de futebol e um discreto parque aquático.

Perambulando como uma doente de hospital, Nine acompanhou seu grupo. Eu fui para o outro lado e logo me entretive com uma espécie de castelo de tijolos. O tio da fábrica explicou que se tratava de uma caieira, um forno antigo para se incinerar calcário e obter a cal. Dali, seguimos para o chão de fábrica, onde pedras enormes eram transportadas por esteiras, quebradas em pó e embaladas em sacos de papel pardo.

Para além dos galpões cheios de silos e tubos que se interligavam em uma rede de transporte de material, abria-se uma montanha nua, cavada em curvas de nível. Tratores traumatizavam a terra rochosa, que se fragmentava e era recolhida à caçamba de caminhões. Depois de explicar o processo em detalhes, o tio da fábrica deixou que nos perdêssemos por entre os montes de brita que, dispostos em altas colunas, formavam um labirinto. Corri, ri e suei, admirando e invejando a coragem dos colegas que subiam até o cume dos pequenos outeiros de pedra.

.18.

Depois do almoço, as professoras nos dividiram em conjuntos de meninos e meninas e nos conduziram até o vestiário. Minha ânsia por diversão logo deu lugar à afobação de inventar uma desculpa para não me despir na frente dos colegas. Quando chegou minha vez, informei à professora que havia esquecido o calção de banho, ao que ela me rebateu com um sorriso: a própria escola poderia me emprestar uma sunga, se necessário.

Eu gaguejei e lhe disse que, na realidade, não poderia entrar na piscina porque tinha alergia a cloro. Ela deu de ombros e se afastou, avisando que viria me buscar depois que os demais tivessem se trocado. Me fez prometer que eu não deveria, sob hipótese alguma, sair de onde eu estava. Aliviado, me sentei no banco ao lado do vestiário e arranquei um livro da mochila.

De onde eu estava, podia ouvir a algazarra dos meninos no banheiro. Davam risada, falavam dos corpos uns dos outros e do tamanho do pinto de cada um. Conversavam sem melindre e sem vergonha. Eu os imaginava nus, correndo pelos boxes com liberdade. Se eu participava da fantasia – só de imaginar, me contraía inteiro –, era apenas para ser objeto de riso: faziam pouco da minha gordura mole feito gelatina e do meu pênis pequeno. Baixei a cabeça e abracei os joelhos. Reconhecer minha condição de pária me entristecia.

Meus colegas foram embora. Atrás deles, veio a professora, que parecia ter se esquecido de mim. Passou direto, mas não falei nada. Sob o peso de minha personalidade obediente, levei a ferro e fogo seu mandamento e não saí do lugar. Tampouco consegui gritar seu nome quando, já longe, atravessou o portão do gradeado e caminhou rumo ao parque aquático.

Tentei me acalmar e me convencer de que ela retornaria logo. Segurei meu livro com força e batalhei para me concentrar nele. Sob o sol escaldante, o suor fazia meus olhos arderem e escorria por minha camiseta encharcada. Não sabia por que não poderia simplesmente me levantar e ir até o parque aquático. Vistos de longe, meus colegas eram sinuosos, quase virtuais, como uma miragem no deserto. Eu queria me levantar, mas não conseguia quebrar minha promessa.

Foram horas de terror. O que dissolveu minha paralisia, entretanto, foi uma visão ainda mais aterradora: coberta de poeira branca, Nine passou aos prantos. Caí em mim e percebi como era ridícula a situação em que eu havia me enfiado. Em estado de alerta, me levantei e corri atrás de minha irmã.

.19.

Inês estava mais estranha que o normal. Enquanto os colegas tomavam banho de piscina, vagava como uma múmia pelo parque aquático. Coçava a nuca, roía as unhas e movimentava os lábios com pressa (uns disseram que ela estava cantando; outros, os que não se importavam em editar a história, que estava falando sozinha). Se abrigou debaixo de um guarda-sol e dormiu por boa parte da manhã. Almoçou pouco e, como havia secado a fonte da qual suas mentiras brotavam, não se dirigiu a ninguém.

Sem que se soubesse o porquê, Inês se dedicou a beber suco de forma compulsiva. Durante a refeição, virou copos e mais copos do líquido vermelho de sabor indefinido. Em uma das versões que chegou até mim, foram cinco copos. Em outra, dez. Bebia rápido e, entre os goles, puxava o ar com voracidade.

Durante a visita ao chão de fábrica, Inês começou a ficar inquieta, movendo-se de um lado para o outro. Se antes seu aspecto desalinhado sugeria apenas uma noite de sono ruim, agora, unido àquele comportamento repetitivo, ele lhe dava ares de insanidade mental.

O quadro piorou depois que seu grupo se afastou da fábrica e se expôs ao castigo do sol. Inês se balançava inteira, levava a mão à testa para enxugar o suor e esticava as pernas em pequenos tremeliques. O tio da fábrica estava terminando sua exposição quando, não podendo mais se aguentar, minha irmã se perdeu pelo labirinto de montes de brita – por onde, e ela não fazia ideia disso, as dezenas de colegas se enfiariam segundos depois.

.20.

O que ocorreu a Nine não foi surto nem disfunção orgânica, mas, longe disso, dos mais prosaicos mecanismos da fisiologia humana: os líquidos que ingeriu foram digeridos, circulados, filtrados e armazenados em sua bexiga prestes a se romper. Sem nenhum banheiro por perto, teve que improvisar: olhou em redor e acreditou que fazia bem em se esconder entre os montes de brita.

Baixou as calças até os calcanhares, se agachou e, imagino que com um gemido de prazer, liberou a musculatura pélvica. Sonolenta e de cócoras, não percebeu que primeiro um, depois dois e, por fim, todos os colegas de excursão a flagravam nua. Um burburinho se formou e ela ergueu a cabeça. No susto, caiu para trás, sobre a poça da própria urina.

Com a queda, seu sexo ficou à mostra. Nine tentou recuperar o equilíbrio, mas, com as pernas dobradas e os joelhos envergados para fora, parou a meio do caminho. Caiu outras duas vezes, chapinhando a urina amarelada com as próprias nádegas. Sem acreditar no absurdo da situação, Nine sucumbiu à vertigem do desespero. Em vez de simplesmente erguer as calças, começou a jogar brita sobre si mesma (sobre o próprio sexo). Queria, talvez, se enterrar, e só entendeu que o recurso de camuflagem era imprestável quando uma professora apareceu e a cobriu com uma toalha. A essa altura, os demais estudantes se dobravam de tanto rir.

Tudo isso eu ouvi e montei aos poucos. Por um lado, cavei informações dos colegas que se recusavam a me dar mais detalhes do acontecido; por outro, filtrei relatos dos que, com brilho nos olhos, se satisfaziam em exagerar e vampirizar a humilhação de minha irmã. O apelido de Mija Brita a atormentaria pelo resto da vida, e, ao menos até que Miguel fosse transferido para a nossa escola, precisaria suportar sozinha todo o maldoso falatório sobre si.

.21.

Os eventos da fábrica de cal tiveram sobre Nine dois efeitos principais.

Em primeiro lugar, o alvoroço existencial dos últimos anos arrefeceu como lava em contato com a água: com uma nuvem de vapor a velar o que há por baixo. Minha irmã desacelerou, e seus vícios se diluíram em uma personalidade de península, segregada o suficiente para encarar a vida com independência, mas não a ponto da completa insulação. Por um pedaço estreito de terra, e desde que ela nos permitisse, ainda era possível explorar suas cartografias pessoais.

O segundo efeito decorre disso e, à primeira vista, envelopa um contrassenso. Ocorreu que, em vez de se distanciar do próprio corpo – solução adotada por mim –, Nine se aderiu a ele. Com isso, colava seu ser no que, para mim, não poderia nunca passar de um instrumento. Não sei se sua antimetafísica foi fruto de uma escolha, mas penso que, como um sismo a revelar tesouros arqueológicos, o vexame físico a que se submeteu a despertou para um novo tipo de consciência corporal.

Nine passou a recusar os confeitos de mamãe e a evitar comidas gordurosas. Fazia as refeições em horários rigorosos, dava preferência a frutas, legumes e hortaliças (ela ria quando eu a chamava de Tia Mirtes). No colégio, ouvia com desalento os xingamentos e piadas dos colegas ("tá de fralda hoje, Inês?"), mas extravasava tudo durante as incessáveis aulas de vôlei, basquete e dança. Chegava em casa suada e, com o pouco tempo que lhe restava, estudava apenas o suficiente para não reprovar. Um dia, foi com Dona Hilde para a cidade e voltou com sacolas de roupa, esmalte e maquiagem, que papai proibiu que fosse além de um batom claro e um blush suave. Magra, de porte elegante, Nine não era mais uma menina.

.22.

As mudanças em minha irmã me deixavam eriçado de curiosidade. Quanto mais eu a observava, mais um fragmento de mim desejava tomar parte na sua celebração do corpo – como se, de alguma maneira, eu também merecesse tirar proveito de sua transformação.

De toda forma, aconteceu sem que eu planejasse.

Eu estava sozinho em casa. Mamãe e Inês haviam saído para um sábado de compras na cidade, e papai, que trabalhava em um terreno próximo, não deveria retornar até a hora do almoço. Passei pelo quarto de minha irmã e, de soslaio, vi que, na pressa, ela havia esquecido o kit de maquiagem sobre a escrivaninha. O conjunto era composto de embalagens pretas, pincéis pulverizados de pó e, no centro de tudo isso, um batom. Tomei-o na mão, tirei a tampa e girei a base. Exposto, o róseo cremoso do bastão me eletrizou. Comecei a me tremer e, sem pensar, corri para o banheiro do corredor.

Primeiro cheirei o batom, cujo aroma lembrava massa de modelar com morango. Com o indicador, dei leves batidas sobre o bastão e deslizei o dedo sobre a boca. Não vi diferença nenhuma no espelho. Repeti o processo, dessa vez com mais firmeza. Nada ainda. Por fim, tomado de impaciência, fechei os olhos e, com força, esfreguei o batom contra meus lábios contraídos.

O pigmento havia se incrustado em minha boca de maneira pouco uniforme, deixando à mostra pedaços da mucosa lívida de pavor. Tentando me manter calmo, completei os espaços vazios do desenho. Um rebuliço interno me arrebatou e meu pênis se distendeu em pulsações contínuas. Minha imagem no espelho me magnetizava e, por isso, fiquei surdo à chegada de meu pai, que batia a terra das botinas bem à porta de casa.

Senti uma vontade terrível de fazer xixi, mas me controlei. Voltei a me tremer e derrubei o batom, que se chocou contra a torneira em um vibrato medonho. Atordoado, dei por bem devolvê-lo ao devido lugar. Em minha cabeça, era essa a providência que deveria tomar para não ser descoberto. Larguei a maquiagem de Nine na escrivaninha e, aos saltos, tentei retornar incógnito ao banheiro. No último instante, me virei para checar se, de fato, papai não havia me visto. Nossos rostos se encontraram por apenas uma fração de segundo. Tranquei o banheiro me retorcendo todo, puxando o cabelo e socando o ar.

Ele não falou nada. Foi, em silêncio, ajeitar o material de trabalho no quintal. Sem que soubesse se ele havia visto minha boca pintada, esfreguei o batom com água, sabão e culpa, até que, minando sangue, as comissuras de meus lábios começassem a se rasgar.

.23.

Os dias seguintes me deram a impressão de jogar xadrez. Ao mesmo tempo que evitava ficar sozinho com meu pai, buscava provocar nele alguma reação, uma careta, uma repreensão ou um olhar torto que denunciassem que ele havia, sim, percebido o batom em minha boca.

Penteei com mais frequência os cabelos de mamãe e, sem pudores, me entreguei a nossos carinhos físicos. Ela me recebia no colo e, quando me fazia cócegas, eu ria de modo exagerado – o que, em outros tempos, teria rendido pelo menos um muxoxo de papai. Certa vez, cheguei a perguntar a Nine qual era sua cor de batom favorita. Nada. Ilegível, o rosto de meu pai parecia talhado em madeira.

Mudei de estratégia e tentei mover outras peças. Busquei agradá-lo e fazer suas vontades. Organizava seu material de trabalho na roça, tirava as escamas dos peixes e, depois do serviço, limpava as peixeiras. Ajudei até mesmo a bater feijão, trabalho que eu odiava. Era preciso ficar horas sob o sol quente, quebrando as vagens secas e prenhes, que se rompiam e liberavam os grãos.

Nada. Nada. Dois meses transcorreram. Com eles, baixei a guarda. Estava convicto de que meu pai não havia reparado em nada e, se fosse mesmo o caso, havia perdoado o que não passava de um inocente experimento de irmão caçula. Foi um erro – quem perdeu no xadrez fui eu. Implacável e tardia, sua rebordosa chegou até mim sem que eu esperasse.

.24.

Meu pai entrou em casa com os nervos em pandarecos. Gritou por minha mãe, pediu que se sentasse e desfiou uma longa história sobre ter levado um calote de clientes da Vila Alta. Ele havia sido contratado para uma série de serviços, frete da produção agrícola, cimentação do piso da garagem e conserto do telhado. Além da remuneração, que só seria paga ao final das cinco semanas de trabalho, papai também embolsaria um bônus em dinheiro vivo.

Quando chegou para receber o ordenado, no entanto, encontrou a casa vazia. Debaixo de frio, bateu na porta várias vezes, mas não obteve resposta. Espiou pelas janelas e começou a suar quando percebeu que não havia mais móveis na sala. Correu até o vizinho e foi informado de que, ainda no dia anterior, em um caminhão apinhado de malas e mobília, a família toda havia ido embora.

"Mas por que eles iam mandar reformar a casa inteira e depois abandonar tudo, Joca?", minha mãe interrogou irritada, querendo, na verdade, perguntar se ele havia mesmo sido tão ingênuo a ponto de não pedir nenhum adiantamento.

Meu pai entreleu o subtexto de acusação e soltou um "e eu lá sei, mulher?", sacolejando os braços no ar de um jeito italiano. Em clima de contenda armada, bateu com a mão na mesa e depois espremeu a cara nos dedos, maldizendo os salafrários que haviam lhe roubado tempo e dinheiro. Esbravejava que havia dispensado inúmeros outros trabalhos e, aos berros, se perguntava como era possível ter aguentado a velha enchendo o seu saco por semanas e ainda terminar de mãos vazias.

Papai começou a empurrar as cadeiras. Ele não era um homem violento, nem quando estava bêbado, então sua reação física me pôs muito medo. Como quem por acaso come um chocolate encontrado no fundo da gaveta, me vi recorrer a um vício esquecido: chupar o dedo. Era ridículo que, àquela altura, eu me portasse como um menino, mas a celeuma de meu pai me enchia de temores primitivos.

Ele percebeu o que eu estava fazendo e gritou "porra! E esse menino ainda chupa dedo?". Tirei a mão da boca e enxuguei a saliva no casaco, abrindo um sorriso choroso na tentativa de acalmar meu pai, que vinha até mim com pisadas maciças. Ele me agarrou pela orelha e, sob discretos protestos de minha mãe, me arrastou até o galpão. Em um ultimato, repetia que era agora ou nunca que eu virava homem de verdade.

.25.

Meu pai me pôs sentado em um toco de tronco na parte de trás do galpão. Sumiu por um minuto e retornou com um boi enorme, que ele conduzia por um cabresto gasto. Olhei para o chão manchado de vermelho e estremeci, me dando conta da emboscada que meu pai havia armado. Pedi que ele me deixasse ir embora e prometi que nunca mais colocava um dedo sequer na boca – mas não fui além disso, não tive a integridade de me levantar e fugir.

Enquanto meu pai mexia nas facas, o boi parou quieto, inadvertido de sua fortuna iminente. O animal era como que escudado por uma serenidade de monge, os olhos doces piscando os cílios lentamente, quase com amor. Eu me levantei e passei a mão em seu focinho, ao que ele empurrou a cabeça contra mim, tirando proveito do agrado que, não tinha como saber, seria o último.

Quando meu pai amarrou uma corda em seu pescoço, entretanto, seu instinto se alumbrou. O bicho balançava a cabeça de um lado para o outro, querendo se livrar. Então papai apertou a corda contra a estrutura do galpão, de modo que o boi mal pudesse se mexer. Um primeiro mugido veio com som de pergunta, como quem questiona o gesto daquele que, até ali, só havia lhe prestado fidelidade, trazendo comida todas as manhãs. O segundo mugido se prolongou mais – era um pedido para que, por favor, o tirassem dali. Meus lábios começaram a tremer, e eu cobri os ouvidos com a mão.

Os mugidos seguintes só vieram depois do golpe certeiro de meu pai: ele afiou o facão e, com uma estocada feroz, penetrou fundo o peito do boi, lá onde ficava o coração. Incrédulo, o bicho fez força para escapar, mas era feita a sua morte. Papai arrancou o metal do corpo que se debatia em vã peleja, e uma enxurrada de sangue preto e grosso, de cheiro nauseante, desceu ao chão. A imagem me impressionou muito, pois não aconteceu como eu imaginava. O sangue não era despejado aos pulsos, mas em uma queda contínua, como se um saco cheio de líquido fosse rasgado: a gravidade, força primordial que nada conhece dos engenhos da biologia, era mais potente que o tônus de seu coração minguante.

O boi caiu de joelhos e se virou para mim (para recorrer a mim). Era outro o seu timbre, e sua voz já estava despojada de brios – desamparo em estado puro, clamor que já não teme humilhação. Produzido por uma musculatura drenada de sangue, seu mugido havia se transformado num berro grave, longo e frouxo, à maneira de um bezerro que acaba de nascer. Morrendo, o boi retrocedia a seus primeiros momentos. Depois, regressando mais, voltou a ser nada: tombou em fenecido silêncio.

O choro tomou meu rosto em um esgar deformado. Em meio às lágrimas e por cima do zumbido em meus ouvidos, eu não conseguia enxergar nem ouvir nada. Tentava respirar, mas meus gritos de ódio ganhavam precedência. Corri para cima de meu pai e comecei a socá-lo, o monte de carne morta a nosso lado ainda estrebuchando. Papai deve ter se arrependido ou se assustado com minha reação, porque se abaixou, me abraçou e, em meio àquele pântano vermelho, me pediu desculpas.

Ele havia entendido.

Bati nele até cansar, sentindo sua barba malfeita arranhar minha fronte. Apesar de minha recusa, ele insistia em tentar beijar minha testa. Como um homem louco, repetia dezenas de vezes seguidas o estribilho de "me perdoa, meu filho? Me perdoa?". Não me deixou sair dali até que eu respondesse que sim – no que, até hoje, não sei se foi verdade.

ii

Meu pai demorou a me reconhecer.

    Sob a luz esfumada do antigo quarto de Inês e sob efeito de analgésicos, meu pai demorou a me reconhecer. Esboçou uma careta de raiva e fuzilou minha mãe com o olhar, como se buscasse saber por que ela havia deixado um estranho vê-lo naquele estado. "É o Marcelo, Joca", ela explicou, e a expressão dele passou da antipatia ao constrangimento. Ele relaxou, mas não a ponto de se sentir confortável. Depois de certa idade, minha presença passou a engrolar sua língua num travo de expectativas frustradas.

    — Oi, pai.

    Meu pai trazia o rosto emaciado e abatido. Mais pela doença, acredito, que pela idade. Ele compartilhava com mamãe o aspecto geral da ação do tempo: o desgaste da pele sarapintada de marrom e de cinza, os vincos cavados na testa e a flacidez que estampava nele um invariável semblante de descontentamento (ou de tristeza). Mas as semelhanças paravam por aí. Submetido à impiedosa corrosão pelo câncer, meu pai estava decrépito. Tremia a cabeça, quase não conseguia andar e seus cabelos e sobrancelhas haviam sumido.

Na expectativa de quebrar o silêncio, ele se atrapalhou e me perguntou o que eu estava fazendo em Ourives. Seu rosto lívido voltou a ganhar um pouco de cor, corando de vergonha. Tratava-se, afinal, de uma resposta óbvia. Eu me virei para minha mãe e, em uma aposta cômica, disse que era porque ela tinha perdido a mão para fazer bolachas, então eu tinha vindo salvar a família daquela tragédia. Falei isso e, sem saber como levar a conversa adiante, pisquei para meu pai à maneira de um adulto que conta piadas a uma criança.

Ele se desarmou e ensaiou um começo de gargalhada entrecortada de tosse. Aquilo nos enlaçou em um pacto invisível, no qual ambos aceitamos a inversão de nossos papéis: no passeio de carro metafórico, quem assumiria o volante seria eu – quem ocuparia o banco de trás, se aproveitando da trepidação mecânica para adormecer, seria ele. Filho de mim, meu pai seria um melhor pai do que havia sido durante toda a vida, vida que, sabíamos, logo encontraria um fim.

Ao longo das semanas que se seguiram, a atmosfera daquele novo tipo de intimidade ganhou consistência. Não houve nenhum diálogo redentor, nenhum monólogo expiador de culpas, nem nenhum espaço para coisas agora frívolas, como reminiscência, perdão ou reencontro. A morte tem o condão de imediatizar a vida: passado e futuro se fundem e evanescem numa mesma desimportância, e, disso, só resta o que é premente e atual.

Foi assim que me uni a mamãe nos cuidados com meu pai. Eram, claro, cuidados paliativos. A decisão de trazê-lo para morrer em casa partiu mais dele que dela. Mantê-lo longe dos hospitais foi uma medida de ordem financeira, mas também escondia uma vertente afetiva: meu pai havia se tornado emocionalmente dependente de minha mãe. Se preciso fosse, morreria em segredo, desde que, até o último momento, mamãe estivesse a seu lado.

Ela me delegou tarefas aos poucos. Comecei levando suas refeições e remédios nos horários prescritos pelos médicos. Houve dias em que ele esteve falante e tinha punho para segurar os talheres. Fazia perguntas sobre a vida no estrangeiro, sobre os preços do aluguel e sobre o clima – tudo sempre muito objetivo. Houve dias, entretanto, em que articular a mandíbula era uma empreitada impossível. Nesses momentos, eu lhe dava na boca a comida amassada com o garfo. Às vezes, nos dias piores, quando ele olhava para longe e seu olho começava a brilhar, eu precisava passar tudo no liquidificador.

Depois, minha mãe me confiou a rotina com as agulhas. Passei a trocar acessos e a ministrar injeções pelas quais ele implorava quando não conseguia mais suportar os paroxismos da dor. Ele então revirava os olhos e um fio de saliva descia pelo canto de sua boca. Antes de apagar, fazia um carinho de agradecimento em minha mão.

Fiz a barba de meu pai, aparei pelos de suas orelhas, tirei cera de seus ouvidos, cortei suas unhas e penteei seus cabelos com mão leve, para não machucar a pele fina do couro cabeludo. As abluções íntimas, contudo, ficavam a cargo de mamãe. Não era sempre que ele conseguia se levantar para tomar banho no banheiro, e o bombardeio de medicamentos endovenosos destruía sua flora intestinal. Passou, por isso, a tomar banhos de leite e a usar fraldas geriátricas, que Dona Hilde trocava sempre que necessário.

Naquele dia, ela havia saído para uma rápida ida ao mercadinho. Eu estava passando pomada nas orelhas de Mima quando ele gritou por minha mãe. Respondi "só um minuto, papai", mas ele insistiu com urgência na voz. Limpei o dedo na camiseta e fui até o quarto. Dei de cara com meu pai calado, fitando o chão. Entendi na hora do que se tratava.

— Cadê a Hilde?

Papai gaguejou, desorientado de sonolência. Respondi que logo mais ela retornava, tinha saído para fazer compras. Então ele despertou e olhou ao redor, como se não soubesse onde estava. O homem sumiu de seu rosto, mas o menino permaneceu. Fixou os olhos em mim de maneira acintosa e segurou o riso. Depois meteu a mão pela lateral da fralda e a tirou cheia dos próprios dejetos, que amassava com diversão infantil.

Eu gritei "papai! Pelo amor de Deus!", ao que ele começou a gargalhar. Sem ter mais o que fazer, também caí no riso. E, quanto mais ríamos, mais ríamos – e rimos ainda mais quando mamãe entrou no quarto e flagrou a cena de humor insólito.

Enquanto reunia o material de limpeza, ela brigava com a gente. Eu não conseguia parar de rir. Passou gaze com álcool nos dedos sujos de meu pai e, de tão irritada, abriu sua fralda bem na minha frente. Fazia mais de vinte anos desde que por último havia visto meu pai nu – e ele, a mim. A visão da sua nudez engelhada e do lamaçal entre suas pernas fez meus joelhos bambearem. Quando um cheiro pungente subiu, meu pai parou de rir e assumiu uma fisionomia desoladora. Com medo de não suportar mais estar ali, virei o rosto e me concentrei em auxiliar minha mãe. O riso que eu e meu pai havíamos partilhado arrefeceu, foi virando pedra, e eu pensei na morte como um lagarto traiçoeiro, que ataca quando menos se espera.

Mamãe terminou a higiene de meu pai. Ele voltou a ficar sonolento, mas, antes de se entregar de vez, disse um "obrigado, Hilde. Obrigado, meu filho". Usou um tom de ternura que me comoveu muito, mas não de tristeza: era uma vaga empatia, talvez fosse carinho ou, até mesmo, amor.

.1.

Um mutirão médico passava por Ourives. Por instrução da prefeitura, era recomendável que todas as famílias se submetessem às consultas, por mais lugar-comum que fossem as instruções repassadas ao final da anamnese clínica ("beba menos álcool, não consuma tanto sal, lave as mãos antes de comer"). Marquei a visita com meu pai.

O médico era alto e feio. Fazia perguntas sem levantar os olhos do fichário e ia marcando um X nos quadradinhos do formulário. Depois levou meu pai para trás do biombo e mandou que se despisse. Inferi que, em instantes, eu também precisaria tirar a roupa. De pronto se atualizaram minhas querelas com o corpo. Comecei a suar e minhas mãos ficaram geladas.

Ele me convocou para o lado de lá da divisória e eu obedeci. Não havia escapatória. Ele me mandou tirar a roupa antes mesmo de meu pai se vestir. A visão de seu púbis me deu vontade de rir – não de chacota, mas pelo absurdo da situação. Em seguida, pensei que começaria a chorar. Com gestos marciais, baixei as calças e tirei a camiseta, implorando que meu pai não estivesse olhando para mim. Foi ingenuidade de minha parte. Ao me ver despido, deu por bem comentar, orgulhoso, sobre a quantidade de pelos debaixo do meu braço.

Não esbocei reação, mas, ao subir na maca, parei de sentir meus pés. Fechei os olhos para poder continuar. O médico encostou o estetoscópio gelado em minhas costas e me mandou respirar fundo. Espalmou minhas mãos, levantou meus braços e apalpou minhas axilas. Por fim, ordenou que eu me deitasse e agarrou meu pênis com impaciência. Eu estava horrorizado, na iminência de uma síncope. Escutava suas orientações como se abafadas por silicone auricular e mal distinguia o toque de seus dedos, como se meu corpo estivesse anestesiado. Apesar disso, era inconfundível o que ele fazia: puxando para trás a pele de meu prepúcio, procurava investigar se eu sofria de fimose.

Minha visão ficou turva e meu peito começou a formigar. Estava prestes a desmaiar quando o médico se afastou de mim e me mandou vestir a roupa. Aos poucos, recuperei a audição, a concentração e a circulação sanguínea. Ele grunhiu termos técnicos que não compreendi, mas a mensagem que transmitiam era clara: durante o banho, era imprescindível que eu repetisse os movimentos que ele havia acabado de performar em mim. De outra forma, teria que fazer uma cirurgia "para jogar metade do pinto fora". Eu estava exausto, me sentindo estropiado, porém papai me defendeu: "que disparate é esse, Doutor?!". Ele nem nos deu atenção. Com um grito (e um erro de pronúncia), já convocava os próximos pacientes da fila.

. 2 .

Foi ali, como resultado do vexame médico, que se inaugurou em mim uma pruriginosa curiosidade sobre todas as coisas venéreas.

Como quase tudo em minha vida, primeiro estudei os fenômenos com o intelecto, de maneira apartada da experiência. Só quando o assunto ganhou contornos de obsessão fui impelido a colocar em prática as ideias que, a essa altura, haviam tomado minha mente. Assim, posso afirmar que, por certo tempo, meu erotismo se deu sem meu corpo, do qual eu ainda teimava em me separar.

Durante o banho – e, se digo a verdade, sempre que estava sozinho no quarto, na praia ou no banheiro da escola –, eu repetia as manobras do médico com fervor ritualístico. Executava o exercício não somente por receio de sua ameaça, mas também por um prazer que, se não chegava a ser físico, era certamente sexual, ligado à satisfação que se obtém por um dever cumprido.

Com dedos de alicate, desenrolava a pele em excesso até expor a glande. Dobrado sobre si mesmo por conta do freio, meu pênis lembrava um tatu-bola sem carapaça. Não era engraçado porque eu conferia ao feito a gravidade de um procedimento cirúrgico, repetindo o movimento dez vezes exatas (de cinco segundos cada). Fazia tudo de modo solene, sem qualquer tipo de excitação ou clímax, que eu só conheceria no futuro, após uma saga investigatória.

.3.

O falatório entre os colegas da sala eu entreouvi por acidente.

Bastava que as meninas se afastassem para começar um cochicho entre os meninos. O mais comum era que eu me sentasse sempre sozinho, mas, quando não era o caso, me juntava a elas (sobretudo depois que Nine se afastou de mim). Como sempre estava longe deles, não conseguia distinguir sobre o que conversavam. Era um burburinho que crescia, crescia, se transformava em risadaria e, por fim, ia se abafando em meio aos alertas mútuos para que ninguém falasse alto demais.

Naquele dia, a professora havia preenchido o quadro com apontamentos que não consegui terminar de transcrever a tempo. Quando a sirene do intervalo disparou, eu ainda estava na metade. Comecei a balançar as pernas e prendi a respiração ao me dar conta de que os meninos vinham, por acaso, se reunir bem atrás de mim. Senti raiva, como se meu espaço pessoal tivesse sido invadido. De vingança, decidi ficar ali. Seu segredo seria violado. Percebi, no entanto, que minha presença era indiferente. Não se importavam que eu ouvisse sua conversa, talvez nem sequer me notassem. Quase me levantei e fui embora. Estava ressentido, mas o assunto me pregou na carteira. Enquanto falavam, eu fingia prestar atenção à lousa.

Um deles disse que tinha aprendido uma técnica nova, era só segurar com as mãos espalmadas e começar a esfregar. "Como se você rezasse para baixo, sabe?", e todos riram. Um outro disse que tinha lido que o melhor jeito era "apertando a cabeça e puxando o saco". Um terceiro disse que o ideal era "fazer só com a mão esquerda".

Embora interagir com eles fosse inimaginável, uma pontada de orgulho me trouxe um sorriso discreto ao rosto. No fundo, eu desdenhava de todos, mas, ali, fui tomado por uma sensação de pertencimento. Sabia do que estavam falando e talvez fosse até o pioneiro. Não apenas praticava há bastante tempo, como também havia desenvolvido uma técnica só minha. Estive a ponto de compartilhar minhas experiências quando alguém perguntou se a "coisa branca" já tinha saído. Os colegas responderam que óbvio que sim.

Senti uma onda de sangue subir para o rosto, que devia estar vermelho vivo, prestes a me entregar. Os meninos começaram a descrever delícias alucinantes, revirar de olhos e pernas trêmulas que os levavam ao chão. De novo alienado, me encolhi em meu assento.

Era evidente que falavam de algo estranho para mim. Invadido por decepção e amuo, larguei o caderno e saltei da carteira, obstinado a ir para o mais longe possível daquele bando de idiotas.

. 4 .

O despeito pelo assunto não venceu meu tino de detetive. Ainda não tínhamos computador em casa, tanto menos internet. Me vi, então, gastando vários recreios no laboratório de informática da escola, uma saleta que contava com apenas quatro computadores. Para ter acesso a eles, bastava chegar cedo e anotar o nome na lista de espera que se renovava todas as manhãs. Com eles, podíamos fazer pesquisas para os trabalhos ou nos entreter com joguinhos.

Eu não estava ali para nada disso.

Abri o site de buscas e digitei palavras mais ou menos científicas que me permitissem tirar a dúvida que eu nem sequer era capaz de formular. Não encontrei resultados significativos. Estava nervoso, de olho na professora que fiscalizava a sala. Resolvi lançar uma enxurrada de termos chulos na barra de pesquisa e apertei *enter*. Hoje revisito esse momento com surpresa e, por menos puritano que seja, algum escândalo. Como a escola não tinha nenhum sistema de filtro eletrônico?

Aquela grande passeata – de vermelhos inflamados e úmidos; de mucosas tumefactas a produzir humores pegajosos e brilhantes; de colocações injustificadas de coisas sobre coisas, coisas entre coisas, coisas dentro de coisas, juntando carnes em obscenas quimeras; de boquiaberturas ambíguas (era dor? Era medo? Era prazer?); de cenhos franzidos e quase bélicos; de olhos revirados e de queixadas projetadas – me aturdiu ao ponto de, num susto que me empurrou para trás, me fazer derrubar o mouse e o teclado no chão. A professora me olhou com suspeita, mas permaneceu onde estava. Meu intestino se revolvia enquanto eu recolhia os objetos com pressa. Cliquei no X do navegador prendendo a respiração, não sem antes dar uma última conferida na bacântica miscelânea da tela do computador.

. 5 .

Minhas empreitadas virtuais se repetiriam de maneira esporádica. A pouca excitação sexual – quando aparecia – vinha como uma cócega distante e nunca desprovida de arrependimento. Eu visualizava os corpos como uma massa conglomerada, não havia destaque entre partes masculinas e partes femininas, entre homens e mulheres. Essa era uma chave que, sob o preço de chafurdar em culpas ainda maiores, eu precisaria girar para compreender melhor minha sexualidade.

O fato é que uma outra lente havia se acoplado a meus olhos. Uma realidade que sempre esteve lá, conhecida por todos, subitamente se revelou para mim. Como um daltônico curado, adquiri a capacidade de, com novas cores, enxergar o mundo em sua totalidade.

Passei a assistir à cópula dos animais como quem comparece a um grande evento. Os cavalos relinchavam com hostilidade, arreganhavam os dentes e sacudiam a crina. Pareciam possessos quando montavam sobre as éguas e as machucavam. Muitas vezes precisavam da ajuda de meu pai para que a cobertura seguisse sem intercorrências. Os cães – mesmo Tobby, vez ou outra – se trepavam sobre as cadelas e tremelicavam como um bicho de pelúcia robotizado. Depois ficavam colados a elas por horas. Traseiro com traseiro, deixavam a língua pendurada para fora da boca, ganindo (de dor? De medo? De prazer?) por toda a Ourives.

Se, por um lado, o sexo era o sexo, o sexo era também os pequenos fatos da vida revestidos de sexo. Os rangidos noturnos da cama de meus pais tinham agora uma clara razão de ser. Eu os observava com humor e malícia quando, ao se cruzarem na mesa do café da manhã, trocavam um selinho. Eu imaginava que os professores casados aproveitavam os intervalos das aulas para se enroscarem nos banheiros e que cada aperto de mão trocado pelos solteiros escondia um código que indicava hora e local para se encontrarem. Objetos inanimados velavam uma intimidade secreta e escondiam formas fálicas e receptáculos. Às vezes, palavras de sonoridade indecente ganhavam o condão de fixar melhor uma matéria (ainda hoje recordo o capítulo de geografia sobre *conurbação*). Outras vezes, os vocábulos me constrangiam, como quando mamãe usou o termo "sotaque" e eu o tomei por imoral, talvez uma designação secreta da genitália feminina.

Só depois de me munir dessa cosmovisão, embora não sem covardia, me senti apto a dar o passo que conscientemente vinha tentando adiar.

.6.

Minha primeira masturbação se deu mais por persistência que por vontade.

Eu vinha cultivando rancor contra mim e, sobretudo, contra meus colegas de turma. De mim eu me ressentia por não ter a coragem de atravessar o trajeto que levava da teoria à prática. Quanto a eles, por algum motivo inexplicável – afinal, eu mal conversava com as pessoas –, eu havia me sentido abandonado. Por um breve instante, acreditei que poderia fazer parte do grupo, e isso me doía. Maquinei longos diálogos imaginários em que, um a um, os humilhava como haviam me humilhado.

No final daquele dia, enquanto o fluxo de alunos escoava da escola, me vi rodeado pelos meninos da sala, que, como sempre, falavam do mesmo tema. Me dei conta da enrascada e tentei me desvencilhar, o que só chamou sua atenção. Um deles gritou "mas e tu, Marcelo? Bate quantas por dia?", e os demais riram. Em minha cabeça, eu me unia ao riso e respondia "oito!". Em vez disso, prendi a respiração e me calei. Minha barriga doía com uma contração gelada como cânfora. Alguém reiterou a pergunta com um "hein? Quantas? Diz logo!", porém eu corri para longe, as mãos úmidas a apertar as alças da mochila.

Voltei para casa fumegando de ódio. Joguei o material em cima da cama com estardalhaço e Nine veio me perguntar, surpresa, o que havia acontecido. Sacudi as mãos para que saísse do quarto e ela obedeceu, dando de ombros. Avisei que ia tomar banho e, arrebatado por um espírito de competição, me tranquei no banheiro. Despi minha roupa, me sentei na privada e, sem a menor lascívia, comecei o vaivém. O estímulo mecânico me rendeu uma ereção, mas minutos se passaram e eu ainda não havia encontrado as glórias que os nojentos da escola tanto alardeavam. Lanhado, eu suava de triste revolta. Não era possível que até naquilo eu fosse diferente dos demais. O suor brotava com abundância por todo o meu corpo, mas eu me forçava a ir adiante, convicto de que o ato carecia de uma consumação.

O suor que se formava em minha testa escorreu e foi se acumulando, acumulando, até que, enfim, fez sangrar a barragem de minhas sobrancelhas.

Duas pesadas gotas desceram por meu rosto e deslizaram pelas têmporas, malares e queixo, roubando volume da transpiração porejada à medida que encontravam um caminho. Escorregando por meu pescoço, ganharam velocidade e relaram meu peito, minha barriga, meu púbis – faziam sutil regato. Será que nadar no Ourives era assim? Outras gotas começaram a correr, e eu finalmente mergulhei, nu, no rio de minha vila. Como fazia quando ia à praia, prendi a respiração. Uma pressão latejante me subiu da pelve, minhas carnes se tremeram como se fossem desabar de mim. Eu havia conseguido. Foi mais algia que prazer, mas foi bom também. Respirei cansado, aliviado, marinado de suor, de quentura, de torpor.

Anos depois, sob as bênçãos de São João, eu confirmaria que a opaca parte de mim que havia invocado o rio a comparecer ali não era contingente, mas essencial e, como um baldrame, tão fundante quanto oculta. Tratava-se de um idioma outro, que eu ainda não estava preparado para decifrar e que falava comigo à maneira de um estrangeiro atropelado que, certa vez, vi estirado em uma rua qualquer da cidade, gritando palavras ininteligíveis: com o desespero de quem sabe que a própria vida só depende da difícil arte de se fazer entender.

.7.

Eu era tão ignorante em matéria de sexo quanto era em matéria de informática, e não tardou que a conta chegasse. O computador da escola não tinha filtros, mas, óbvio, o navegador de internet contava com um histórico. Quando a fiscal do laboratório decidiu fazer uma limpeza nos arquivos, não teve a menor dificuldade de rastrear as pesquisas até mim.

Mamãe não estava com raiva quando nos chamou, a mim e a Nine, para conversarmos. Apesar disso, havia seriedade em seu "sentem aqui, meus filhos", e a fala lenta antecipava que o assunto seria desagradável. Adivinhei na hora do que se tratava. Comecei a suar frio, pronto para negar acusações. Queria manter o rosto imóvel, mas meu queixo tremia. Inês, ao contrário, se sentou a meu lado totalmente à vontade.

Mamãe nomeou e introduziu o tópico: "meus filhos, hoje eu gostaria de falar com vocês sobre sexo". O tom alheio de sua voz me tranquilizou – mamãe era moderada demais para apontar minhas indiscrições virtuais. Como pensei que estava fora de perigo, resolvi bancar o sabichão e, revirando os olhos, me levantei do sofá com um "ah, mãe! Me poupe!". Ela segurou meu braço, me puxou de volta e olhou firme para mim, me comunicando, sem fala, que sabia muito bem o que eu andava aprontando na escola. Aquiesci e me sentei de volta. A meu lado, Nine permanecia impassível.

Dona Hilde então ordenou e recosturou em palavra aquilo que, antes, era para mim caos e imagem. Minha intenção de fazer pouco de seu discurso logo se dissolveu. Humilde, eu realmente queria aprender. Mamãe ficou mais confortável ao assumir a costumeira postura de professora. Falou sobre pênis, vagina, puberdade, pelos, menstruação, período fértil, fecundação e, por fim, recorrendo a um livro com bizarras gravuras em secção longitudinal, sobre o ato sexual em si.

Depois das devidas explicações, ela parou, mordeu o lábio e coçou a sobrancelha, à maneira de quem sabe que o texto ensaiado se esgotou e que agora deve seguir no improviso. Adotando um tom severo, quase de ameaça, passou a ralhar com a gente. Discorreu sobre doenças, camisinha e prevenções, métodos contraceptivos, aborto e, ao final, desviando o olhar de mim, sobre como o ato deveria ser performado exclusivamente "entre um homem e uma mulher".

"Uma mãe sempre conhece os filhos" foi uma verdade batida que, pelos anos seguintes, eu ouviria uma infinidade de vezes. Só recentemente entendi, repassando o seminário de minha mãe, que ele não era dirigido apenas a Inês – que, naquela parte final, havia começado a balançar as pernas e a roer as unhas –, mas também a mim, seu filho mais novo – novo, talvez, a ponto de ainda poder ser consertado.

No fim, mamãe sacudiu a tensão que pairava na sala com um "e outra coisa, Seu Marcelo..." – ela gargalhava com voz aberta – "... tá na hora de tirar esse bigodinho virgem".

.8.

Quem se incumbiu do ritual de iniciação foi meu pai. Ele me obrigou a ir até o mercadinho para comprar meu próprio kit de barba. Perguntei a ele se eu não poderia eliminar os pelos com a pinça, como Nine fazia com buços e sobrancelhas. Ele se irritou e me alertou de que "só menina faz assim". Foi um comentário casual, mas me senti humilhado. Era mais um item em meu vasto repertório de desavenças com o corpo.

Voltei do mercadinho com barbeador descartável, creme de barbear e loção pós-barba. Meu pai riu e disse que, como meu bigode ainda era fino, não precisava de tudo aquilo. Atrás de mim na imagem do espelho, ele supervisionou cada movimento, me passando instruções preciosas que eu usaria pelo resto da vida: "raspe primeiro no sentido do pelo", "encha a bochecha de ar que a lâmina pega melhor", "cuidado que corte na boca não para mais de sangrar". Quando terminei, me olhei no espelho e fiz uma careta de vergonha.

Meu corpo não parava de se transformar. Era terrível para mim. As constantes mudanças me exigiam um inacabável esforço em me adaptar – o que não podia ser confundido com minha paquidérmica capacidade de resignação: meu estoicismo não era nômade.

Eu resistia àquele perene trânsito com tenacidade, mas isso era tão inócuo quanto prender as mãos ao assento do carrinho de uma montanha-russa. A velocidade da viagem me deixava tonto, e não havia nada que pudesse fazer. Adquiri o hábito de tossir com força sempre que terminava de me masturbar ou sempre que me observava nu no espelho, novos pelos brotando no rosto, nos mamilos, no ventre e no púbis. Era vertigem, mas era nojo também. Eu tossia como se quisesse escarrar meu corpo para fora, mas ele ganhava de mim, crescia e se impunha com novos cheiros a anunciarem a materialidade de sua presença. Me tornei alto, desengonçado, feioso e, para a surpresa de todos, magro, embora ainda carecesse de músculos.

Meu cabelo engrossou e minha voz oscilava entre o grave e o esganiçado. Meus pés ficaram imensos, os joelhos doíam, eu vivia com raiva de todo mundo e, acima de tudo, eu me sentia muitíssimo só.

.9.

Com os hormônios, vieram também as histórias de amor.

A sala de aula, os corredores e mesmo os banheiros da escola reverberavam em um zunido de *limerência* – jargão da psiquiatria usado para designar um estado de obsessão amorosa à beira da insanidade. Meus colegas passaram a viver em histeria coletiva – uma subtrama de risinhos, gritos, mãos dadas, beijos secretos na hora do intervalo, fofocas e maldades que arrastava até quem não queria para dentro de um folhetim do século passado.

Foi assim que, quando a Louise e o Gaspar trocaram um beijo de língua atrás da cantina, ela comentou com a Jessica, que repassou para a melhor amiga Edite, que, querendo puxar assunto com o Markus (para quem ia se declarar meses depois, com uma carta que ele compartilharia com todos), aumentou a história e lhe contou que Gaspar havia passado a mão nos peitos de Louise. A alcunha de *Louise Puta* a perseguiria até o Ensino Médio.

Na palavra "gostar" surgiu um significado novo e logo banalizado. Os "fulano gosta de beltrana" se multiplicaram em uma verdadeira linha de produção. Só se alteravam os nomes dos envolvidos. As meninas procuravam os meninos mais velhos e, quando eles as decepcionavam, apareciam no colégio abatidas e sem maquiagem. Choravam o término por semanas, enquanto as amigas arquitetavam planos de vingança. Os meninos, por sua vez, procuravam as meninas mais novas e estavam sempre contando vantagem para os amigos. Se vangloriavam de uma língua adentro, de uma mão boba abaixo e de uma ereção acima. Depois de um tempo, perdiam interesse e partiam para a próxima. Alguns, no entanto, chegavam a namorar. Às vezes, aparecia uma parelha que dava certo, mas a maioria terminava tão fácil quanto começava.

Aquele fuzuê circense me atraía e repelia. Por um lado, eu queria ao menos me agarrar às meadas, entrar nos círculos de conversa e ter acesso a detalhes exclusivos (inventados ou não) para depois eu mesmo os reproduzir (aumentados ou não). Por outro lado, eu sabia que não levaria adiante nenhuma dessas fantasias – que módicas fantasias eram –, pois vivia paralisado pelo medo de ser exposto. Temia que meus colegas se virassem para mim e, sem aviso prévio, me perguntassem se eu já havia beijado alguém, se gostava de alguma menina ou se tinha uma namorada. Mesmo que quisesse tomar parte nas histórias, me mantinha distante de todos, sem saber onde ou como me encaixar.

.10.

Logo ficou claro qual era o meu lugar, e todas as minhas expectativas se encerraram de vez.

A menina sentada à minha frente passou o caderno para trás. Distraída em anotar apontamentos, não percebeu que extraviava um documento precioso. No caderno estava documentada uma espécie de jogo em que as meninas avaliavam cada um dos meninos. Numa tabela improvisada, havia uma coluna para "Personalidade" e outra para "Beleza". As notas variavam de 0 a 10 e, em alguns casos, eram acompanhadas de anotações ("Lindo!", "Retardado", "Espinhento"). Eu sabia que teria pouco tempo até minha colega se tocar do erro. Percorri a lista com olhos acelerados, já me resignando à ideia de que meus escores seriam baixíssimos nos dois quesitos. Li e reli a folha uma, duas, três vezes, até ter certeza: meu nome não estava lá. Elas nem sequer haviam me levado em consideração.

Afundei na cadeira como se tragado pelo piso.

A menina a meu lado percebeu o erro da colega e tomou o caderno de mim. Me olhou com raiva, mas o sentimento virou pena quando percebeu que meus olhos estavam cheios d'água. Pedi desculpas pelo mal-entendido e me virei, rígido, para a lousa. Com um enorme hematoma no peito, tentava me convencer de que, se existisse uma coluna para inteligência, eu não apenas teria sido lembrado, mas também, com certeza, teria tirado nota máxima.

.11.

Não foi por outra razão que me senti traído por Inês quando a notícia de seu namoro me alcançou nos corredores do colégio. Deixei cair no chão o picolé de morango e corri até ela. Minha reação, hoje reconheço, foi um tanto exagerada, até porque não se tratava de nenhuma surpresa.

Alunos desconhecidos eram raridade em Ourives. Todo mundo se conhecia como filho, neto ou sobrinho de alguém. Assim, quando Miguel se matriculou em nossa escola, chegou sem nenhuma referência – balão perdido que cai no meio da plantação e causa um incêndio de origem incerta.

Era um rapaz moreno e forte que andava com as costas musculosas curvadas para a frente. Quase nunca sorria. Como não era parente de ninguém, inventaram-se inúmeras histórias a seu respeito, a maioria envolvendo delinquência infantil (minha favorita dizia que ele havia enforcado um colega durante uma briga, o que teria lhe rendido uma expulsão). O que se sabia era que havia sido transferido do distrito vizinho para estudar em Ourives – e só. Todos os dias ele percorria de bicicleta a distância entre sua casa e nossa vila. Chegava todo suado. A sisudez e o minguado repertório de expressões faciais foram confundidos com maturidade, circunspecção e mistério, alimentando com novo combustível a fogueira amorosa do mundo dos adolescentes.

Durante anos, guardei comigo a vaidade secreta de ter sido o primeiro da escola a interagir com ele. Era uma excitação que, eu tinha certeza, nada teve que ver com sua súbita popularidade. Na verdade, começou muito antes, em seu primeiro dia, quando ele ainda era um absoluto desconhecido. Acho que eu estava saindo do banheiro quando testemunhei seu esbarrão contra o portão de entrada da escola. Com a batida, o metal vibrou e se entortou, e Miguel o endireitou com apenas uma mão. Por seu tamanho e postura, facilmente se passaria por um funcionário da escola, mas a mochila nas costas o denunciava. Desceu da bicicleta e caminhou até mim.

— Onde é que eu posso encostar?

Demorei para entender que se referia à bicicleta, mas não soube responder à sua pergunta. Dei de ombros e, para compensar o orgulho que experimentei em tê-lo se dirigindo a mim, retorqui em tom de afronta: "e eu lá sei?". Miguel não se abalou com minha resposta mal-educada. Se inclinou sobre uma coluna e pediu direções para chegar à Coordenação. Apontei para o final do corredor e ele seguiu sem me agradecer. Tive o ímpeto de ir atrás dele e exigir meu "obrigado", em uma pontada ambígua de vontade de brigar e vontade de prolongar nosso contato. Acabei ficando ali, parado e taquicárdico, enquanto ele se afastava empurrando a bicicleta com as duas mãos firmes.

.12.

A reputação de Nine jamais se recuperou totalmente. Sua humilhação se transformaria em uma anedota que nunca perderia toda a força (certa vez, na faculdade, uma colega me perguntou se eu era irmão da "Inês da fábrica de cal"). O espetáculo público que protagonizou era tão cômico quanto bizarro, tão cotidiano quanto extravagante, e um causo com essas qualidades custa a se diluir no caldo folclórico de uma vila como Ourives.

Apesar da dedicação ferrenha aos esportes e às atividades extracurriculares em geral, minha irmã transitava pela escola de maneira assustadiça. Andava pela periferia dos espaços físicos e aproveitava a sombra das árvores, das alvenarias e das pessoas. Vivia acuada. Não voltou a sofrer de tanta ansiedade, nem chegava a ser uma jovem triste, mas, mesmo em casa, o isolamento lhe conferia um ar de melancolia. Estudava pouco e seu rendimento nas matérias caía a olhos vistos.

Depois que Miguel começou a estudar no colégio – na mesma turma de minha irmã –, percebi que tudo isso mudou. Não pude precisar como a mudança aconteceu, mas sei que aconteceu. Banido de seu cotidiano e sem acesso aos pormenores do começo da relação, o que conheço disso se resume ao que me doeu.

Fazia frio no dia em que Nine me comunicou que não poderia mais passar o intervalo com ela. Deu o aviso de um jeito sorrateiro, com voz urgente, porque não queria que Miguel, que estava a seu lado, a escutasse. Não entendi o que ela havia dito, então me aproximei como se quisesse partilhar um segredo. "Sai daqui!" era o que, repetidas vezes, ela me dizia entre dentes cerrados, apertando meu antebraço com força. Eu me lembro do frio porque foi chocante para mim a impressão das mãos enluvadas me enxotando para longe, a lã vermelha balançando com agressividade. Fiquei sem reação, mas minhas pernas obedeceram à minha irmã e eu fui embora.

Muitos anos depois, numa noite em que ser mãe de Yule e de Rute estava particularmente difícil, Nine me olharia com um braseiro nos olhos quando eu a perguntasse como, afinal, havia começado o relacionamento com Miguel – provável marco zero de como sua vida havia chegado àquele ponto. Perguntei por puro egoísmo, no desejo de expiar culpas que, na época do colégio, nunca imaginei que fosse experimentar. Inês não me respondeu nada. Com seu silêncio, reafirmava que aquele era um pedaço de sua vida que fazia questão de jamais compartilhar comigo.

.13.

Entrava em curso o longo processo de afastamento entre mim e Inês, processo que só seria revertido após o nascimento de Yule.

Ela e Miguel não se largavam mais. Como retaliação, eu tentava mostrar que não queria mais papo com ela, mesmo que isso me machucasse como um espinho no pé: dor miúda, mas dilacerante. Se cruzava com ela pela casa, me desviava com pisadas fortes no chão ("que revolta é essa, menino?", papai gritava) e evitava olhá-la no olho. Nada disso a alcançava. Inês pairava sobre nuvens de enfatuação, planando alto demais para dar trela à minha mágoa.

Não encontrei paliativo à falta que minha irmã me causou na escola. A maior parte do intervalo, eu vagava sozinho pelos corredores, me encostava num canto para ler ou comia o lanche contando o número de mastigações. Eram trinta minutos diários que, distorcidos pela lupa da derrota, se magnificavam e engoliam a importância de meus dias. Em alienação crescente, eu amargava o fato de ter sido o perdedor de uma competição que nem sequer sabia ao certo qual era (quem tinha ganhado tinha ganhado o quê?).

.14.

Por intermédio de Miguel, Nine voltava, aos poucos, a se reintegrar ao círculo social do qual havia sido excluída. Suas antigas colegas tornaram a aceitar sua presença – na medida em que isso significasse poder estar próximo daquele rapaz alto, bonito e mais velho. A impassibilidade de Miguel lhe dava um ar másculo que atraía quase todas as moças. Elas o rodeavam aos saçaricos, sôfregas por roubar parcela da atenção que ele dedicava a Inês. Logo aprenderam que, para fruir da presença feromônica do novato, seria necessário pagar o preço de continuar a conviver com a *Nine Mija Brita*. No entanto, quando, no meio de suas investidas, ele de novo se voltava à minha irmã, se retiravam ultrajadas. A despeito disso, retornavam ainda no dia seguinte.

Como predadores em um ecossistema abundante em presas, os rapazes não demoraram a chegar, na intenção de filar os restos de Miguel, se aproveitando da carência das moças ignoradas por ele.

Nine havia encontrado um bastião. Protegida, em tudo ela parecia melhor. Andava mais corada, mais desenvolta. Certa vez, Miguel chegou a socar a cara de um menino que a chamou pelo apelido ofensivo.

Varonil, ele reavia o respeito por minha irmã – reavia a dignidade sem a qual ela havia se tornado um pouco menos Inês. Eu observava tudo de longe e, engolindo saliva com dificuldade, me perguntava: se Nine estava tão bem, por que eu não conseguia ficar feliz por ela?

.15.

À época, pensar nisso era insuportável para mim, e eu precisava constantemente me convencer de que aquele não era eu. Hoje, entretanto, fiz as pazes comigo. O herói que não caiu é apenas o covarde que se esqueceu da derradeira virtude da gente comum: encarar a própria carestia moral não como uma transgressão, mas como um desencargo da opressão da expectativa.

A verdade, portanto, é que uma parte de mim se comprazia no banimento social de Inês. A um só tempo, isso me garantia a sua companhia e o atestado de que, se ela também era menosprezada, talvez eu não fosse tão desajustado assim.

Nunca tomei atitudes que pudessem tornar mais agudo o sofrimento de minha irmã, nem fiz nada para minar ainda mais sua reputação perante os colegas, porque eu também sofria com ela. Quis chorar a cada zombaria ou comentário maldoso que teve que ouvir. Apesar disso, nunca nem abri a boca para defendê-la. Por que tamanha surpresa, portanto, ao vê-la se rendendo a Miguel?

Eu havia sido um mau comparsa, e foi essa a culpa que, por muitos anos, mascarou aquela outra, mais rasteira, que tinha a ver com minha escaninha satisfação diante do sofrimento de Inês.

E foi por tudo isso que, naquele dia, eu reagi como reagi.

.16.

Estava encostado em uma pilastra próximo à cantina, chupando picolé. Duas colegas de minha irmã passaram por mim em tom de sussurro. Entreouvi a palavra "brita", me coloquei em alerta e saí em seu encalço como um espião. Eu farejava conversas como aquela ao modo de um cão treinado para rastrear trufas negras sob a terra. Apesar disso, retinha comigo toda informação que conseguisse. Era, eu preferia pensar, uma maneira de preservar Inês. Não haveria bem nenhum em lhe repassar todas aquelas ofensas e boatos.

A moça que fofocava com a amiga tinha a dicção prejudicada por aparelhos ortodônticos. Em meio a chiados salivosos, consegui captar pedaços de uma história que envolvia flores e um pedido de namoro. Minha respiração começou a acelerar. Por alguma razão, quis puxar o cabelo da garota, mas me controlei e, em vez disso, cutuquei seu ombro. Ela se virou com um "ai!", e eu pedi que explicasse direito. Ela percebeu minha irritação e tirou proveito disso: "tua irmã e o Miguel tão namorando. A Mija Brita não te contou?".

Foi como escorregar e bater com a testa no chão. Fiz menção de xingar a menina pela referência maldosa, mas essa raiva foi engolida pelos sentimentos que me subiam contra Inês. Atirei o picolé contra a parede e saí em disparada à procura de minha irmã. Contraía a boca tentando conter o choro, mas algumas lágrimas escapavam, me forçando a enxugar o rosto com o dorso da mão.

Encontrei os dois em pé no canto do pátio, envaidecidos pela presença um do outro. Ela se apoiava sobre o peito dele, enquanto ele a envolvia com um braço por cima dos ombros. Eles me viram de longe e desfizeram o abraço, a expressão apaixonada de Inês se desmontando em careta de ataranto. Parei diante deles ofegante, ainda sem ter certeza do que queria fazer, mas certo de que precisava tirar satisfação.

Firmei os pés no chão e me lancei como um búfalo desvairado na direção de Miguel. Imaginei que, com o impacto, ele perderia o equilíbrio e ambos cairíamos no chão, deitados juntos. Não aconteceu. Ele deu alguns passos para trás, mas se manteve de pé, minha cabeça e meus braços pressionados contra seu torso, um muro macio e morno. Ele me afastou e, com conduta de adulto, me encarou com um sorriso condescendente. Senti invadir minha boca um gosto intrincado, ao mesmo tempo forte e nuançado, semelhante ao de quando, por acidente, mastigava um cravo esquecido no doce.

Nine me puxou pelos ombros e gritou um "sai, Marcelo!". Seu ódio não ganhou palavra, mas ela me olhou com incredulidade. Não conseguia acreditar que, depois de tudo o que havia passado, eu a expunha daquele jeito. Só então percebi que, a nosso redor, uma plateia – a mesma plateia cruel que a havia massacrado pelos últimos anos – nos observava como um sedento grupo de morcegos. Baixei a cabeça, fui até a sala recolher meus livros e voltei para casa antes de terminarem as aulas do dia.

.17.

Dei de cara com meu pai. Pelos meus cálculos, achei que não estaria em casa àquela hora. "Por que tu tá chorando, menino?", ele me perguntou. Eu respondi que não era nada e decidi escapar para a praia. Assoviei por Tobby, que apareceu pela porta dos fundos, e fugimos os dois em direção ao rio.

Parei de chorar quando, sem me importar em sujar o uniforme, me deitei sobre o solo úmido. Tobby fez festa no começo, mas, como não correspondi, logo se aquietou a meu lado, costela com costela. Eu cavava areia com a mão e fechava o punho com força, tirando proveito do atrito entre os dedos. Apesar de latejar em mim uma necessidade de realizar movimentos explosivos – socar o ar, chutar árvores, correr a toda velocidade –, eu não era capaz de me desgrudar do chão. Um cansaço, um tipo de cansaço radical que eu só experimentaria inteiramente na vida adulta, me dominou da cabeça aos pés. O rio gorgolejava tão alto que parecia preencher minha caixa craniana e, nisso, livrava meu cérebro da sanha de esquadrinhar cada evento da vida. Ali, eu me ocupava do pensamento de não querer pensar em nada. Assim, fui me driblando – até que adormeci.

Acordei de sobressalto e me coloquei sentado, metade do corpo em formigamento. Não sei por quanto tempo dormi, mas ainda estava tão elétrico quanto exausto, e, como a solução perfeita para meus entraves, uma ideia fulgurou em minha mente de maneira irresistível, pedindo para ser colocada em prática.

Eu sabia que meu pai mantinha no galpão uma variedade de materiais de trabalho. Era lá que eu encontraria o que estava procurando.

Larguei a mochila e, ainda sujo de areia, caminhei até o galpão de meu pai, tomando o cuidado de verificar se ele não estava por lá. Vasculhei baldes, pás, picaretas, sacos de juta, martelos, parafusos e arruelas, até que, enrolada sobre si mesma como uma enorme cobra a chocar os ovos, encontrei o que queria: uma corda longa e robusta, quase da grossura de meu punho. De posse dela, voltei para a beira do rio (Tobby grunhia, estranhando cada passo meu).

Estudei com minúcia onde pendurar a corda. Uma das árvores subia inclinada e se entortava para o lado do rio, as frondes bastas alcançando a linha da água. Subi com cautela e, embora o coração me batesse no peito com violência, sem medo algum. Segui a trilha de um galho primário que, encorpado, me daria a segurança de que a madeira não cederia sob o peso de meu corpo. Segurando firme na ponta, deixei que a corda caísse até o chão e depois fui pescando de volta, medindo a altura ideal. Quando achei que tinha acertado, dei vários nós.

Desci e me certifiquei de que havia calibrado bem o arranjo. Estiquei o braço para cima e o enrolei à corda pendurada, desenhando uma improvável e, tardaria muito para que eu atinasse, irrevogável trança entre mim e ela. Cravei os dedos na corda e levantei os pés, deixando que a gravidade terminasse o trabalho de acochar os nós. Tomei impulso com as pernas para um lado, depois para o outro, sentindo a musculatura do braço se alongar e tensionar. Fechei os olhos e tive a impressão de estar prestes a me lembrar de algo triste, mas a recordação se dispersou antes mesmo de se formar. Tobby latia muito (de alegria? De preocupação?). A brincadeira durou até que meu movimento de pêndulo cessasse. Larguei a corda e a contemplei por alguns minutos, respirando fundo.

Estava pronto.

Sob certo ângulo, a corda sumia no caos da paisagem. Parei um instante e me concentrei em acompanhar sua movimentação. Prendi a respiração e me afastei um pouco, andando de costas. Então corri a toda velocidade, saltei, me agarrei à corda e, de roupa e tudo, me lancei no rio. A água gelada assustou minha pele quente e espiralou, borbulhante, por todo o meu corpo, atravessando a roupa, desrespeitando reentrâncias e pudores. Gritei alto e Tobby respondeu da margem com um latido. Espirrei água nele, e meu cão, tão querido, tão fiel, girou sobre si mesmo numa veneta de felicidade. Mergulhei várias vezes, nadei de um lado ao outro, vencendo fácil a corrente que, suave, parecia me querer bem. Fiquei um tempo boiando, olhando o céu azulíssimo que era emoldurado pela copa das árvores.

O Ourives não era, afinal, tão traiçoeiro assim.

Saí da água quando meus dedos ganharam a aparência de ameixas secas. Deixei que a água escorresse da roupa, que se pregou inteira em mim, à maneira de uma segunda pele. Não consigo descrever com exatidão o que senti ali, mas se aproximava da descarga febril de uma vingança bem executada. Voltei para casa sem nem mesmo me enxugar.

.18.

Meu mergulho no Ourives marcou o início de uma dura temporada de solidão.

Eu frequentava as aulas, respondia às perguntas dos professores antes de qualquer colega e passava os intervalos lendo. Inês se recusava a falar comigo – e eu, num arremedo de orgulho, me recusava a falar com ela. Com isso, se fechava o postigo de minha porta para o mundo.

Em casa, mamãe tentou intermediar uma conversa entre mim e minha irmã. Ela sabia da briga, mas nunca procurou entender os motivos. Quando eu e Nine fechamos a cara para seu mecânico "o que foi que houve, meus filhos?", mamãe deu por cumprido o seu papel. Diante de nosso silêncio, encerrou a conversa com um "pois se resolvam vocês sozinhos, que já são bem grandinhos".

Quando eu não estava na escola, me trancava no quarto e lia ou estudava por horas a fio, evitando cruzar com Inês (ou com Miguel, que, de vez em quando, aparecia para papear com meus pais). De todo modo, ela quase nunca parava em casa. Quando meu pai perguntava a ela o que tanto fazia por aí, Inês desconversava.

Se eu me cansava dos livros, saíamos eu e Tobby para explorar as vastidões de Ourives. Em geral, começava pela praia. Nunca voltei a mergulhar, mas, nos dias de angústia, performava meu exercício de apneia. De lá, a depender da minha disposição, subia ou descia pelos caminhos ao longo da margem.

Para baixo, a mata se abria, e ali me dedicava a brincar com Tobby. Arremessava galhos para que ele fosse buscar, me escondia para que me descobrisse a faro ou fugia a toda velocidade, instigando-o a me alcançar. Quando meu cão pendurava a língua para fora, nos deitávamos sobre a relva queimada de geada. Coçava sua cabeça e lhe puxava as orelhas, ao que ele fechava os olhos de prazer. Às vezes, eu o colocava sobre mim e o apertava inteiro, sentindo seu corpinho cálido se comprimir sob meus braços. Ele então adormecia, um assovio engraçado saindo do focinho úmido.

Eu olhava para ele e, invadido pela certeza de sua morte – talvez iminente, como é sempre iminente o fim da curta vida de um cão –, fazia força para evitar o choro. Tobby foi, e por muitos anos seria, minha exclusiva fonte de troca – de satisfação da necessidade primata de tocar e ser tocado, teimando em me mostrar que o corpo também podia me trazer algo de bom. Depois de um tempo, eu o tirava de cima de mim. Cheio de energia, latia alto perto dos meus ouvidos, como que me intimando a voltar a brincar.

.19.

Não era sempre assim. Quando o enfado dos livros não coincidia com o ânimo de explorar Ourives, eu me deixava ficar largado na cama. Mirava o teto sem propósito algum, raspava com a unha um desenho no verniz da parede ou me concentrava em contar os batimentos cardíacos por meio da pulsação sanguínea no pescoço.

Um dos lados mais cruéis da solidão é o tédio – que, na verdade, é apenas a solidão projetada no tempo, a todo instante atualizada. Nesses dias, me sentia abatido, em um estado de prostração. Tobby vinha me provocar, mas, sob o peso de algo que se arrastava sobre meu ventre, mal tinha forças para afagar sua cabeça. Se pensava em Nine, sentia saudade e, às vezes, chorava. No mais das vezes, entretanto, eu jazia impotente, sem ânimo nem mesmo para odiar minha irmã, esperando que as longas horas do dia terminassem de passar.

.20.

Havia, no entanto, uma terceira via, que, depois do tal giro de chave, eu tomaria com mais e mais frequência – e que terminaria por mudar radicalmente o destino de minha família.

Para cima do rio, o caminho da margem era mais difícil de se trilhar. A mata era virgem, mais cerrada e repleta de raízes expostas. Um musgo esverdeado cobria os troncos das árvores como um fino tecido de renda quadriculada. Mesmo nos dias de inverno, um cheiro quase tropical subia da terra e se derramava das folhagens. Por ali, o trajeto se transformava em travessia. Enquanto Tobby abria caminho com saltos e escavações, eu seguia me apoiando ou pendurando nos galhos mais baixos, fazendo esforço para conseguir avançar.

Mais para cima, a mata se abria e uma grande gruta irrompia na paisagem. O choque entre o verde das folhas e o cinza da rocha nua acionou em mim uma potência contemplativa e resolvi fazer daquele lugar o meu recesso. Seria como o sótão esquecido para onde eu subiria quando quisesse conferir à minha solidão o status de capricho de eremita.

.21.

Fazia semanas que, munido de livros, lanches, almofadas e cangas, eu frequentava a área próximo à gruta. Acreditava se tratar de um reduto inexplorado, longe da atividade humana.

Foi um engano.

Achei que estivesse alucinando ao ouvir aquelas vozes. Era um diálogo nervoso, urgente e abafado pelo Ourives. Tobby rosnou em alerta, mas fiz sinal para que não latisse. Discerni um "tem certeza que ninguém vem aqui?", e essa centelha bastou para incendiar minha curiosidade. Tentei acompanhar o som dos passos dos visitantes e, quando me dei conta, eu os seguia, distante o suficiente para não ser notado.

Sem perceber, eu havia subido por um caminho de pedra que levava, pelo lado de fora, ao topo da gruta. Dali, eu tinha uma visão privilegiada da clareira que se abria a meu redor, mas, ao mesmo tempo, desde que me mantivesse deitado rente à rocha, ninguém me notaria.

Eram três ou quatro rapazes que não conhecia, todos mais velhos. Aconteceu muito rápido. No início, achei que estivessem fazendo xixi. Depois, tendo em vista sua proximidade, imaginei que seria uma daquelas competições fálicas de ganha-quem-mijar-mais-longe. No instante seguinte, todavia, meu coração combustou de adrenalina e, dínamo violento, fez se alastrar em mim um sangue ígneo que martelou minhas têmporas, meu pescoço e minha agora túmida intimidade.

Os corpos se entrosavam, reunidos em torno de um centro imaginário, e as mãos se dedicavam a uma cooperação síncrona, repetitiva e alternada – ora lá, ora cá. Achei que fosse enlouquecer com o som de seus gemidos. Quis lacerar a mão na pedra caraquenta, quis virar do avesso. Entendi que, para aplacar meu delírio, eu também, à distância, sozinho e calado, precisaria participar do ritual. Baixei minha calça e, menos de um minuto depois, tirava alívio de mim. Os espasmos me expurgaram da sofreguidão sexual na mesma medida em que, se amainando, me esgotaram em uma culpa pegajosa. Quis tossir até provocar o vômito, mas sabia que não podia fazer barulho. Desci o caminho de pedra com pressa, cuidando para não cair. Sem se importar com meus pecados, Tobby ainda me seguia. Lavei a mão na água do Ourives e corri de volta para casa. Será que meus pais ou Inês leriam no meu comportamento estranho dos dias seguintes uma confissão?

Eu me deitei em minha cama como se drenado da linfa que corria em meu corpo. Sob a ressaca daquela descoberta definitiva, me entristeci numa moleza pesada como chumbo. Tive medo e tive náusea também. Prometi a mim mesmo que nunca mais iria até a gruta, mas, no instante mesmo do juramento, antecipei, com um adâmico gosto de maçã na boca, que aquela seria uma promessa que jamais seria capaz de cumprir.

.22.

Não me recordo de como me reaproximei de Nine. Conheço de cor o começo e o ápice do trajeto, mas os caminhos intermediários me escapam. Sei que estivemos mal e, pouco depois, estávamos bem. Sei também que a iniciativa de reconciliação partiu dela – provavelmente, hoje penso, com interesses secundários.

Meu desentendimento com Miguel me rendeu respeito na escola. Isso não significou que eu tivesse ganhado a admiração dos colegas, tampouco que me achassem corajoso. O que ocorreu foi que, sob a estampa de nerd imprevisível, me mantive fora da mira de seu bullying. Além disso, apesar de tirar as melhores notas da sala, minha aparência esquisita era um amuleto contra seu olhar de inveja. Sob um ou outro aspecto, eu estava excluído de seu radar de malignidades – bastava, para isso, me conservar calado e distante.

Meu erro, portanto, foi querer sair do ostracismo. Rompi nosso frágil equilíbrio social ao buscar fazer amizade com a menina da carteira ao lado. Quando puxei conversa sobre a aula de literatura, ela me respondeu por educação. Mas agora eu estava em dívida. Duas semanas depois, durante uma prova de biologia, ela aproveitou um descuido do fiscal e me pediu o gabarito de uma questão. Me senti ultrajado. Neguei, contraí os lábios com desprezo e virei o rosto.

No outro dia, espalhou-se uma história terrível sobre a real motivação de meu surto: era ciúme, sim, o que me atormentava – não de minha irmã, mas de Miguel, por quem eu cultivava uma paixão secreta. Ouvir aquilo foi muito violento para mim. Os meninos riam, as meninas riam também. Será que tinham me visto em cima da gruta? Vivi aqueles dias assombrado com a profundidade do ódio que era capaz de sentir. Olhava para a cretina a meu lado e me imaginava arrancando seus olhos, fantasiava em surrar de chicote, até tirar sangue, os colegas que reproduziam a fofoca sobre mim e queria gritar que eram uma gentalha burra que passaria o resto de sua vida medíocre no fim de mundo que era Ourives.

Não fiz nada. Nunca faria nada. Encorajados por meu silêncio, as meninas me chamavam de gazelinha e os meninos me perseguiam com ameaças físicas. Uma vez, um deles passou por mim e esfregou a mão suja de suco em meu rosto. Outra vez, me empurraram de cara em uma poça de lama. Outra, ainda, me derrubaram da escada. Passei dias com os cotovelos roxos. Estive prestes a pedir a minha mãe para não ir mais à escola – cheguei a, mais de uma vez, fingir que estava doente para poder faltar –, mas Nine interveio.

Não houve um fato memorável a marcar nossa trégua. Foi suficiente que, em um final de aula, ela se aproximasse de mim e puxasse a alça da minha mochila. Baixei a cabeça e apressei o passo. Só me virei quando ouvi sua risada, então olhei para ela e comecei a rir também. Era sua maneira de fazer um balanço dos últimos meses e dizer que, por fim, bastava. Fomos caminhando e gargalhando com ternura, o canto dos olhos acumulando água boa. Se a pessoa que eu mais amava no mundo havia feito as pazes comigo, pouco me importava a hostilidade dos colegas.

.23.

Nine, percebi depois de nos reaproximarmos, não era mais a mesma. Sua mudança deve ter ocorrido de maneira gradual, mas, tendo me escapado até então, viria a me alcançar de repente, num único instante.

Aconteceu em uma tarde na praia. Estávamos eu, Tobby, ela e Miguel próximos ao Ourives, comendo uma melancia plantada por nosso pai. Momentos como aquele haviam se tornado comuns. Minha presença em meio ao casal não era mais um estorvo.

Encostada em Miguel, Nine contava uma história cômica sobre o tombo de um professor. Durante a semana, o uniforme do colégio ressaltava resquícios de sua meninice, mas assim, de calças jeans e camiseta de malha, minha irmã parecia uma mulher formada.

Enquanto ria, os músculos da barriga se contraíam e o volume dos seios se contrastava com os braços longilíneos, que ela arqueava no ar, buscando dar mais vida à narrativa. Nine evitava ser espalhafatosa, mas era bonito de ver que se sentia segura para se colocar como o centro das atenções.

Miguel a escutava com admiração comedida, se dedicando a enxugar de seu queixo o sumo da melancia. Eles se amavam com o vagar dos amores velhos, mas, àquela época, ainda fruíam do engate físico típico das paixões recentes – suspiros, beijos e apertos que precisavam conter para não constranger quem estivesse por perto. Eu fazia conjecturas sobre quão longe minha irmã teria ido na relação com Miguel, mas minhas apreensões sumiam em meio à constatação de que, como uma planta debaixo dos primeiros sóis da primavera, Nine florescia.

Até nos estudos ela havia melhorado. Era geral a confiança de que, se mantivesse aquele ritmo, seria aprovada no vestibular. Sua relação com o corpo culminou no interesse por encaixes, articulações, movimentos e ângulos, pelo que decidiu cursar fisioterapia (ciente do histórico escolar da filha, mamãe a demoveu da ideia de tentar medicina).

Antes de voltarmos para casa, me aproximei do rio e joguei nele as cascas da melancia. Ao me virar, dei de cara, surpreso, com esta nova Inês, que havia vindo até mim para me dar um abraço. Devolvi o carinho e apertei seu corpo entre meus braços, aspirando o aroma de macelas que seus cabelos exalavam.

.24.

Mas, pelo meio do ano, em meio ao turbilhão de aulas, estudos e atividades físicas, minha irmã começou a dar mostras de um novo tipo de nervosismo. Era um desarranjo que, por não remeter às crises da primeira adolescência, eu não era capaz de destrinchar. Além disso, as preocupações acadêmicas em que estava envolvida – a escolha definitiva do curso, as poucas vagas da universidade pública, a privação do sono e a pressão dos nossos pais – me despistaram da trilha que deveria ter seguido para compreender seu sofrimento.

Nine não piscava mais os olhos como uma maníaca, não roía mais as unhas de maneira compulsiva, não voltou a contar mentiras, nem abandonou os cuidados com a higiene pessoal. No entanto, era iniludível que uma faísca de dor cintilava em seus olhos. Evitava olhar no rosto de nossos pais e passou a tratar Miguel com impaciência. Andava cansada e comia mais. Várias vezes entrou em meu quarto, parou à porta e fez menção de começar uma conversa. De início, imaginei que quisesse tirar dúvidas da escola comigo, mas depois desistia, com vergonha de recorrer ao irmão mais novo. Eu me irritava e dizia "o que foi, Inês?! Diz logo!". Quando comecei a desconfiar de que, na verdade, ela estava maturando uma confissão, me resignei a esperar até que estivesse pronta.

Mesmo depois de tomar a iniciativa, não conseguiu falar de imediato. Entrou em meu quarto e trancou a porta, girando a chave duas vezes. Não havia mais ninguém em casa. Me chamou pelo nome e já então algo se rompeu – não pôde prosseguir. O choro de minha irmã também havia mudado, e ela chorava como chora um adulto: com o eco de desolação de quem finalmente entendeu o que é estar sozinho no mundo.

Sentada em minha cama, Nine me contou que estava grávida e que ninguém mais sabia. Eu a observei desnorteado, a respiração acelerada. Enquanto ela procurava pelas palavras certas em meio ao desespero, eu experimentava uma espécie de brandura, senão contentamento. Havia sido a mim, afinal, que Inês primeiro revelou sua tragédia. Grato, a abracei com força, descolei seus cabelos da testa suada e apertei sua mão. Minha irmã não teria como saber que, no fundo, minha empatia não era nada além de egoísmo. Ela precisava de mim.

Sob meu cuidado, Nine chorou ainda mais. Esperei que se acalmasse antes de perguntar como gostaria de dar a notícia ao restante da família. Minha irmã ficou calada e, pousando a cabeça em meu travesseiro, se virou para a parede. Só chamaria nossos pais para conversar um mês depois.

.25.

Nine me contou que a reação de Miguel não foi boa. Ouviu tudo com rosto de pedra, mas, enquanto ela falava, os punhos dele foram se cerrando em alerta. Depois perguntou se minha irmã tinha certeza da gravidez. Inês confirmou e ele sugeriu que o melhor seria tirar o quanto antes. Como ele teria cabeça para passar no vestibular? Era, claro, um jogo com a culpa, porque o namorado de minha irmã havia espalhado aos quatro ventos que não tinha intenção de prestar o exame. Queria, isso sim, começar a fazer dinheiro na lavoura do pai.

Ao procurar papai e mamãe, portanto, Nine almejou por consolo e confirmação. Comunicou a notícia na sala de casa, em uma tarde de domingo. Um ar moribundo se infiltrou em seu rosto, seus lábios se tornaram pálidos e sua voz tremia. Tive vontade de chorar por minha irmã, mas me controlei.

Com a revelação posta à mesa, a recusa de meus pais primeiro se manifestou fisicamente, e ambos se deslocaram para longe de minha irmã. Mamãe se levantou e foi até a porta dos fundos, e papai, sentado a nosso lado, se esticou inteiro para trás, começando a altear a voz com um "eu sabia que ia dar nisso, Hilde! Eu sabia!!".

Sem saber o que fazer, minha irmã sondou a aceitação da proposta de Miguel com um "então é para eu tirar?". Reproduziu o termo como quem arrisca usar uma palavra estrangeira pela primeira vez. Papai ficou calado, mas mamãe, sempre muito controlada, perdeu as estribeiras. Furiosa, bateu a porta e quase arrebentou a madeira, espantando Tobby para debaixo do sofá. Perguntou de onde Inês tinha tirado aquela ideia horrorosa, ao que minha irmã retorceu o rosto sem lhe dar resposta.

Com meu pai no encalço, mamãe escapou para o quintal. Não sei se chorou. Sei que ficaram bastante tempo em confabulação, enquanto eu encostava a cabeça no ombro de Nine, que permanecia imóvel como o tronco de uma árvore morta. Será que a sensação dentro de suas entranhas correspondia à imagem em minha cabeça, de um ser pequeno, quase parasitário, a se nutrir de carnes e sangues? Minha irmã se mantinha calada. Observei suas mãos: na extremidade dos dedos, as unhas seguiam íntegras, pintadas de um esmalte apessegado.

Meus pais retornaram com um anúncio draconiano. Por bem ou por mal, Inês e Miguel teriam que se casar.

.26.

Mesmo que papai e mamãe não fossem religiosos, sua decisão não me causou surpresa. Não consigo condená-los porque penso que acreditavam fazer um bem à filha. A moral de uma vila como a nossa é uma moral confinante: começa e termina no perímetro dos terrenos vizinhos. Meus pais não se preocupavam com pecado, se preocupavam com a reputação de Inês. Livrá-la da língua de compadres e comadres era a prioridade absoluta, e pouco importavam as repercussões do matrimônio sobre o destino dela.

De pronto traçaram um planejamento rigoroso. Antes de tudo, Nine prestaria vestibular. Não haveria concessões quanto a isso, e não ser aprovada não era uma opção. Por aqueles dias, mamãe repetia sem parar que podíamos sentir na pele o avanço de vida que um diploma garantia (papai pigarreava a seu lado, desconfortável). Ela não queria que Inês terminasse como boa parte das mulheres da vila, parideiras que, depois de crescidos os filhos, ficavam à míngua caso o marido desse por bem trocá-las por jovens da vila vizinha.

Duas semanas depois de prestar a última prova do vestibular, Nine e Miguel se casariam sem muita cerimônia, um casamento de igreja para o qual seriam convidados apenas parentes próximos. Pelos cálculos, o novo integrante da família chegaria pela metade do ano seguinte. Até lá, as mães dos noivos cuidariam do enxoval, todo em tons de amarelo (minha irmã preferiu não saber o sexo do bebê). Meus pais permitiriam que o casal continuasse a morar em nossa casa até que Miguel juntasse dinheiro o suficiente para providenciar moradia própria, de preferência ali próximo, para que ficasse mais fácil ajudar com o recém-nascido. Nine não sairia de Ourives. Meus pais a queriam perto, talvez por não confiarem inteiramente em Miguel. Além disso, até que minha irmã se formasse e pudesse começar a trabalhar, seu esposo teria que sustentar a casa.

Foi esse, em linhas gerais, o resumo da conversa conduzida por minha mãe. Estávamos na sala de casa, reunidos com Miguel e seus pais, que escutaram tudo com vergonha, de orelhas baixas e rabo entre as pernas como um cão amofinado. Dona Hilde não se dobrou aos consogros, que queriam que Inês se mudasse de Ourives e começasse desde logo a trabalhar. Depois de ter fulminado cada uma dessas sugestões, minha mãe recolheu da mesinha de centro as bolachas e o mate que havia servido, indicando aos visitantes que era chegada a hora de partir.

Entre os seus, mamãe se largou no sofá e respirou fundo, cansada como quem acaba de atravessar, não sem danos, um momento de extrema tensão. Então olhou para minha irmã e soltou uma frase cujo integral sentido, à época, me escapou: "agora, minha filha, carregue você mesma isso tudo nas costas". Talvez minha mãe quisesse alertar Nine de que, dali em diante, seu futuro dependeria apenas do próprio esforço. A cada vez que repasso a cena em minha cabeça, entretanto, fica mais concreta uma outra hipótese sobre a decisão de forçar seu casamento: a sentença representava a meus pais não apenas o alívio de uma preocupação, mas também, e talvez sobretudo, uma capital punição aos erros e fraquezas de minha irmã.

.27.

As semanas finais do ano chegaram sem adversidades. Muito embora se esgotasse em livros e consultas médicas, Inês vicejava. Seus seios cresciam e sua figura ganhava contornos arredondados. Foi mais de uma vez que eu a surpreendi defronte ao espelho, admirando o ventre com deleite infantil. A experiência corporal de minha irmã se embutia então de uma segunda camada, de um sobrescrito invisível que, entrecruzando-se a sentidos antigos, se reordenava como uma escrita que pouca gente – talvez só eu, que estava tão perto – poderia ter decifrado. Nine não exultava de alegria, mas aquele foi o mais de felicidade que a vi experimentar – perdendo apenas para a glória que sucedeu a ter dado alguém à luz.

Eu estava sempre com ela e a ajudava nos estudos. Tirava suas dúvidas e lhe explicava assuntos que eu só estudaria anos depois. Nos intervalos dos estirões que fazíamos juntos, nos deitávamos em sua cama e, meio de ponta-cabeça, apoiávamos as pernas contra a parede, conversando, cúmplices, sobre bobagens que nos fizessem rir. Logo em seguida, voltávamos para a bateria de leituras, exercícios e simulados. Com paciência e esmero, Nine e eu talhávamos um futuro melhor para ela e, por isso, também para mim.

De vez em quando, esbarrávamos com tópicos hilariantes ou tenebrosos. Choramos de rir com o nome dado ao olho das planárias – Ocelo, como também se chamava um colega da turma de minha irmã – e passamos uma tarde em choque ao descobrir que os ossos do crânio de um bebê não se fecham até por volta de um ano e meio de idade. Durante uma leitura de História Antiga, que relacionava uma série de festas pagãs com os respectivos derivados cristãos, Nine empacou em uma das designações originais da festa de Natal, *Yule*, e a repetiu três vezes em voz alta, como em um sortilégio. Largou os livros e correu para o computador, onde usou a internet (ainda discada) para pesquisar sobre a raiz de significado do nome.

Fiquei sem entender, mas, empolgada, Nine me disse que, se fosse menina, o seu bebê se chamaria Yule. Comemorei com ela e disse que era um nome lindo e diferente. Disse também que precisaria estar preparada para o caso de ser um menino, ao que me respondeu, cheia de ternura, que isso já estava decidido desde sempre. "E qual vai ser?", perguntei com ingenuidade. Ela então me revelou que, se fosse menino, seu filho levaria o nome de Marcelo, em homenagem ao irmão favorito da mãe.

.28.

No dia em que Nine realizou as últimas provas do vestibular, Miguel desapareceu. No início da tarde, quando voltou de carro com papai, minha irmã tinha o rosto oleoso e os cabelos desgrenhados. Tomou um banho, se alimentou do almoço que mamãe havia preparado e, depois de apaziguar os ânimos da família relatando que havia feito uma boa prova, se recolheu para tirar um cochilo. Ao se levantar, a primeira coisa que fez foi ligar para Miguel, mas o telefone chamou, chamou, e ninguém atendeu.

Miguel sumiu pelo dia inteiro, e o tempo transcorreu como o pingar de uma clepsidra. O alívio pós-prova que Nine deveria ter experimentado foi amassado como uma bola de papel, esmagado sob o peso da ansiedade. Ela se angustiava de preocupação com o paradeiro dele, mas também amargava a ambígua constatação, de início repudiada e, ao final do dia, forte demais para ser ignorada, de que Miguel havia sumido de propósito. Tratava-se de uma vingança frívola que, a ter funcionado como funcionou, expunha minha irmã a um tipo de vulnerabilidade do qual ela havia esquecido sofrer – e que, por outro lado, colocava nas mãos da pessoa com quem planejava passar o resto da vida um potencial aniquilante sem precedentes.

No outro dia, Miguel apareceu em Ourives sem se constranger em achar desculpa para o sumiço. Falou de bichos, de um programa de televisão que o fez chorar de rir e até, diante da expressão incrédula de Inês, de uma "bela roseira" que havia encontrado no caminho. Nem sequer mencionou o vestibular, nem quis saber das expectativas de aprovação. Duas semanas depois, com o medo cada vez mais real de ter cometido um erro, minha irmã se casou.

.29.

O casamento de Nine não teve pompas. Ela não atravessou a nave flutuando sobre uma cascata de babados brancos, nem houve música a anunciar sua miraculosa aparição ao portal de entrada. Muito ao contrário, aliás: uma atmosfera prosaica dominava o local, e nem sequer me recordo de sua marcha pela igreja. Em minhas recordações, Inês primeiro me aparece de costas, enquanto observo seu vestido champanhe com um vago incômodo, me lembrando da brincadeira que costumava fazer quando criança, fingindo usar a vestimenta de minha mãe.

Ao lado de minha irmã, Miguel reagia com lentidão aos comandos do padre. Parecia repassar na mente cada gesto, para não acabar trocando a ordem dos ritos matrimoniais. A robotização de seus movimentos me deixava apreensivo. Ele estava tão nervoso que, por alguns instantes, devaneei com uma cena em que se atrapalhava com os dedos e terminava derrubando ao chão a aliança, que vinha rolando até meus pés. Eu me agachava, recuperava o anel e, salvador, o entregava de volta a meu cunhado, que me olhava com um sorriso de agradecimento. A fantasia se esfumaçou quando provou estar muito distante da realidade. À minha frente, meu cunhado pelejava para manter uma expressão de satisfação pasteurizada, a boca paralisada em um sorriso de estátua, os olhos arregalados, quase sem piscar.

Nine, ao contrário, estava relaxada. Quando beijou Miguel e se virou de volta ao público, nos deixou entrever sua felicidade ressabiada – mas, ainda assim, felicidade. Foi ela quem tomou a dianteira e conduziu os convidados para os locais de foto que ela mesma havia escolhido. Minha irmã organizou, combinou e separou parentes e amigos de acordo com afinidades ou malquerenças. O fotógrafo – um primo de Miguel que tinha uma câmera digital – aguardava a autorização da noiva e então disparava o *flash*.

A inevitável foto de família aconteceu no jardim da igreja, onde o sol claríssimo, balanceado pelo frio ameno da primavera, não foi suficiente para desintegrar a sombra que se formou em mim por estar tão perto das funestas personagens de minha infância. No que eu pudesse evitar, não via nem meus avós, nem Tia Mirtes. Minha tia parecia uma hospedeira moribunda, seca e espectral, empurrando minha avó, sua parasita, na cadeira de rodas. Olhei para os velhos: sua decrepitude me inspirava menos compaixão que repulsa. Por que mamãe havia convidado aquela gente que mal se sustentava em pé?

Era patente que não se encaixavam na cerimônia e que, se pudessem, fugiriam dali o mais depressa possível. No arranjo da foto, fiquei atrás de meus avós semiparalíticos, o cocuruto de Vovó Márcia coberto por uma cabeleira mirrada, a cabeça de Vovô Tonico encimada por uma careca escarosa, cheia de crostas marrons e de depressões prestes a minar sangue (como o balido de uma cabrita puxa o balido de outra cabrita, aquela visão tenebrosa invocou um registro perdido entre os fólios de minha memória: a imagem de Tio Dico morto).

Tive que reunir todas as forças para não dar corpo ao que se passava em minha cabeça: um turbilhão caótico de cenas sobrepostas, que eu performava com brutalidade. Nele, eu socava a cabeça dos velhos até afundar seu crânio, eu derrubava vovó da cadeira de rodas, eu rasgava a roupa dos convidados, eu vomitava o vestido de minha irmã, eu batia minha cabeça na parede, eu subia no púlpito da igreja e me masturbava com violência, eu arrancava a roupa fora e, nu, ia até a fonte ali próxima para me submergir até o último sopro, eu gritava imoralidades e sacrilégios que me excomungariam irrecorrivelmente de qualquer comunidade religiosa, eu ia até Miguel e, com força, torcia seus dois mamilos até os rasgar em sangue, eu derrubava mamãe ao chão e depois, arrependido, me deitava sobre seu peito e começava a chorar, eu metia a faca do boi no peito de meu pai e depois carpia a sua morte, eu inventava histórias e mentiras terríveis sobre cada pessoa de minha família só pelo prazer anódino de uma vingança vil.

Quem me salvou foi Nine. A tensão gravitacional que segurava as pessoas na pose para a foto se desfez. Todos começaram a se afastar, mas eu continuei inerte, olhando para o nada, hipnotizado pelo cinematógrafo descontrolado que girava em minha mente. Ela veio até mim, me abraçou com demora, beijou meu rosto, fez um cafuné em minha nuca e me perguntou se eu não queria tirar uma foto só nossa. Desperto, eu disse que sim. Ela emendou com um suave "mas só nossa *mesmo!*", e eu fiquei sem entender, o que baixou minha guarda para o ataque às minhas costelas. Tentei me esquivar, mas me enfraquecia de cócegas e de amor. Na última fotografia do casamento de minha irmã, eu e Nine saímos agarrados em um abraço meio de lado, os olhos transformados em dois riscos, a boca escancarada, a musculatura do rosto doída de tanto rir.

Por muitos anos, foi aquela a fotografia que primeiro se viu ao se entrar na casa de minha irmã. Era uma espécie de amuleto do qual, depois dos acontecimentos que levaram à ruptura de nossa relação, não se teve mais notícia. Sumiu da mesma maneira que, depois de um tempo, foram sumindo todas as fotos de seu casamento.

.30.

Inês foi, afinal, aprovada no vestibular. Eu estava a seu lado quando, depois de inúmeros *F5*, a página foi atualizada pelo servidor e a rubrica de "*Aprovada*" surgiu ao lado de seu nome. Ela ficou espantada e saltou da cadeira. Tomei seu lugar e aproximei o rosto do monitor, buscando ter certeza da informação. Quando a abracei, ela já estava agarrada à mamãe, aos gritos. Para a surpresa de todos, Nine havia sido aprovada para o primeiro semestre. Agora seria preciso correr para reunir documentos e enfrentar as burocracias da matrícula.

Quando retornou do trabalho, papai beijou a testa da filha com orgulho. Miguel, que o acompanhava, não foi capaz de ir além de um "parabéns, meu amor" chocho, seguido de um rápido beijo na bochecha. Eu, meu pai, minha mãe e Nine ficamos na sala, montando os planos da vida futura. O esposo de minha irmã, no entanto, se recusou a ficar ali. Assim que pôde, saiu para tomar banho, não sem anunciar, em voz alta, que precisava se limpar da terra que cobria desde suas unhas lascadas até os cotovelos encardidos.

.31.

Era tempo de férias para mim. Vez por outra, ia ajudar meu pai e meu cunhado no serviço, mas, por intervenção de mamãe, estava proibido de trabalhar pesado. Traçava-se ali um limite entre mim e os homens de minha família – o que também era um limite entre o meu destino e o deles. Como meus estudos agora me exigiriam mais seriedade e maior aplicação, era importante que, nos tempos de descanso, eu de fato descansasse.

Desde o episódio com o boi, meu pai parecia ter aceitado nossas diferenças, mas Miguel ainda me olhava enviesado, se permitindo fazer comentários ferinos como "era uma vida como a tua que eu queria!". Meu cunhado não chegava a ser agressivo. Embalado pela monotonia de sua voz, o ressentimento soava como um lamento inofensivo. Dizia isso e passava a mão em minha cabeça, despenteando meus cabelos. Eu me irritava, mas, na mesma medida, gostava da provocação, pois me sentia importante.

Livre de trabalho e com os familiares ocupados com os próprios afazeres, me sobrava muito tempo para ler. Eu lia com um ecletismo que ia de gibis a clássicos. Foi nessa época que comecei a flertar com a faculdade de Letras. Foi nessa época também que escrevi meu primeiro conto.

Minhas aventuras à margem do rio continuaram. Às vezes, eu permanecia na praia, deitado no chão, escutando o barulho do Ourives. Depois me pendurava na corda e me balançava de um lado para o outro. Outras vezes, brincava com Tobby e, com a desculpa de me refrescar, mergulhava a cabeça na água e contava os segundos sem pressa.

Quando, entretanto, decidia caminhar até a gruta, uma comichão isquêmica percorria minhas costas e fisgava minha nuca, me submetendo a um impulso que, a não ser nunca totalmente satisfeito, me deixava em desassossego. Eu havia aprendido que, se primeiro sacrificasse a respiração ao Ourives, subia até a gruta abraseado. Fazia meu fôlego sumir na água e, percorrendo vias estelares através da vista escura, experimentava uma ereção dolorosa, ao menos até que meu ritual atingisse o clímax.

Vi passarem pela gruta inúmeros moradores de Ourives: homens mais velhos, com entradas nos cabelos brancos e barrigas proeminentes, e rapazes da minha idade, magrinhos, os pelos pubianos apenas começando a se destacar na pele macia. Eram, em sua maioria, homens casados e com filhos – ou rapazes que, no futuro, eu veria se casarem com moças, constituírem família, gerarem meia dúzia de descendentes e punirem com surras, escândalos e expulsões de casa os filhos como eu. Aprendi a localizá-los na malha social da vila e a reconhecê-los em sua misancene cotidiana, comprando pão, fazendo reclamações na loja de ferragens ou participando de reuniões na escola. Nunca, entretanto, havia encontrado na gruta alguém próximo a mim.

Até aquele dia.

. 32 .

Os homens iam e vinham de maneira aleatória, sozinhos ou em dupla. Eu jamais ficava ali por muito tempo, porque tinha medo de ser descoberto. Naquele dia, contudo, uma figura alta e robusta me chamou a atenção enquanto, de costas para mim, se aproximava do círculo. O homem parou num ponto cego, escondido sob os galhos das árvores. Percebi e estranhei que Tobby, que sempre me acompanhava, não estava mais lá. Com cuidado, me arrastei para o lado. Primeiro consegui identificar alguém de joelhos em frente ao visitante secreto. Em seguida, me esgueirei um pouco mais e, num solavanco mental, completei a imagem com a peça que faltava: o estranho de pé era Miguel.

Me recolhi inteiro e me virei para cima, esmagado pelo céu subitamente tão próximo. Balancei a cabeça de um lado para o outro contra a rocha dura e irregular, ferindo a nuca. Não duvidei do que havia visto, mas um comando irresistível me colocou de volta sobre os cotovelos. Assisti, alguns minutos a mais, à lúbrica transgressão do marido de minha irmã, que, apreensivo, olhava sem parar por cima dos ombros. O suor escorria da minha testa e queimava meus olhos.

Meu pescoço tremia, eu respirava ofegante. Tive uma pena terrível de Nine, quis consolá-la, quis colocá-la no colo como adultos fazem com uma criança que caiu. Apesar disso, não conseguia sair dali. Quando o sangue voltou a ser bombeado para onde eu não podia acreditar que estava sendo bombeado, achei que fosse desmaiar de remorso, mas, em vez disso, meti a mão dentro da cueca mais uma vez.

Um barulho familiar interrompeu meu delírio, mas, ao mesmo tempo, me lançou à beira de um precipício cognitivo, desenhando um quiasma entre realidade e alucinação. Eu tinha mesmo ouvido o que ouvi? O som se repetiu três vezes, em um chamado insistente. Um cão latia. O quadro então se quebrou – Miguel se distanciou do comparsa e, de nádegas à mostra, procurou saber de onde vinha o latido. Quando me dei conta, Tobby saltava sobre meu cunhado, fazendo festa por ter encontrado um conhecido no meio daquela paragem estrangeira.

Miguel se atrapalhou e caiu de costas, ainda de calças arriadas. Quando olhou para cima, em minha direção, será que me viu? Quando demorei um segundo a mais para abaixar a cabeça, será que eu queria que ele me visse? Saí em disparada, deixando Tobby para trás. Varei os caminhos de volta para casa como se, durante um pesadelo, tentasse fugir da inescapável maldição de uma floresta mal-assombrada.

iii

Mima vinha melhorando a olhos vistos.

    O veterinário havia prescrito uma série de tratamentos que, mesclada aos cuidados com meu pai, preenchia e esgotava meu dia. A rotina era trabalhosa, mas repleta de um senso de propósito. Pela casa se espalharam berimbelos médicos, remédios organizados de acordo com dias, horários e sintomas, receitas em primeira e segunda via, oxímetros, termômetros e lixeiras separadas em "lixo comum" e "lixo do Joca" (minha mãe considerava excessivo usar o termo "lixo hospitalar"). Eu não reclamava de nada. Quanto mais me dedicasse à difícil – ou, no caso de meu pai, impossível – tarefa de sarar os doentes da casa, menos pensava no que, morto, já não poderia ser curado. Era com esse pensamento que, às vezes, ficava muito tempo parado olhando para a janela de minha irmã no outro lado da rua. Para voltar a mim, precisava sacudir a cabeça com força.

    Três vezes na semana, eu pegava o balde em que minha mãe deixava as roupas de molho e misturava nele, meio a meio, água gelada com água quente. O banho morno era mais bem tolerado por Mima, que, no entanto, protestava na hora de passar o shampoo terapêutico. Seus miados eram contínuos, mas também roucos de velhice. Eram como um pedido (ou uma chantagem emocional) para que eu finalizasse logo a tortura: me olhava com a pupila dilatada, as orelhas para trás, a ponta do rabo chicoteando de um lado para o outro. Como último recurso, emitia um som choroso semelhante a um arrulho. Eu a secava com dó e lhe dava uns petiscos de agrado. Embora contrariada, devorava tudo de uma vez só. Nem bem terminávamos, já começava a se lamber, se cobrindo de volta do cheiro que, para ela, era sua identidade no mundo.

Duas vezes ao dia, eu puxava sua cabeça para trás, empurrava o dedo entre as arcadas dentárias, para que abrisse a boca, e jogava o comprimido bem na base da língua, que ela retraía por reflexo, engolindo o remédio. Mima havia perdido alguns dentes e estava banguelinha, mas ainda mastigava bem a ração (de longe se ouviam os *crecs*). Quando desfilava pela casa e, à caça de insetos, olhava para cima, eu ria de seus caninos superiores, que, sob aquele ângulo, lhe davam um aspecto vampiresco. Eu ia até ela, dizia "vampirinha, vampirinha" e esfregava as juntas dos dedos sobre sua cabeça, que ela empurrava contra minha mão, pedindo mais. Suas orelhas estavam íntegras de novo. O pelo voltava a crescer sadio e não se viam mais falhas esbranquiçadas na pele.

Quando chegava a hora do probiótico, ela achava bom. Eu passava a pasta grudenta na ponta do dedo e ela ingeria tudo com prazer e concentração. Mima começava lambendo o ar e, aos poucos, alcançava o remédio. Das primeiras vezes, estranhei a sensação do contato. Havia me esquecido de como a língua de um gato era, ao mesmo tempo, áspera e mole, mais delicada e mais receosa que a língua estabanada de um cão.

Revisitei a rotina das últimas semanas e, de imediato, fui levado a Tobby. Como foi tolo o seu fim. Mais uma vez, me flagrei olhando para a janela de minha irmã. Soube logo que estava em casa: havia sombras dançando pela parede da sala. O que está morto não pode ser curado, repeti para mim. Comecei a chorar profusamente, mas fui surpreendido por dois olhos amarelos ao lado da cama. Mima trazia algo na boca e, ao perceber que eu a percebi, o derrubou a meus pés: uma meia direto do cesto de roupas limpas. A peça rescendia a amaciante, e Mima amava cheiro de amaciante. Era, eu sabia, um presente. Em outros tempos, talvez tivesse trazido um pássaro morto. Mas agora essa prenda era o máximo que podia oferecer. Mima estava velha, como estava velho tudo o mais à minha volta.

Ela colocou a patinha sobre o colchão, me avisando que queria subir. Eu a recolhi com cuidado. Ainda chorando, me deitei e a coloquei sobre minha barriga. Mima fez menção de bocejar, a boca começou a se contrair e as vibrissas se apontaram para a frente, mas depois, a meio caminho, parou. Eu interrompi o choro e, sem explicação, comecei a gargalhar de seu bocejo abortado. Não guardava recordação de como gatos podiam ser engraçados. Afaguei suas orelhas e ela acionou o modo amoroso: piscou os olhos bem devagar, ronronou como uma máquina de ASMR e fez de mim sua padaria, amassando ora meu peito, ora meu pescoço. A massagem era, eu vim a descobrir, um comportamento vestigial em felinos, um eco das primeiras experiências no mundo, quando tinham que pressionar os úberes da progenitora para obter mais leite.

Quando me contou isso, o veterinário também me revelou que, para controlar minha gata – e agora ela era, de fato, mais minha do que de minha mãe –, bastava agarrar a pele das costas, na altura do pescoço. "É por ali que as mães carregam os filhotes. E é por ali que os machos dominam as fêmeas na hora do acasalamento", me disse. A informação me chocou de pronto. Chegando em casa, pesquisei sobre o assunto e vi que, embora não fosse mais recomendável tratar os bichanos como ele havia sugerido, o restante era verdade. Me perguntei se, em vez dos cães, não eram os gatos os nossos melhores amigos. Era com eles, afinal, que a espécie humana comungava o sublime e infernal destino de, indiferentes à passagem do tempo, carregar indeléveis os traços da primeira infância.

.1.

Mima apareceu alguns meses antes de Yule nascer.

O verão causticante tornava fecunda a vida em Ourives. A seiva fervia dentro das plantas, os galhos cresciam e os troncos engrossavam. Os insetos se multiplicavam e zuniam sem parar, formando nuvens junto às lâmpadas noturnas. Com eles, apareciam sapos e cobras, que nos faziam andar com atenção redobrada através das plantações. A colheita vinha farta. O que não se vendia ou trocava era acumulado em silos, sacas ou potes. Apareciam, então, os roedores, presa favorita dos gatos – que, por sua vez, se dedicavam a copular sem descanso.

Quando sobreviviam aos partos nos rincões inóspitos de Ourives, as gatas prenhes davam à luz filhotes de cores variadas. A maioria não vingava. Se não fossem devorados pela própria mãe, se tornavam presas das aves de rapina ou vítimas da ignorância dos humanos.

O povo de Ourives sempre se encarregou de levar a cabo o controle populacional dos felinos da região. Ao contrário dos cachorros, que eram trazidos para dentro de casa e, assim, tinham a reprodução controlada, gatos eram considerados animais desleais e interesseiros, que só se aproximavam de gente pela facilidade da comida. Sua presença só era tolerada na medida em que exterminavam ratos – e, para isso, bastavam um ou dois gatos que cobrissem a vizinhança inteira. O resto deveria ser eliminado o quanto antes. Castrá-los significava gastar dinheiro com animais que não se encaixavam nem na estimação, nem na utilidade, então era algo impensável. Os métodos que restavam eram medievais: iam desde atropelamentos intencionais até afogamentos coletivos. Nesse último caso, contava-se com o Ourives para carregar os pequenos defuntos para longe.

Nada disso me espantava. Considerava essas práticas normais, ao menos até o dia em que me vi implicado na morte de um gato. No caminho da escola para casa, havia um terreno baldio murado. Mesmo baixo, o muro era ornado por uma infinidade de cacos de vidro (uma ameaça a potenciais invasores). Eu estava sozinho, então não tive a quem recorrer. O gato miava de maneira horripilante. Quando me aproximei para visualizar melhor a cena, percebi que ele havia tentado saltar o muro, mas, por um erro de cálculo, terminou por cair com a barriga sobre os vidros. As lâminas o atravessavam da bolsa primordial às costas, de onde despontavam sanguinolentas. Sem força ou ângulo para se retirar dali, o bicho estertorava. Corri por covardia. Se não contasse a ninguém, seria como se nem o tivesse visto.

No outro dia, o gato estava morto. Voltei para casa chorando, trucidado pela culpa e pela revolta contra a insensibilidade do povo de Ourives – que era também uma revolta contra mim. Me agarrei a Tobby e pedi desculpas a ele, querendo, na verdade, pedir desculpas ao animal que deixei morrer. Três dias depois, o gato ainda estava sobre o muro. Demorariam muito para o remover dali, preocupados mais com o moscaréu do que com a dignidade do bicho. Nas pontas afiadas dos vidros, um brilho avermelhado persistiria por semanas.

.2.

Com Mima, entretanto, as coisas foram diferentes.

Minha mãe estendia roupas no quintal quando a gata apareceu se roçando em suas pernas. Dona Hilde primeiro tomou um susto, porque achou que fosse um bicho do mato. Ouvi seu grito e larguei os livros para ver o que tinha acontecido. A gatinha era esquálida, tinha a cara miúda e as patas quebradiças. Devia ter poucos meses de vida. Minha mãe a enxotava com os pés, mas ela voltava e insistia com um miado fino, o rabo sinuoso se enroscando no ar. Com remorso pelo gato do muro, tentei convencer minha mãe a dar comida a ela, mas Dona Hilde retrucou que, se a alimentasse uma vez, nunca mais iria embora.

Minha mãe agarrou o cesto de roupas vazio e veio se aproximando da casa. Quando a gata se entrançou entre seus pés, ela quase caiu, esbravejando contra quem só devia estar procurando abrigo. Tobby apareceu pelos fundos do jardim e trotou em nossa direção. Vinha de orelhas em pé. Ao se aproximar, se pôs em alerta e começou a rosnar. A gata reagiu com coragem: arqueou a coluna, se entornou inteira e, erguida sobre as patas traseiras, caminhou em direção a Tobby, que ganiu e fugiu em disparada. Eu e minha mãe começamos a gargalhar. Eu ria com a mão na barriga, quase passando mal, ao passo que ela precisou se sentar no batente da cozinha para retomar o fôlego. Como se nada tivesse acontecido, o filhote voltou a dar cabeçadas em Dona Hilde. Era sua maneira de dizer que sua escolha era definitiva.

Mamãe verificou se tratar de uma fêmea e, em seguida, lhe trouxe um pedaço de frango cru, que foi mastigado com comedimento. "Então a danada nem estava com tanta fome assim", compreendeu minha mãe, orgulhosa do amor gratuito que recebia. Então anunciou que, como não queria pensar em nada mais elaborado, seu nome seria Mima. Com isso, queria dizer que não tinha a intenção de se apegar ao animal, pois sabia que os gatos de Ourives tinham vida curta. Mima miou baixinho, havia gostado do nome. Por fim, entrou na casa como se já soubesse que passaria o resto da vida ali.

. 3 .

Mima entrou e não foi mais embora. Não era como os outros gatos domésticos da região, que sumiam por semanas e voltavam – quando voltavam – cheios de arranhões e dentes quebrados ou faltando. Saía de casa para caçar, mas, passadas poucas horas, voltava a subir nas estantes de casa, a se amarfanhar entre as almofadas do sofá e a se espreguiçar ao lado do calor do fogão, pedindo carinho a minha mãe.

Somente uma vez desapareceu por mais tempo.

Gritando "Mima! Mima!!" com voz aflautada, minha mãe ia até a sacada e balançava o potinho de comida como um chocalho. Veio até meu quarto e pediu que eu fosse procurar sua gata pela redondeza. Estranhei os gestos amolecidos de Dona Hilde. Enquanto ela falava e apoiava o quadril em meu armário, suas mãos procuravam se ancorar no espaldar da cadeira de estudos. Talvez pressentisse, como uma nigromante, o abatimento que ia nublar sua vida no futuro – talvez já sofresse ali, no presente, com o peso de cuidar de meus avós, em uma rotina de paliativos à velhice que nada diferia de uma preparação para o luto.

Saí em busca da gata. Vasculhei os arredores do galinheiro e do criadouro de bodes e porcos. Percorri o caminho até a praia com atenção e procurei em cada baia do galpão de meu pai, os cavalos relinchando em resposta ao afago na testa. Depois, decidi subir pela vila. Na primeira esquina, escutei um miado abafado e segui o som. Mais próximo, outros miados, mais agudos, se juntaram ao primeiro. Encontrei a gata de minha mãe recolhida dentro de uma caixa de energia desativada. Ao me ver, começou a miar desesperada, tentando se levantar sem conseguir. A seu redor, inúmeros gatinhos cobertos de muco lutavam pelo acesso às tetas da mãe. Mima não havia engordado: estava grávida. O esforço do parto em condições tão adversas fez seu olho saltar para fora da órbita, pendendo em prolapso. Tentei acariciar sua cabeça, mas o instinto falou mais alto e Mima chiou para mim, me mostrando os dentes em ameaça. Entendi que só minha mãe conseguiria tirá-la dali, e assim foi. Um a um, foi ela quem resgatou os gatinhos e, com especial cuidado, a sua gata.

O veterinário conseguiu reparar seu olho e, passada a amamentação, mamãe a levou para que fosse castrada. Era o emblema último da sua estima – e também do estado fragilizado da dona. Mima entendeu e, a partir de então, saiu ainda menos de casa. Sempre que podia, se deitava sobre o regaço de minha mãe, se estirando ao longo do vão entre as coxas. Deixou, aos poucos, de cuidar dos filhotes. Foram todos, um a um, partindo de nossa casa para sumir (ou morrer) no hostil entremeado da vida em Ourives.

. 4 .

Papai foi quem mais resistiu à presença de Mima. Resmungava que ia trazer mais gasto para a família e que, com o bebê, seriam duas bocas a mais para alimentar. Nine achava graça, retrucava que quem ia dar de comer ao filho era ela e que, para isso, contaria com fábrica própria. Dizia isso e, jocosa, colocava a mão sobre os seios fartos.

Miguel, por sua vez, não queria papo com a gata de minha mãe – nem com Tobby, de quem, reminiscente, passou a fugir. Na realidade, a essa altura, ele quase não interagia com ninguém. Andava mais calado que nunca e, se alguém lhe dirigia a palavra, sorria e balançava a cabeça. De minha parte, passei a evitar estar sozinho com ele. Sua presença me causava um alarido que eu ainda podia conter – sem saber, todavia, até quando seria capaz de fazer isso. Era melhor me manter longe.

.5.

Tobby havia sacado que não era mais o centro das atenções. Quando Mima subia na mesa do almoço e precisávamos afastá-la das comidas ou quando Nine balançava uma fita no ar para entretê-la, Tobby se enciumava e fazia questão de mostrar os ciúmes. Soltava o ar pelo focinho, como se bufasse, e ficava nos observando à distância. Se eu ia até ele e coçava sua cabeça, ele fingia estar magoado e virava o rosto, mas seu rabo balançando o denunciava.

Tobby viveu comigo por não mais que uns treze anos. Mamãe me contava que, antes da enchente, uma cadela grávida apareceu na porta de casa. Fiquei louco de amores e chegava a quase machucá-la de tanto aperto. Quando o dono se apresentou e quis levá-la embora, chorei muito, mas mamãe o fez prometer que, quando a ninhada nascesse, um dos filhotes seria meu. Cinco meses se passaram e o homem voltou, carregando quem, pançudo e descoordenado, cresceria para se tornar meu melhor companheiro.

Por não mais que uns treze anos, meu cão, que não mereceu a morte que teve, me acompanhou pelas grandes guinadas da vida, garantindo, em seguida, que eu melhor as suportasse – que eu não as suportasse sozinho. Foi Tobby quem me conduziu até o regato onde Tio Dico se banhava, foi Tobby quem talvez tenha acusado minha presença a Miguel no dia da gruta. Treze anos. Treze anos é muito ou pouco tempo? A resposta, hoje venho a descobrir, é desimportante. Curta ou longa, a vida de um cão sempre dura menos que sua morte.

.6.

Uma nova rotina se instalou em nossa casa.

De manhã, depois de sairmos, Nine ficava sozinha. Dormia um pouco mais, mas logo se levantava para estudar ou adiantar os preparativos para o bebê. Com destreza, costurou sapatinhos de crochê, pintou quadros de decoração, montou móbiles, leu livros sobre maternidade de primeira viagem e organizou cronogramas que contemplavam desde a data de nascimento do filho até o ritmo da troca de enxoval.

Inês gestava o bebê na barriga na mesma medida em que se deixava gestar por ele. Nessa mútua concepção, sua vida se duplicava. Com volúpia maternal, seu corpo se expandia e suas bordas iam se descosturando e recosturando para receber mais enchimento, como se fosse uma boneca de pano. Minha irmã encontrava no corpo uma maravilha que, embora cotidiana, eu jamais seria capaz de experimentar.

Por um tempo, pensei que Inês usava o pré-natal para, garantida a vaga na universidade, voltar a relegar os estudos a segundo plano. Estive enganado. Ela se antecipava nos cuidados com o bebê, mas isso não a impedia de dar à faculdade o lugar que merecia para que os planos com Miguel dessem certo. No início da tarde, o esposo a levava no carro de meu pai até a cidade e, algumas horas depois, voltava para buscá-la. Era um trabalho desgastante, Miguel chegava em casa bufando. Minha irmã se deitava no sofá, expunha o barrigão cada vez maior e jogava as pernas inchadas para o alto.

Quando minha mãe reclamava que Inês estava suja da rua, ela se levantava e ia tomar banho, passando uma mão carinhosa em meus cabelos enquanto a outra, cheia de intimidade, coçava a barba de Miguel. De onde eu estava, podia ouvir o som das unhas contra os pelos curtos e espetados do rosto de meu cunhado. Sentados cada um em uma extremidade do sofá, eu e ele assistíamos à televisão, à espera do jantar. Enquanto Inês não voltasse, eu nem sequer olhava para o lado, evitando, a todo custo, que meu olhar se cruzasse com o dele.

.7.

Durante a noite, a casa ficava lotada. Até que, anos depois, um caminhão trouxesse a casa de madeira azulada e a depositasse no terreno ao lado do galpão de meu pai, Nine, Miguel e o bebê interfeririam no ritmo noturno da família. O trânsito de pessoas e bichos não chegava a ser caótico, mas eu me sentia aliviado quando, terminada a novela, voltávamos aos respectivos quartos – como se finalmente chegasse ao fim um espetáculo mal--ensaiado em que muita coisa poderia ter dado errado.

Após terminar o banho, Nine voltava a ocupar o espaço vazio entre mim e Miguel. Ela se encostava sobre o esposo e se virava para mim. Colocava os pés sobre minhas coxas e, brincando de ser uma irmã autoritária, me mandava fazer massagem neles: "irmãozinho, agora é a hora de você provar seu amor por mim". Depois, puxava a mão primal do esposo para cima da cabeça e emendava com um "você também, marido, me faça um cafuné e prove que me ama". Minha saliva começava a engrossar na garganta. "Sai, Inês, tá pesando meu ombro", finalizava Miguel, um homem-fortaleza, reclamando do peso da esposa – que tinha metade de seu tamanho – contra seu corpanzil.

Quando papai chegava – agora, em consideração à filha grávida, apenas moderadamente bêbado –, íamos para a mesa. Nine e Miguel se sentavam lado a lado, bem à minha frente. Era impossível não perceber o contraste entre os dois. À corpulência de Miguel havia se aderido uma lentidão que não era mais impassibilidade, mas um abatimento que ele lutava por afastar. Se eu começava a sentir pena, observava minha irmã, que, inadvertida das violações do esposo, molhava o pão na sopa.

Nesses momentos, eu precisava refrear o impulso de bater forte na mesa, quebrar o prato no chão e, com olhos fechados de ódio, desvendar à família a farsa em que vivíamos. Será que ao menos a meus pais eu deveria contar algo? No final do jantar, eu estava dominado por uma apatia tão intensa que, muitas vezes, não conseguia nem me levantar da mesa.

Minha mãe puxava uma cadeira para mim: "não quer vir assistir aqui de perto, meu filho?". Eu respondia que não, contraindo os lábios. Permanecia à mesa do jantar, distante de todos, e prestava atenção menos à novela que à nuca apenumbrada de meus familiares – o lado sombrio de quatro improváveis luas flutuando contra a luz da televisão.

. 8 .

Chovia muito na noite em que uma nova personagem da dinâmica familiar se anunciou pela primeira vez. Meu pai terminou de jantar e foi até a janela, maldizendo a chuva, que não parava de cair. "É já que o rio começa a subir", ele emendou. Um arrepio percorreu minha nuca e precisei afastar o mau vaticínio com uma careta, enquanto esfregava as mãos contra o frio.

— O Marcelo se mexeu.

Olhei confuso para Nine. Ela estava de olhos arregalados e, com as mãos pousadas na barriga, me encarava estática. Cogitei, por um segundo, que estivesse se engasgando. "O Marcelo se mexeu", ela repetiu. Parei de esfregar as mãos e a inquiri arqueando as sobrancelhas. Nine começou a sorrir e, cheia de emoção, foi até nossa mãe. Demorei a entender que quem tinha se mexido não era eu, mas o bebê em seu ventre, que ela e Dona Hilde seguravam como a um cesto de frutos preciosos. Minha irmã apenas se antecipava em nomear a criança: estava convicta de que era um menino.

Minha mãe alertou que, se Inês não mudasse o nome, confusões como aquela seriam constantes. Meu pai puxou a sardinha para seu lado e sugeriu que chamássemos a criança de "*Marcello*", ao modo italiano. Depois de refletir um pouco, minha irmã disse, desagradada, que todo *Marcello* virava "*Cello*", com som de *tch*. "O que você acha, Miguelito?", ela perguntou para o esposo. Miguel deu de ombros, assistindo à TV. Ela foi até a janela, observou a chuva formando um córrego em frente à casa e enfim cedeu: "Tudo bem. Vai ser *Marcello. Cello. Cello*".

Alguns anos depois, quando o bebê de minha irmã começasse a tentar articular o nome do tio, seria aquela – *Cello* – a reunião de fonemas que, seguindo a rota mais inusitada, ele primeiro produziria. Devolveria a mim, num jogo anacrônico de profecias invertidas, o nome que teria sido seu. No entanto, o jogo havia se iniciado ali, quando me levantei, coloquei a mão na barriga de Nine e esperei que o bebê se mexesse de novo. Fiz isso por pura curiosidade científica – a ideia de um ser humano no interior de outro ser humano me causava calafrios. Para meu alívio, nenhuma entranha se moveu, mas fui invadido por uma convicção. Meu pai batia palmas, comemorando a vitória de ter dado nome ao neto. Resolvi interromper sua festa e anunciei que todos estavam errados: era Yule, não *Marcello*, quem minha irmã carregava dentro de si.

.9.

De tarde, ao pino do sol seguiam as horas de declínio da claridade, uma demorada queda antes de o dia ser engolfado pelas copas das árvores além do Ourives, estirando para o alto os últimos feixes de luz como um náufrago que, de braços para cima, luta para não submergir.

Uma vez terminado o almoço, cada membro da família partia para lugares distintos. Meu pai voltava aos vários serviços, minha mãe, à escola, Nine ia para a faculdade e Miguel, depois de dar carona à esposa, sumia pelo mundo. Com Tobby e Mima como guardiães, eu me tornava o rei da casa – um reinado de silêncios, que me permitia ler e estudar à vontade.

A paz de meu reino não durou. Antes do meio do ano, a rotina de Miguel mudou sem explicação. Sentado na sala, livros e cadernos espalhados sobre a mesa, tomei um susto ao vê-lo entrando em casa. "Miguel?!" – "é, vim tomar um banho", foi o diálogo. Desde então, passou a deixar Nine na cidade e retornar para casa. Quando terminava o banho, saía do banheiro só de toalha.

A presença de Miguel me deixava enfermiço. Uma tensão na nuca me fazia acreditar que um objeto pontiagudo estava cravado em minhas costas. As juntas reclamavam, doloridas e amolecidas como se por uma febre prolongada. Eu me esvaziava de forças, sentia o cansaço de quem atravessa um longo período de privação de sono, pronto para permitir que o corpo se desligue. Miguel se vestia, tirava um cochilo e, por fim, saía de casa.

Eu me recuperava, mas não conseguia parar de repassar seu trajeto do banheiro ao quarto, do banheiro ao quarto, do banheiro ao quarto. Retomava a cena dezenas de vezes, de maneira automática e incontrolável, como num vinil arranhado. Às vezes, conseguia imaginar outro roteiro: ou corria e me trancava no quarto antes de que terminasse o banho, ou erguia o olhar dos livros para, sem pudores, encarar Miguel, ou apontava o dedo para ele e finalmente o confrontava.

Em um desses dias, chegou em casa, deixou as botinas na sacada, me saudou com um "fala, Marcelo!" e foi até o banheiro. Esperei pelo *tuc* na tranca e pelo *click* no trinco, mas não vieram. Quando a água soou contra o piso do box, entendi que Miguel tomava banho de porta aberta. Estremeci. De pronto soube que, naqueles termos, nossa convivência seria insuportável para mim. Um óleo quente se derramou em minha cabeça e escorreu pela nuca, pelas costas, pelo pescoço e por meu peito supliciado. Ungiu meu umbigo, deslizou pelo ventre e se acumulou entre as pernas, fervendo a carne do que, à minha revelia, se punha em riste.

Miguel terminou o banho. Saiu do banheiro e veio até mim, o branco da toalha se aproximando mais e mais, crescendo e crescendo em minha visão periférica. Como se em um lance premeditado, parou bem diante de mim. Levantei a cabeça. Da cintura para cima, Miguel estava nu e mal enxuto, a estrutura larga rebrilhando da luz que ia encontrar anteparo nas gotas e pelos que cobriam seu peito. O contraste entre o trigueiro da pele e o branco da toalha me fez, por um instante, acreditar que meu cunhado fosse um centauro. "É bom falar com teu pai para verificar a caixa. A água tá com um cheiro esquisito." Assenti e olhei fixamente para seu rosto – forma de evitar que meu olhar escorregasse por seu torso ou, pior, pelos acidentes de relevo que, eu vislumbrava pelo canto do olho, se formavam no tecido branco que envolvia sua pelve.

Mal meu cunhado se virou, tive que me curvar inteiro, deitando a cabeça sobre os livros. Respirava mal, ofegando como se tivesse atravessado uma borrasca. Assim que ele saiu de casa, uma força incontrolável me ergueu e me obrigou a procurar alívio no banheiro ainda úmido do banho de Miguel. No ápice do ato, o que me atravessou foi tão arrebatador que, quando voltei a mim, estava em genuflexão em frente ao vaso sanitário. Senti uma náusea irrefreável, como se dedos dançassem no fundo da garganta. Depois de dois ou três espasmos de engulho, entretanto, não consegui vomitar: meu corpo falhava em expulsar o que eu queria expulso. Para me pôr de pé, busquei a força que, instantes antes, havia me feito perder o controle. Não a encontrei, não encontrei nada. Muitos minutos se passariam até que eu afinal reunisse energia para conseguir me levantar.

.10.

Por que eu não conseguia controlar meu corpo? O que, nele, solapava – ou fomentava – o que me fazia humano?

O homem foi longe demais. O cérebro do homem, galáxia em que constelações de neurônios a todo instante explodem como estrelas em supernova, foi longe demais. O corpo, por outro lado, ficou para trás, desprovido de garras, de carapaças, de peçonha. E, não obstante isso, somos bicho, ainda. Um bicho vulnerável e dependente. Ainda primata, já abstraidor: um inepto animal de sofisticadas filigranas psíquicas. E é disso, dessa fenda vertiginosa, dessa formidável fossa tectônica, que deriva toda a nossa desgraça.

No baldado oco de nossa existência, cagamos para depois sonhar, fodemos para depois sentir saudades.

    Confiando em um cérebro que havia ido longe demais, achei que conseguiria dominar meu corpo – me esquivar de seus caprichos, driblar suas categóricas demandas, abafar, à maneira de um soberano aos súditos, suas pequenas insurreições. Acreditei nisso por muitos anos. Realmente acreditei. Foi necessário fazer o que fiz para, afinal, me convencer do contrário: tanto mais longe um, quanto mais indomável o outro. Ao final de tudo, constataria que meu corpo havia ganhado de mim.

.11.

Mais uma vez, fugi. Decidi que, até que o bebê nascesse, passaria as tardes na cidade, estudando na biblioteca da universidade enquanto minha irmã transitava por salas de aula e laboratórios de anatomia. Ela achou a ideia boa, fez até festa, mas não deixou de estranhar que o irmão caçula, que mal queria sair do quarto, subitamente mostrasse interesse em se meter no caldeirão que era a cidade grande. "Mas você sabe como é lá, né?", foi o alerta que me fez. "Claro que sei", respondi. Era uma mentira. Eu só precisava me livrar de Miguel.

    O tempo da cidade era outro. Em Ourives, o campo de visão era aberto, e a vila inteira se entregava em um só instante. A cidade, ao contrário, demorava: resistia, entre prédios, a se deixar desvendar. Para a conhecermos, tínhamos que nos enveredar por avenidas, vielas e becos, ir completando mapas em um desenho mental, percorrer longas distâncias e nos embrenhar, audaciosos, pelo exoesqueleto de concreto, metal e tijolo.

De início, minha irmã me levou até a biblioteca do campus e ordenou que não saísse de lá. Obedeci e tentei estudar, mas a amplitude do salão, com seu teto alto e dezenas de estantes apinhadas de livros, me perturbava de tanta excitação. Observei as pessoas ao redor, estudantes nervosos que, no entanto, transitavam pelos corredores como se estivessem em casa. Esperei estar habituado o suficiente para imitá-los e, com o coração saindo pela boca, passeei por compêndios de direito romano, por tomos de física moderna e por catálogos de anatomia humana e animal. Fiquei extasiado.

Com o tempo, ganhei coragem para explorar mais. Estudava um pouco e, sem que Nine soubesse, saía às ruas depois que o sol esfriava. Primeiro, fiquei aturdido com o constante zunido da cidade, a velocidade dos corpos, o passo apertado dos pedestres carregando sacolas, o borrão contínuo dos carros e dos ônibus (que medo eu tinha quando, passando próximo à calçada, arrastavam atrás de si uma enorme massa de ar). Depois, contudo, fui me acostumando e criando gosto pela glória de seu caos.

Assisti a uma violência de outro tipo, mais furtiva, mas também mais constante que a de Ourives. Gente se acotovelando por espaço nas calçadas, mães irritadas puxando filhos pelo pulso e o respingo do óleo do vendedor de batatas fritas queimando os transeuntes. Vi uma mulher cair em um bueiro destampado e quase ser atropelada por uma van, vi motoristas buzinando para evitar acidentes de carro que, percebia-se de seu olhar raivoso, queriam que acontecessem. Trombadinhas deslizavam as mãos para dentro das bolsas das mulheres e filavam carteiras e celulares. Mendigos se recolhiam aos colchões improvisados no meio das calçadas, bêbados tardios (ou adiantados?) tropegavam, apoiando-se nos muros para poder caminhar.

Fiquei maravilhado com a arquitetura dos prédios, a forma concreta sustentada por construtos invisíveis, as sombras se projetando sobre mim e me subjugando. Em contraste com as cores duras do edifício humano, o verde das árvores era mais precioso: guardava o feitio de oásis. O sol iluminava as vitrines das lojas, e, quando chovia e eu entrava nelas para tomar abrigo, as gotas de água escorrendo pelo vidro cobriam o mundo com uma trama de fios de nada. Com as engrenagens encaixadas a cronômetro, a cidade funcionava em um ritmo próprio, íntimo e imperceptível a quem já havia se acostumado. O sinal ficava vermelho e pessoas marchavam sobre a faixa; o banco da praça se desocupava e alguém logo tomava assento; a porta do elevador se abria e primeiro se saía para depois se entrar.

Andava a esmo e, antes do término das aulas de Nine, retornava à biblioteca com as veias do pescoço retumbando. Bela e vil, a cidade me espicaçava. Nela, me senti estrangeiro – estranho, alheio –, mas também me senti inerente – lá de dentro, como se eu também fosse entranha sua. Aguardava que minha irmã me buscasse na biblioteca e, já saudoso, retornava à realidade de Ourives.

.12.

Naquele dia, não escapuli sozinho. Sob a desculpa de me apresentar à cidade, Inês, que não sabia das minhas andanças, matou aula e caminhou comigo. Com o barrigão avantajado, não poderia andar muito, então logo paramos em uma lanchonete. Minha irmã fez o pedido enquanto sacudia o vestido que usava. A visão de Nine carregando um ser humano dentro de si me causava vertigem. Às vezes, olhava para ela como se fosse uma estranha. Dentro dela crescia um pequeno parasita, um pedaço seu que, com artimanha, exigia sempre mais. Um ser aquático, confinado aos revestimentos internos de uma mulher – um ser aquático que, boiando, respirava sem nunca tomar fôlego.

Perguntei a Nine como era estar grávida. Ela riu e me perguntou "como assim?". Eu não sabia como continuar a conversa. "Dá para sentir o bebê crescendo? Dói?", improvisei. Ela tentou começar a falar, mas aquela foi uma resposta que nunca recebi. Minha irmã agarrou as bordas da mesa e ficou imóvel. Demorei a entender que o pavor em seus olhos não era brincadeira. "Nine? O que foi?", mas ela continuava parada, os maxilares cerrados com força. Depois deformou o rosto em um esgar e se jogou para a frente. Chamei seu nome mais uma vez, mas ela era incapaz de se articular. Como se quisesse me alcançar, esticou os braços em minha direção, mas tudo o que conseguiu fazer foi derrubar pratos e copos.

De supetão, Nine voltou a si e endireitou o tronco, respirando rápido como quem busca se recuperar. Gotas de suor se alinhavam sobre suas sobrancelhas e os olhos brilhavam em um prenúncio de choro. Desnorteada, se levantou e, nisso, um grande volume de água se despejou ao chão. Olhei para meus pés e vi que estavam salpicados de um líquido viscoso e esverdeado. Ergui a cabeça e precisei conter um grito – mais adiante, minha irmã parecia emergir de uma poça de lodo. O rosto de Nine, há muito esquecido das feições de menina, subitamente se desfez dos contornos de adulto, revelando, como em um palimpsesto malfeito, resquícios das camadas de outrora – iluminuras de sua fraqueza e suscetibilidade.

Um gemido geral de surpresa e nojo se formou na lanchonete. Nine poderia ter suportado uma bolsa estourando, mas a presença daquele verde ominoso lhe acendeu um sinal de alerta. Sem saber como reagir, ficou paralisada, as mãos erguendo a barra do vestido acima dos joelhos, até que sofreu outra contração e se contorceu numa careta que finalmente a levou ao choro. Entendi que seria eu a resolver a situação. Perguntei se alguém ali tinha carro, mas as pessoas continuaram atônitas. Repeti a pergunta, dessa vez com um grito hostil. O dono da lanchonete saiu de trás do caixa, e, um minuto depois, entrávamos em seu carro.

No caminho até o hospital-maternidade, ela se acalmou um pouco. Olhei bem para Inês: uma menina, a minha irmã, o cabelo pregado no suor da testa como uma criança doente. Uma menina, ainda, com os dedos súplices se entrelaçando aos meus. Ali, cresci para que ela pudesse ganhar o apoio de um adulto, passo precoce e irreversível que o amor por Nine me obrigou a dar. Não relutei. Segurei sua mão com minhas duas mãos firmes. Tirei seu cabelo da testa e, sem trepidação na voz, anunciei a ela que ia ficar tudo bem.

.13.

No hospital, o caos reinou.

    Não havia cadeiras de rodas no saguão de entrada – "tem que falar com alguém lá dentro", o segurança se fez de desentendido. Nine caminhou até a recepção me usando de apoio. Ali, descobriu que seu médico estava de férias, só retornaria na semana seguinte. Quando a colocaram para preencher uma ficha, protestei e perguntei se a burocracia era mesmo necessária, ao que a atendente respondeu que aquele era "o procedimento padrão do hospital, senhor". Havia irritação e ironia naquele "senhor". Retive o impulso de reagir e pedi para realizar uma ligação telefônica. Precisava, o quanto antes, pedir ajuda a meus pais ou a Miguel. A atendente me apontou para uma cabine fora do hospital. "Eu não posso usar o telefone de vocês?" – "É contra nossas regras, senhor."

    Nine tomou assento no saguão de entrada e, constrangida, recolheu o vestido sujo para junto de si. Tentei ligar a cobrar para casa, mas o telefone chamou, chamou, e ninguém atendeu. Nessa época, ninguém da família tinha celular. Me esforcei para lembrar o número da escola, mas foi inútil. Larguei mão do telefone quando vi que chamavam minha irmã para a sala de triagem. A enfermeira proibiu minha entrada, mas Nine foi tão rápida quanto engenhosa: "ele é o pai". Contrariada e sem se preocupar em higienizar as pernas da paciente, a mulher levantou seu vestido até a altura dos seios. Não entendi em que consistiu o exame, nem decifrei as explicações que vieram a seguir. Distingui, contudo, a expressão "quatro cruzes". Fiquei alarmado.

Perguntei à enfermeira o que aquilo significava. "É que aí o bebê pode aspirar e ficar sem ar, né?", me disse, com certo prazer em não dar mais explicações. Antes de sair da sala, colocou uma pulseira vermelha em minha irmã e nos orientou a aguardar. Nine permaneceu deitada em posição ginecológica, a catatonia dos olhos em contraste com a veia saltando no pescoço. Passaram-se dez, quinze, trinta minutos, mas ninguém apareceu. Sem aviso prévio, "aquela puta!" saiu de minha boca: se rompia a barragem da minha civilidade. Voltei ao saguão animalizado, pisando o chão como um touro. Minha cabeça tremia por dentro, eu todo era uma ponte metálica em ressonância, prestes a se romper em pleno ar. Invadi o corredor que dava para o interior do hospital e alcancei a sala de emergência, onde pacientes tomavam soro na veia. Uma enfermeira veio até mim e me disse que eu não poderia estar ali. Logo em seguida, uma voz beliscou minha têmpora: "eu preciso que o senhor esteja se retirando daqui, senhor". Eu gritei um "vá pra porra!" e a atendente saiu às pressas.

Perguntei pelo médico. A enfermeira permaneceu calada, me encarando mais com afronta que com medo. Eu não passava, afinal, de um adolescente franzino. Arranquei dela o fichário de prontuários e o joguei no chão, causando um estrondo que ecoou pela sala. Alguns doentes acordaram, sobressaltados. Repeti a pergunta em um brado cheio de saliva. A balança se inverteu. Agora mais com temor que respeito, me apontou para o final do corredor. Mal pude ouvir o seu "mas ele já está indo embora!" por cima do som de minha respiração embrutecida.

Abri a porta com violência. No susto, o médico, já de saída, derrubou a pasta. Perguntei se ele estava mesmo pensando em ir embora sem atender minha irmã. Para dissimular a falta de boa vontade, assumiu o tom de quem enumera regras – "o plantão já terminou", "você deve esperar meu colega assumir os pacientes" e "acompanhantes são proibidos na sala de emergência". Os dizeres da enfermeira ainda martelavam minha nuca. "O bebê pode aspirar e ficar sem ar." O que ia acontecer com Nine? O médico decidiu ignorar minha presença e saiu para o corredor.

Desde uma vesícula primitiva, secretou-se em meu sangue uma bile arcana, sem nome, que minha carne sorveu com sede. Fui até o médico, cruzei seu caminho e impedi que seguisse adiante. Minhas tripas premiam, minha cara se contraía em um maremoto. Procurei falar, mas falhei. Tentei recorrer a tabuísmos, mas eles também me faltaram – ebuliu de mim toda a linguagem, fez-se seca a minha palavra. Nesse ponto, portanto, meu relato entra em colapso: não sei o que aconteceu para que, no instante seguinte, o médico estivesse à minha frente, erguido pelo colarinho. Segurando-o com mãos que não eram minhas, batia sua cabeça contra a parede.

Funcionou. De lábios trêmulos, ele ordenou que uma enfermeira trouxesse a paciente.

Quando voltei a mim, o segurança me expulsava do prédio. Através do vidro das portas automáticas, enxerguei quando minha irmã foi levada, na maca, para dentro do corredor da emergência. Relaxei, aliviado. Nine e o bebê ficariam bem.

.14.

Iniciavam-se os tempos felizes dos primeiros anos da vida de Yule.

 Ligeiramente prematura, ela nasceu com dois quilos e novecentos gramas e uma cabeleira de chamar a atenção. Quando minha irmã entrou em casa com um pacotinho amarelo no colo, a primeira coisa que vi foi o amontoado de cabelos pretos que escapava da manta. Era uma caricatura de um bebê. Comecei a rir em voz alta, mas, sem conseguir ela mesma segurar o riso, Nine colocou o indicador sobre os lábios e fez sinal de "*shh*!", pois não queria acordar a filha.

 Inês instalou em seu quarto a cômoda que serviria de fraldário. Ali banhava a filha, que, ao entrar em contato com a água, se espichava inteira, tremelicando, e fazia "uh! Uh!" com a boca. Sem espaço sobrando no quarto, minha irmã precisou instalar o berço ao lado da minha cama. No início, temi por minhas noites de sono, mas a preocupação sumiu após o primeiro mês: Yule era uma bebê que não chorava nunca. Durante a madrugada, minha irmã se levantava, vinha até meu quarto e dava de mamar à filha, que se refestelava, arrotava e voltava a dormir no mais generoso silêncio.

Demorei a querer segurá-la no colo. Tinha a impressão de que, se não a agarrasse do jeito certo, se deixasse o pescoço pender no ângulo errado ou se a apertasse demais, poderia machucá-la, quebrá-la ou mesmo – nesse momento, eu sacudia a cabeça na intenção de afastar a imagem – matá-la. Até por volta dos seis meses, portanto, me contentei em cheirar sua cabeça irresistível, que parecia biologicamente programada para estilar substâncias ao mesmo tempo soníferas e estimulantes: açúcar encontrando a fome, analgésico encontrando a dor. Seus cabelos espetados roçavam minhas bochechas e eu sentia um arrepio. Aproveitava para provocar minha irmã e aspirava os fios com a urgência de um toxicômano, revirando os olhos e gemendo. Inês dava risada, recolhia a filha para junto de si e batia a mão em minha testa, dizendo "sai! Ela é só minha!".

Quando a achei firme o suficiente para ser entregue aos braços desastrados (desastrosos?) do tio, comuniquei minha irmã da intenção de pegá-la no colo. Nine exagerou a cara de quem não acreditava que o momento havia chegado, jogando as mãos para o alto em sinal de aleluia. Quando Inês a passou para mim, olhei para baixo e tentei aprumá-la, mas ela continuou troncha, nitidamente desconfortável. Mesmo amassada contra meu peito, foi magnânima de contrair o rosto em uma careta de gengivas à mostra. Quando percebi que tentava emular um sorriso, precisei me controlar para não a derrubar, de tanto que eu ria. Também às gargalhadas, Nine a tomou com pressa, ciente de que a filha era nova demais para sustentar uma mentira por muito tempo.

Nine colocou o peito para fora e minha sobrinha o abocanhou faminta. Eu estava bastante emocionado, piscando rápido os olhos cheios d'água. Nada de pequeno parasita – Yule era uma benfeitora: nos dava muito e, em troca, não exigia quase nada.

.15.

Nine estudou em regime especial até o início do ano seguinte. Eu ia para a escola pela manhã e, de tarde, me via sozinho com minha irmã e a filha, procrastinando as leituras para tomar parte no fuzuê amoroso. Num torvelinho de maciezes, giravam mamadas, trocas de fralda, banhos, dormidas, móbiles e conversas. Eu e Nine falávamos sem parar sobre novos e velhos assuntos, agora tratados com mais profundidade. Sondamos o porquê do alcoolismo de nosso pai ter abrandado, revisitamos as sutilezas da relação entre Tia Mirtes e Vovó Márcia (que, segundo mamãe, vinha definhando rápido), falamos sobre a maneira inclemente como Dona Hilde tratava a si mesma e discutimos sobre a melhor maneira de educar uma criança.

Foi em uma dessas conversas que Nine me revelou que Miguel costumava ser grosseiro com ela quando estavam sozinhos, mas que tinha melhorado com a chegada de Yule. Às vezes, nossas tardes eram tão boas que eu me esquecia de estudar. Ficávamos ali até que, com um latido, Tobby anunciasse que papai, mamãe ou Miguel estavam retornando do trabalho.

Seguimos assim até minha irmã voltar a frequentar a faculdade. Ela ensaiou uma conversa sobre trancamento – "ao menos até a Yule desmamar, mãe" –, mas, mais uma vez, Dona Hilde foi irredutível: "tire o leite que o Marcelo resolve o resto". Ela sabia que, se Nine se demorasse mais naquele devaneio, não conseguiria voltar à realidade. A maternidade deixava minha irmã em estado de perene fruição, sob a crença de que, como o leite vazando de seus seios, a vida era abundante por natureza e, por isso, poderia ser esbanjada.

Nine chorou no dia em que teve que deixar minha sobrinha comigo. Miguel, que a esperava no carro, já havia buzinado três vezes. Inês veio até a filha e, com dor, aspirou os aromas reconfortantes de sua cabeça. Tentou me repassar outra vez as instruções dos cuidados com a bebê, mas eu fiz um gesto para que fosse embora, apertando Yule como se a tivesse sequestrado.

"Enfim sós", brinquei, embora não fosse de todo verdade. Cheguei a contar com os retornos vespertinos de Miguel, mas eles haviam sido convenientemente encerrados. Assim, além de Mima e de Tobby, que, meio enciumado, seguia cada passo meu, foi mamãe quem me auxiliou naqueles primeiros dias. Para supervisionar minha estreia como babá, ela havia dado um jeito de entrar mais tarde na escola. Passado o período de adaptação, deixou preparado para mim um cronograma com tabelas e cores. Se eu o seguisse à risca, haveria tempo de sobra para cuidar de Yule sem que isso atrapalhasse os estudos.

De todas as atividades, eu só não precisaria dar banho em minha sobrinha. "Vai que tu afoga a menina,

Marcelo?", Nine havia rido em provocação. De resto, eu trocava as fraldas quando necessário, limpava o bumbum ("sempre da frente para trás, viu?"), fazia malabarismos para entretê-la com os brinquedos e, antes e depois dos cochilos, entornava em sua boca as mamadeiras que minha irmã havia deixado na geladeira. Eu agitava os repositórios e os colocava em banho-maria, antes de despejar o leite nas mamadeiras de bico duro, estranhando o cheiro saponáceo do líquido. Yule bebia tudo com sofreguidão, os olhinhos gratos vidrados nos meus.

Às vezes, eu comprimia seu corpo mole em meus braços. Outras, apertava suas coxas com força – outras, quando não conseguia resistir ao impulso, eu mordia suas bochechas. Ela achava bom, gargalhava dos barulhos de avião que eu fazia com os lábios. Dali a um tanto, se deixava embalar pelo balanço da própria risada, que ia sumindo até a boca se escancarar de vez. Se entregava então a um sono seguro. Eu a colocava de volta no berço e, inesperadamente realizado, ia estudar.

.16.

Tudo em Yule cresceu e se aprimorou. Seu engatinhar tateante evoluiu para um trote destemido, as pancadas dos joelhos reverberando no assoalho. Com Tobby no encalço, minha sobrinha ia e voltava do quarto para a sala. Quando se cansava, olhava para as palmas das mãos pretas de sujeira e começava a rir, deixando à mostra os quatro dentinhos.

Quando se pôs sobre dois pés, Yule primeiro aproveitou para dançar. Era só minha mãe dar *play* na música que ela fazia bico (como se cantasse) e levantava uma mão para o alto (a outra ainda agarrada a algum apoio). Em seguida, sacolejava o tronco de um lado para o outro. Papai ria de se engasgar e até Miguel reagia, assoviando para incentivar a filha.

Depois disso, tropicando mais que andando, vieram os primeiros passos. Entre as pernas da mãe, minha sobrinha estava de pé, a observar os bichos da casa se engalfinhando. Mima saiu em disparada pelo corredor e Tobby a perseguiu quartos adentro. Esquecida de que não sabia andar, Yule se precipitou na mesma direção – um, dois, três metros. Agarrou-se a um móvel no caminho, se virou para trás e riu, como se esperasse o reconhecimento por um feito notável. Assistíamos a tudo atônitos e precisamos de um segundo a mais para entender a cena e cair na gargalhada. Nine se levantou e, orgulhosa, foi abraçar a filha.

Vieram o primeiro corte de cabelo, os primeiros brincos (dois pontinhos brilhantes nos lóbulos) e o primeiro dodói, Nine a vagar insone pela casa apinhada de termômetros e xaropes. Com um risco de lápis, meu pai começou a marcar a altura de Yule na porta que dava para o jardim. Em alguns anos, sobretudo depois de se fazer o mesmo com Rute, a madeira ficaria tão segmentada quanto a fita métrica que ele usava na medição. Vovó Hilde, por sua vez, insistia, sem muito sucesso, em complementar com um "... mãe!" os "*mamama*" de Yule e enxertar um "... ó!!" em seus "*vvv*" sem vogal.

Quando aconteceu, eu estava com Yule sobre as coxas. Brincávamos de cavalinho, uma de suas brincadeiras favoritas: eu balançava rápido as pernas, que desciam e subiam aos solavancos, enquanto Nine repetia "cavalinho! Cavalinho! Cavalinho!". Minha sobrinha sempre terminava exausta de tanto rir. Naquele dia, sua mãe aproveitou o intervalo das galopadas ("agora o cavalinho foi dormir, filha") para estimulá-la: "quem é esse aqui, meu amor? Quem é?". Apontava para mim. Entregou meu nome mastigado: "é o tio... É o tio... É o Tio Marcelo!", prolongando o *tchhh* de *tio*. A pequena pareceu despertar e assumiu um semblante sério. Se compenetrou e alternou o olhar entre mim e a mãe. Então, em uma imitação deformada, produziu um *"Tch... Tchello, Tch-Tchello"*, batendo as mãos em minha barriga.

Nine deu um grito de felicidade e encheu a filha de beijos. Depois, com falso ressentimento, se doeu com um "ah, safada! Falou primeiro o nome do tio, né? Tio *Cello*, Tio *Cello*". Estive a ponto de refutar a teoria de minha irmã – aquilo era fruto de um acidente fonético, não de uma articulação intencional. Descobri, no dia seguinte, que estava enganado. Desde então, sempre que me via, minha sobrinha batia uma palma desencontrada e repetia "*TchTchello, TchTchello*". Era verdade, afinal: Yule havia me dado um novo nome.

.17.

Os anos seguintes se passaram em um giro de carrossel. Yule cavou a areia da praia com Tobby e amassou a cara rabugenta de Mima. Plantou feijões com o avô na horta que ele preparou especialmente para a neta e enrolou a massa amanteigada das bolachas da avó antes de irem para o forno. Correu para o pai quando levou queda e se cobriu da barra do vestido da mãe quando ficou envergonhada. Primeiro no berço, depois em uma cama pequena, dormiu para acordar mais bem engendrada no corpo e na linguagem. Esguia como uma menina, não mais rotunda como um bebê, subiu em cima de mim para me despertar com seus "bom dia, Tio Cello" e, perigando derrubar a bandeja, me levou lanches enquanto eu estudava por horas e horas que não tinham mais fim.

É mesmo possível que aquele tempo tenha transcorrido com tanta glória? Seria a melhor fortuna, de fato, a fortuna do esquecimento? O que me vem daqueles anos é o que me resta daqueles anos – pouca coisa ou quase nada. Sei, a partir disso, que a vaga aurora de então resplandece não por causa do que ganhei, mas pelo que perdi: Yule me depôs do centro de qualquer questão. O ator que não entendeu a quem, no palco, precisa emprestar corpo fica aliviado quando enuncia as palavras finais de um ato. Sai para respirar fundo na coxia ou se permite, às escondidas, ocupar o assento vago na última fila da plateia. As tensões com Miguel se dissiparam, as culpas com Inês se diluíram. A imagem de minha sobrinha me eximiu de mim – e foi então, descubro agora, que se formou nossa cruciforme conexão.

.18.

Aos poucos esmorecendo, aquela era também chegou a um fim.

Era o ano de meu vestibular, e eu andava obcecado com a ideia de tirar primeiro lugar. Nesse estado de alienação, demorei a me dar conta das condições cada vez mais deploráveis de minha mãe. De início, me cegou a ideia arcaica, incutida aliás por ela mesma, de que as mães não sofrem nem precisam de ajuda. Com o tempo, contudo, seu desajuste se tornou impossível de ignorar.

A xícara deslizava sob a frouxa pressão de seu polegar. Vi quando o café fumegante foi se derramando sobre as costas de sua mão. Apesar disso, ela continuou inerte. E só reagiu quando gritei seu nome – não porque se importasse com a dor, mas porque se sentiu flagrada e teve vergonha. Por isso, antes de enxugar a mesa, precisou encenar um susto.

Observei seu rosto e, pela primeira vez, reparei que nele se conformava um novo tipo de cansaço: agora mamãe estava quase sempre de boca aberta, a mandíbula pendendo em feição de desistência. Perguntei se não tinha se machucado, mas, para encerrar o assunto, me disse que não tinha sido nada, que estava tudo bem. Preferi não insistir, fingindo não ter visto a queimadura vermelha que se desenhou em sua pele.

.19.

Minha mãe havia retardado o luto por mais de uma década. O rígido sistema de afazeres funcionou como um bruxedo de runas que ela precisava a todo instante embaralhar e desembaralhar, inventando um dialeto que, em uma só medida, encobrisse e traduzisse a morte do irmão – de quem, e só dali a alguns meses eu faria a descoberta, nunca havia sequer começado a se despedir. Apesar do desgaste, seu jogo de reescrita ainda teria se sustentado por muito tempo, mas o ocaso da saúde de meus avós e de Tia Mirtes passou a exigir demais dela.

Em um intervalo de poucos meses, depois de demandarem uma infinidade de cuidados, morreram Vovô Tonico, Vovó Márcia e Tia Mirtes. Quando meu avô levou a queda e precisou operar o fêmur, soubemos que não voltaria a andar. Minha mãe espremia um tempo antes e depois do expediente para, todos os dias, supervisionar a pseudoconvalescença do pai. Como uma enfermeira, repunha a vida dele de mantimentos, remédios e, no que era capaz, algum carinho. Meu avô dava trabalho, se recusava a comer e cuspia fora os comprimidos. No começo da noite, minha mãe chegava em casa de costas arqueadas e, de tão cansada, mal se sustinha em pé.

Quando o velho morreu, não demonstrou o menor abalo emocional. Providenciou as burocracias fúnebres com a presteza de um comerciante e devolveu o pai à terra sem comoções. Nisso, seguiu a linha da mãe: timidamente encolhida em uma cadeira de rodas, Vovó Márcia não chorou. Cheguei a pensar que minha avó era de fato um monstro, mas sua postura de passarinho amedrontado me levou a uma outra conclusão: a coitada da velha mal sabia onde estava, tanto menos saberia quem jazia na caixa de madeira enterrada no cemitério.

Quando conseguia travar conversa durante os jantares, Dona Hilde mal se consternava com o apagamento da mãe. Por outro lado, se assombrava sobremaneira com o que havia resistido à corrosão da doença. Vovó Márcia tratava minha mãe com a indiferença que dirigiria a uma empregada. Quando diante de uma foto de Vovô Tonico, seus olhos continuavam vazios – leitosos e ressequidos. No trato com Tia Mirtes, entretanto, irrompiam do esquecimento as fundas estirpes de seu ódio – raízes de uma árvore a violar o cimento duro da calçada. Vovó empurrava a filha e virava o rosto a cada colherada de sopa enfiada na boca. Como uma boneca quebrada, repetia contra Tia Mirtes as palavras de um estribilho hostil, mistura ininteligível de português, dialeto e ofensa. Certa vez, durante a troca da fralda, se agarrou à cabeça da filha com tanta força que lhe arrancou um tufo de cabelo.

"E o mais esquisito é que, logo em seguida, ela volta a se esquecer de quem é a Mirtes", minha mãe nos contou. Com Yule brincando de cavalinho em seu colo, diminuiu a velocidade do trote até parar por completo. Tirou a neta de cima das pernas e se endireitou, como se prestes a fazer um pronunciamento solene. Então narrou como, no dia anterior, mostrou à mãe uma foto de Tio Dico. Esperava, acredito, uma reação que condissesse com o trauma de sua morte violenta. Vovó Márcia fitou o retrato como se lhe mostrassem uma pedra. "Daqui a um tempo, ninguém mais vai se lembrar do Cláudio", arrematou minha mãe em uma constatação sombria. Saiu da sala calada e, no meio da tarde, foi se deitar no quarto.

.20.

Em uma dessas noites, o sono de vovó foi definitivo: na manhã seguinte, a encontraram morta na cama. Esperei por alguma reação afetiva de minha mãe, mas nada aconteceu. Primeiro ela subiu para ajudar Tia Mirtes a se livrar do que não tivesse mais serventia, depois desceu com três caixas pesadas que, sem dar nenhuma explicação, socou no fundo do armário.

Mamãe nos contou que, esvaziada, a casa de meus avós segurava por mais tempo o eco dos chinelos de Tia Mirtes, que, sem cessar, se arrastava dos quartos ao jardim negligenciado, abarrotado de tralhas, mato e lixo. Vagava à procura de algo para fazer – de um propósito para existir. Não o encontrando, se sentava no sofá da sala e nem sequer ligava a televisão. Muitas vezes, mal trocava palavra com minha mãe, que, entretanto, continuou a visitá-la todos os dias.

Definhar foi sua forma de declarar saudade. Só na morte repentina, contudo, foi capaz de dar voz ao que guardou por toda a vida: os vizinhos contam que era manhã cedinho quando ouviram um grito prolongado e estridente, uivo de animal trucidado vivo. Ao entrarem na casa pela porta dos fundos, encontraram Tia Mirtes caída próximo à pia da cozinha, a água ainda correndo sobre a louça que jamais terminaria de lavar.

Mamãe demorou alguns dias para reagir, mas, afinal, entregou os pontos. De maneira repentina, um pedaço seu se desprendeu inteiro, como uma falésia que, após anos de erosão discreta, mas contínua, sucumbe ao cinzel do oceano. Estranhei sua ausência à mesa do café e perguntei minha irmã sobre seu paradeiro.

Papai e Miguel haviam saído para colher vagens e Nine se ocupava em trocar a roupa de Yule. "Sei não, Marcelo", respondeu mal-humorada. Era cedo demais para que minha mãe já tivesse ido trabalhar. Resolvi ir até seu quarto e, ao abrir a porta, tomei um susto. Ela estava deitada de lado, de costas para mim, a curva do quadril destacada contra a luz que entrava pela fresta da janela.

— Mãe?

Não respondeu ao chamado. Fui até ela e, pela primeira vez na vida, a encontrei chorando copiosamente. Seu rosto estava inchado e nele se desenhavam trilhas de lágrimas evaporadas. Eu imaginava que, ao me ver, ela pigarrearia, pediria desculpas e, constrangida, se levantaria depressa para dar início ao dia. Em vez disso, grunhiu procurando apoio. Não teve o menor pudor em esconder nada. Permaneceu deitada, gemendo e fazendo força para engolir saliva com a boca desidratada.

Algo ali me fez perder a compostura. Achei aviltante a exibição de seu sofrimento, achei obscena a sua imagem, como se tivesse me recebido com as pernas arreganhadas para a porta. Senti vergonha e raiva de minha mãe. Ela era, afinal, nossa torre forte, bastião de todos nós. Se ela vacilava, o que seria da família? Eu mastigava a língua quando, sem dizer uma única palavra, saí do quarto e bati a porta logo atrás de mim.

.21.

Depois que meu pai a forçou a procurar um médico, a Tia Hilde de Português tirou licença do trabalho.

Tomava comprimidos vermelhos pela manhã e, à noite, arroxeados. Esperei por sua melhora com expectativa e desdém – eu a queria de volta como uma criança perdida na multidão, mas essa angústia não era suficiente para se sobrepor à minha mágoa. Por alguma razão, me sentia traído e abandonado. Não estava pronto para renunciar a meus regalos de filho, nem estava disposto a assumir a curatela de minha própria mãe. Será que ela passaria o resto da vida daquele jeito?

Meu pai voltou a beber como antes. Era nítido que a decadência da esposa era usada como desculpa para se embebedar, e ele fingia estar amargurado quando, na verdade, vivia o estouro de fogos que era se entregar ao velho vício. Tornou-se, entretanto, um bêbado amoroso. Chegava da bodega querendo fazer graça, tomava Yule do colo de Inês e dançava valsa com a neta, enchendo suas bochechas de beijo. Minha sobrinha ria desavisada. Quem os visse pela janela da sala abriria um sorriso, encantado com tanto carinho de avô. Lá dentro, entretanto, a percepção era outra: um velho bêbado a sacolejar uma criança de pouco mais de três anos. Nine se aproximava e tentava reaver a filha, mas nosso pai era insistente e girava mais, ameaçando cair. Minha irmã se afastava e pedia pela intercessão de Miguel, mas ele nunca foi além de um "cuidado com a menina, Joca".

Para piorar a tensão na família, Nine descobriu que estava grávida pela segunda vez. Voltou do médico com unhas roídas e se sentou à mesa da sala com um lápis, um caderno e uma calculadora. Ela entendia que, a partir dali, cada centavo precisaria ser economizado. Antes um sonho, providenciar moradia própria passou a ser necessidade básica, pois nossa casa não tinha espaço para mais ninguém.

Voltei a frequentar a praia com Tobby. Descia com um livro e uma cadeira, para que pensassem que estava indo estudar – o que, até certo ponto, eu realmente fazia. Quando passava a prestar menos atenção ao livro que ao ruído do Ourives, sabia que era hora. A corda que eu havia pendurado anos antes ainda estava ali, escurecida e desgastada de frio e de chuva, de sol e de calor. Roçava meu braço nela com vagar e, invadido por uma moleza nupcial, marchava até o rio. Me deitava no leito de pedras e, por fim, enfiava a cabeça inteira na água, a correnteza gelada ferroando minhas orelhas.

Em um primeiro momento, os anos de treino me faltaram. Fui obrigado a subir mais cedo que o esperado, puxando pelo ar. Desci outra vez e me segurei lá embaixo. Aguardei até sentir que roçava o limiar da consciência. Desci, subi, desci, subi, o sexo endurecido em um frêmito latejante. Sem que eu esperasse, Miguel veio até mim, me segurou pelas duas pernas como a uma rês abatida e me mergulhou inteiro no Ourives. Ele o fazia sem o menor esforço, o peito nu e largo contraído em poderio. Se quisesse, bastava me soltar para que eu sumisse rio adentro.

Ergui minha cabeça, engolindo o ar convulsivamente. Era a primeira vez que fantasiava com meu cunhado daquele jeito, sem culpa e sem bloqueio. Estava surpreso. Foi, sobretudo, um ato de revolta. Diante da derrocada de meu pai, da perda de minha mãe e da partida iminente de Inês, eu me sentia merecedor daquela autoindulgência.

Dali em diante, seria difícil retroceder.

. 22 .

Naquele dia, jantaríamos na cidade, em comemoração ao aniversário de Inês. Antes de sairmos, perguntei a ela, em tom trivial, se nossa mãe demoraria muito para "parar com o teatro". Minha irmã se zangou e gritou comigo. Disse que ela vinha enfrentando uma barra – "aliás, a vida inteira!" – e que eu estava sendo injusto e egoísta. Diante da fala de Inês, senti um ímpeto de abraçar Dona Hilde, mas, em vez disso, virei as costas para minha irmã.

Durante o jantar, minha mãe não foi mais que uma presença ocupando espaço, um tronco de árvore sem elegância, mesmo que usasse seu melhor vestido. Para se sentar, caminhou com passo lento e cauteloso, precariamente se equilibrando por entre as cadeiras do restaurante. Enquanto Inês fazia o pedido, ela olhava para os lados, talvez sem entender onde estava ou o que faziam aquelas pessoas com bandejas nas mãos. Trinquei os dentes e senti muita pena e muita raiva de minha mãe.

. 23 .

Quando eu viesse a passar no vestibular – em primeiro lugar – procuraria minha mãe antes de qualquer outra pessoa.

Em minha ingenuidade, acreditava que a boa notícia funcionaria como um desfibrilador. Estava enganado. Mamãe me abraçou com doçura genérica, como se parabenizasse um de seus alunos pelo bom desempenho na prova. Quem comemorou comigo foi meu pai: bêbado, segurou meu braço direito no alto, em posição de vitória, e depois se jogou no sofá, soluçando.

Tampouco Nine me rendeu homenagem. Andava absorvida pelo trabalho novo e padecia de uma gravidez difícil, que precisou omitir para ser contratada. Era comum que Nine acordasse para vomitar. Certa vez, como eu estava no banheiro, precisou despejar no quintal os maus presságios da gestação. Até o parto, minha irmã viveria irritada, vivenciando como sofrimento o que, com sua primogênita, foi descoberta e delícia. Reclamou das dores nas costas e do cabelo ressecado, engordou e, nas piores horas, chegou a maldizer o bebê que carregava no ventre cheio de estrias. Diante dos incessantes protestos da esposa, Miguel a reprimia com grosseria. Sem se importar com a presença dos sogros, que não pareciam se preocupar com a crescente hostilidade do genro, gritava e batia na mesa, mandando Inês parar de se queixar.

"Passei em primeiro lugar, Nine!", anunciei. Concentrada em recolher os brinquedos que Yule havia espalhado pela casa, ela nem sequer se dignou a olhar para mim. "Parabéns, meu irmão" foi tudo o que disse, enquanto enxugava o suor da testa. Fiquei atônito com sua indiferença. Ao perceber que eu ainda estava ali, agarrou meu braço e o apertou com força. Era sua maneira de dizer que, embora soubesse que eu merecia muito mais, aquilo era tudo o que poderia me dar no momento.

Fui até meu quarto e me deitei. Uma sombra se esgueirou até mim e passou a me fitar com olhos súplices, pedindo ajuda na tarefa que, outrora, realizava com desenvoltura: subir em minha cama. Agarrei

Tobby pela barriga e o coloquei a meu lado, costela com costela, como ele gostava de ficar. Sensível à minha tristeza, meu cão pousou a cabeça em meu peito e olhou diretamente para mim. Lambeu o focinho gelado algumas vezes e, sob a massagem que eu fazia em suas orelhas, adormeceu.

.24.

Tobby não duraria muito tempo. Depois de uma vida gasta em gloriosas caçadas pelos matagais de Ourives, meu cão esmorecia. Pelo seu rosto se espalhou uma sobrecamada de pelos esbranquiçados, sinal biológico de velhice que, no entanto, lhe conferia uma aura de sábio. Ele já não latia quando estranhos se aproximavam da casa, nem respondia às provocações de Mima. Quando ela lhe dava pequenas patadas no quadril, Tobby se virava e rosnava de um jeito rabugento, cedendo apenas em se deitar e deixar que a gata mordiscasse o seu pescoço.

Apesar de tudo, meu cão envelhecia com dignidade. Quando o dia amanhecia frio, era ele quem primeiro rompia a neblina da manhã, correndo pelo jardim para não se omitir no ofício de proteger o terreno contra visitantes indesejáveis. Tobby não entendia que os pássaros de então não eram mais as aves que, um dia, caçou pelas plantações: seu protetorado, que ele mantinha livre de todo mal, agora se restringia à pequena horta de Yule. Se um cachorro invadia o quintal, não se prestava mais a persegui-lo, porém nunca deixava de, com um latido rouco, anunciar que o terreno era seu. Quando lhe jogávamos a bolinha, logo perdia interesse. E, se insistia na brincadeira, era só porque se obstinava em não nos magoar. Na hora do banho, me mordia de mentira, tentando esconder que o corpo franzino ficava parado não por aceitação, mas por fadiga senil.

Naquele dia, meu cão esteve mais cheio de energia que o habitual. Correu com Yule e com Mima, rodopiou atrás do próprio rabo, cavou buracos na areia e se refestelou com o pote que ficava na sacada, a língua destrambelhada derramando água por todo canto. Depois, como o senhorzinho que era, descansou aos meus pés. Fiz carinho em sua testa e seus olhos me fitaram pesados de amor e confiança. Prestei atenção ao que meu cão me mostrava com a cauda, que ele balançava com uma lentidão que me pareceu pungente. Só muitos anos depois entendi: Tobby abanava o rabo como quem se despedia. Talvez soubesse, mais do que eu, que aquele seria nosso último dia juntos.

.25.

Fazia um tempo que minha mãe estava no quarto. Mais cedo, eu a havia escutado abrir e fechar a porta do armário, para depois arrastar um objeto pelo chão. Não movi um palmo para descobrir do que se tratava, pois ainda me ressentia de sua fraqueza moral. Achava inadmissível que, enquanto a família se esfacelava, ela se permitisse ficar deprimida. Nine estava investida demais nas próprias preocupações para perceber o que eu notava com frieza e ponderação: no fundo, quem estava sendo egoísta era nossa mãe.

Comecei a entreouvir um fungado. Depois vieram gemidos e soluços, que, todavia, ela tentava reprimir. Minha raiva aumentou – se não queria ser ouvida, bastava não chorar. Me levantei da cama e, pisando forte para que notasse minha irritação, fui até a sala verificar se outra pessoa não poderia acudi-la. Descobri que não havia mais ninguém em casa.

Ela chamou baixinho por meu nome, e eu fingi não ouvir. Plantado onde estava, a escutei repetir o chamado, a voz anasalada pelo muco. Atravessado por sentimentos ambíguos, fui até seu quarto e abri a porta. Mamãe estava sentada no centro da cama, e, a seu redor, como em um amontoado de azulejos quebrados, se irradiavam linhas e mais linhas de fotografias antigas. Fiquei paralisado de terror. Antes mesmo de me aproximar, já tinha certeza de quem era o protagonista daqueles registros fotográficos.

Ela parou de chorar e me convocou a olhar para os retratos. Quis fugir do quarto, mas acabei tomando a via contrária. Me aproximei da cama e olhei, olhei bem. Era Tio Dico quem estava em todas aquelas fotos: sozinho ou acompanhado da família ou de amigos, sorrindo, menino alumbrado, próximo ao poço da casa de minha avó, ou sombreado, os braços fossados envoltos nas bandagens de que, um dia, em segredo, naquele princípio de Ourives, eu o vi se despir. Fazia muitos anos que, fora da gasta tipografia da memória, não deparava com o rosto de meu tio, ali tão materialmente impresso na revelação desbotada da foto. Ele era mais bonito do que eu recordava, era mais parecido comigo também. Se avultou em mim, desde um grotão deslembrado, a medonha imagem de seu corpo asfixiado e pendurado na corda. Estive a ponto de tirar disso uma conclusão, mas minha mãe se antecipou:

— Meu filho, você me promete que não vai ser igual a ele?

A pergunta me partiu em dois. Um fio de líquido salgado escorreu de minhas narinas e minha coluna começou a tremer. Não senti, contudo, necessidade de chorar. Estava calmo como é calma a poeira de um prédio que implode. Caminhei para trás e me encostei na parede. Eu, igual a meu tio? À minha frente, um mosaico pedindo para ser remontado: suas e minhas mãos, seu e meu rosto, sua e minha boca, seu e meu peito nu. Estive a ponto de completar a imagem, mas, entre o espéculo estilhaçado e o olho, o objeto se perdeu.

Decidi escutar as palavras de minha mãe como quem, numa praia, leva a concha ao ouvido por achar muito alto o barulho do mar: ela estava, na verdade, falando da sexualidade de meu tio. Foi uma descoberta que não me chegou sem preço, mas a ela eu poderia dar forma, dela eu seria capaz de me defender. Quem havia dado àquela mulher o direito de ser tão invasiva? Muitos anos antes, uma faca no peito de um boi bastou para que meu pai entendesse que, desde criança, seu menino não era quem esperava que fosse. Depois de tanto tempo, ela realmente precisava de uma confirmação?

Com dedos enrijecidos, me desencostei da parede. Fazia esforço para que minha fúria não transparecesse em meus gestos, nem redesenhasse meu rosto. Caminhei até a cama, me sentei e mirei a mulher emaciada que me fitava através de olhos vulnerados. Seu cabelo estava desgrenhado, a boca era miserável e a pele parecia mais sulcada que nunca. Repeli o impulso de a fulminar, fisicamente a fulminar, ao mesmo tempo que contive o ímpeto de me encolher em seu regaço e chorar, chorar muito, pedir e dar asilo. Em vez disso, me vi balbuciando um "sou sim, mamãe" pachorrento, que a atingiu como um golpe de espora no quadril.

.26.

Foi a única vez que a vi transtornada. Ela se ergueu da cama e tentou arrastar a colcha com um vigor que não condizia com sua debilidade. Fez força para arrancar o canto da coberta de baixo de mim, como se quisesse me expulsar. Assustado com a reação, me levantei de súbito, e o último puxão a fez cair e bater o cóccix contra a quina da mesa de cabeceira. Gritei "mãe!" e corri para lhe dar amparo, mas ela refugou ajuda. Em sua perturbadora tentativa de se levantar (mamãe espasmava como um novilho recém-nascido), escorregava sobre as fotos espalhadas pelo chão. Tentei me aproximar mais uma vez, sôfrego por lhe pedir desculpas, mas ela não cedeu. Assim que conseguiu se pôr de pé, correu para a sala.

    Foi até o quintal e depois voltou. Começou a mover de lugar objetos e utensílios domésticos, como em um papagueio degradado dos comportamentos que a salvavam. Robô defeituoso, tirou os pratos do armário, montou a mesa, guardou as panelas que estavam sobre o fogão, empurrou a poltrona de lugar e realinhou os quadros na parede. Tentei chegar perto, mas ela esticou o braço contra mim. Estava sentado no sofá quando ela cruzou a cozinha e saiu de casa, levando consigo a chave do carro. Como não costumava dirigir tanto, era imprudente que conduzisse o veículo naquele estado. Abracei as pernas e me balancei para a frente e para trás, buscando algum modo de impedir que fosse embora. Em minha cabeça, se ela saísse naquele momento, nunca mais nos falaríamos.

Não foi necessário fazer nada. Primeiro o motor pegou. Depois o veículo rugiu com a ferocidade que era, tenho certeza, a ferocidade de minha mãe contra mim. Escutei quando os pneus cantaram, rodando sobre o próprio eixo, antes de encontrarem atrito no chão e lançarem o carro rua acima, em velocidade descomunal. No instante seguinte, nem bem teria ela alcançado a esquina, chegou até meus ouvidos, em horríssono concerto, um chiado de freio seguido de um lamento agudo: o ganido de meu cão.

Não precisava ter me levantado, nem subido a rua em que minha mãe gritava com as mãos nos cabelos para saber que aquele havia sido o som da morte de Tobby – mas me levantei, mas subi, e fui até onde os vizinhos se aglomeravam. Então vi: sem siderações, sem paroxismos, contemplei os destroços de meu cão, que jazia esventrado em meio às próprias entranhas, a língua pacífica e nunca mais sedenta pendendo entre os dentes que jamais machucaram ninguém.

Uma secura estival se alastrou de minha boca ao esôfago e, dali, drenou cada réstia de vida que fluía em mim. Voltei para casa e, encarando a parede, de costas para o armário, me deitei na cama disposto a nunca mais me levantar.

iv

Finalmente aconteceu o reencontro com Nine – ou o mais próximo que chegaríamos disso. Ocorreu não por pressão de mamãe, não pelo medo em torno da iminente morte de papai, nem por constrangimento, arrependimento ou intenção reconciliatória, mas, como costuma se dar com quem acha que pode se manter fugitivo, pela contingência do cotidiano.

    O veterinário havia se atrasado para a consulta com Mima, então me vi plantado no pet shop por mais de uma hora. De tempos em tempos, minha gata miava em protesto. Quando a minuciosa análise de pelos, dentes e exames terminou, já passava da hora do almoço. O prognóstico havia sido positivo, de modo que o tratamento só deveria se estender por mais uma semana. Depois disso, Mima estaria oficialmente de alta.

    Mandei mensagem para minha mãe avisando que almoçaria pela cidade. Próximo à clínica, havia uma galeria de lojas que contava com uma praça de alimentação. Depositei a caixa de transporte de Mima a meu lado e fui buscar minha comida no *self-service*. Quando retornei, ela miava alto, reclamando da prisão.

Para acalmá-la, contrabandeei um pedaço de carne através da grade.

Antes mesmo da primeira garfada, eu a vi. Nine portava um jaleco branco, que ia tirando enquanto lutava para não se enroscar às mesas e cadeiras no caminho. Rute seguia em seu encalço, a boca contraída para desviar das mesmas mesas e cadeiras que, sem muita preocupação, a mãe ia jogando para os lados, transformando o percurso da filha em uma corrida de obstáculos. Me perguntei por que estariam ali àquela hora (minha sobrinha não deveria estar na escola?), questionamento que permaneceria sem resposta, pois nem com minha mãe eu falava sobre Inês – e, àquela altura, conversar com minha irmã era inimaginável. Nossos diálogos eram agora um artefato perdido, silencioso foco de luz sobre o vazio deixado por uma escultura roubada.

Entrei em pânico, mas calculei que me levantar chamaria mais atenção do que permanecer sentado, então não saí do lugar. Nine pegou a comida e se sentou muitas mesas adiante, longe o bastante para que talvez não me descobrisse, mas perto o suficiente para ser estudada em detalhes.

Nine havia envelhecido muitos anos além dos anos que haviam se passado. Havia engordado e, perdido o viço da juventude, carregava sob o queixo uma papada. Ao redor dos olhos, bolsas azuladas lhe davam um ar de meses de noites maldormidas. Os cabelos tinham a raiz branca, dois dedos de desfalque à tinta barata que os cobria. Prestei atenção às suas unhas, que, embora pintadas, traziam um esmalte carcomido nas pontas, e à sua boca, que se manchava de nódoas desgastadas de batom, imagens que me comoveram mais do que se sua cabeça estivesse toda branca ou se suas unhas e lábios estivessem descorados. Sem querer assumir sua esclerose existencial, Nine ainda lutava por envernizar os símbolos desgastados de sua vaidade, em uma batalha que, no entanto, nitidamente vinha perdendo.

Mas sua figura não me maltratou tanto quanto sua conduta. Nine dirigia uma discreta hostilidade contra todas as coisas a seu redor – inclusive, ou sobretudo, sua filha. Cortava a carne com pressa e sugava o canudinho com agressividade, os tendões do pescoço a se armarem como as patas de uma aranha prestes a atacar. Se irritou sobremaneira quando uma mosca quis pousar na comida e deu um tapa na nuca de Rute quando, por acidente, ela derrubou o garfo no chão.

A menina que eu observava também era outra. Minha sobrinha não era mais a menina imbuída de uma quase masculina aptidão ao desafio e à coragem, mas uma criança que, dobrada pela fúria dos acontecimentos da infância, deixou que fossem liquefeitas as marcas cardeais de sua personalidade.

Como estariam agora Miguel e Yule, se estivessem ali? De que maneira tomariam parte no almoço de família?

Quando Rute baixou a cabeça e ficou encarando o prato, minha irmã pareceu entender que, com a violência física, havia se excedido. Não pediu desculpas, mas seu rosto se contraiu de remorso enquanto, emulando um gesto de amor, enxugava com um guardanapo o molho de tomate da boca da filha. Depois, talvez ciente da precariedade do gesto, Inês se inclinou e, por um segundo, voltou a ser Nine: deu um abraço honesto na filha, afagou seus cabelos e beijou sua testa, os olhos fechados, o corpo amolecido de afeto, como se, baixadas as guardas, uma figura de estórias passadas e mais doces comparecesse no tempo presente, se infiltrando em seu corpo maltratado.

Aquilo foi demais para mim, e eu soube que não poderia ir além: subitamente se iluminou, como o dorso de um imenso predador noturno contra o clarão breve e fulminante de um relâmpago, a ideia de que eu e Nine nunca mais poderíamos ter uma relação – e não tanto porque ela não me perdoaria por tudo o que fiz, mas porque a mim mesmo sua presença era insuportável.

Larguei o prato sem mal ter tocado na comida. Agarrei a alça da caixa de transporte de Mima e, sem olhar para trás, fui embora dali.

.1.

A morte de Tobby me doeu no osso.

Era a primeira morte que eu enfrentava de maneira imediata. A morte de Tio Dico foi um evento nebuloso que só entendi com o passar dos anos e que, em minha mente, havia afetado mais a meus familiares do que a mim. O falecimento de meus avós e de outros parentes, amigos e conhecidos me alcançava com a força de uma notícia de jornal: impactante, mas sem maiores implicações. Morto meu cão, ao contrário, me pareceu que um enorme rasgo tivesse sido aberto no toldo que me protegia das constantes desgraças da vida em Ourives. Eu me sentia exposto, vulnerável e paralisado de medo.

Nos primeiros dias, foi difícil até mesmo sair da cama. Nem bem despertava, já começava a chorar, como se, em vez de um bocejo, fosse aquela outra contração muscular involuntária a expulsar o sono de mim. Yule havia sido temporariamente transferida para o quarto dos pais. Eu ouvia a raiva de Miguel por ter que se esgueirar dentro do cômodo apertado, enquanto Inês pedia calma, explicando ao esposo que, se tudo corresse como o planejado, logo mais teriam bastante espaço na própria casa. Eu ouvia tudo e, tanto mais ouvia, quanto mais me constrangia – quanto mais me constrangia, tanto menos era capaz de completar a tarefa de me levantar. Às vezes, conseguir sair do quarto me tomava a manhã inteira.

A higiene pessoal não tinha mais qualquer sentido. Deixei que a barba rala se alastrasse pelo rosto. Minha testa estava sempre oleosa. Coçava a cabeça e depois observava os resquícios de um sebo brilhoso na ponta dos dedos. Me tornei avesso a toda forma de adstringência. Tomava pouquíssimos banhos. Entrava no banheiro, ligava o chuveiro e deixava que a água corresse sobre corpo algum, cronometrando o tempo para fazer minha família acreditar que havia tomado uma ducha rápida. Só escovava os dentes quando sentia com a língua uma craca áspera sobre eles.

Se, por erro de mira, urinava os pés, não me dignava a enxugá-los. Se perdia os chinelos, pouco me importava: vagava descalço pela casa. Se meu cheiro subia azedo, me cobria com mais um casaco. Se a fome arranhava meu estômago, só me alimentava depois que todos houvessem saído da sala, sobretudo minha mãe. Não queria vê-la, nem ela a mim, ao que tudo indicava.

Às vezes, quando não havia ninguém em casa, ia até o quintal, assoviava, estalava os dedos e chamava por Tobby, em um delírio masoquista. Quando meu cão não aparecia, retornava para a cama e, em renovado luto, voltava a chorar.

.2.

Comecei a frequentar a faculdade.

Queria ter desistido, mas Nine e, para minha surpresa, meu pai me puseram de pé no dia da matrícula. Ele me tirou da cama, mas foi minha irmã quem dirigiu o carro até a cidade. No caminho, ela desatou a me falar sobre como a vida era perigosa, bastava um deslize e todo o resto da sua existência sobre o planeta poderia degringolar. Sem volta. "Uma única decisão errada é o suficiente, meu irmão", repetia em tom de aconselhamento. Era preciso estar alerta, sem vacilações nem hesitações – eu poderia contar com ela, que era mais experiente, mas eu precisava querer me ajudar. "Tem caminho que não tem mais volta, Marcelo", ela dizia. Essas palavras me despertaram – não porque tivessem me convencido, mas porque me confundiram. Minha irmã estava falando de quê?

Apesar do incentivo, me sentia debilitado demais para pôr seus conselhos em prática. Quando o ano letivo começou, não me sentia preparado nem mesmo para sair de casa. Não queria assistir às aulas, não queria ter de procurar salas nos departamentos de linguística e literatura e não queria interagir com colegas nem professores, que, nesse último caso, ficaram tão decepcionados comigo quanto eu fiquei com eles. Da sua perspectiva, eu não passava de um desidioso que, quando não estava dormindo no fundo da sala, gastava horas olhando pela janela ou rabiscando nos cadernos, incapaz de responder a qualquer provocação intelectual. Da minha perspectiva, eles eram um bando de pedantes irresponsáveis que, quando resolviam aparecer nas aulas, simplesmente se recusavam a seguir a ementa dos cursos.

Meus colegas não me trataram melhor, mas deles não guardo ressentimento. Anos à frente, Nine encamparia a teoria de que, no fundo, eles sentiam inveja de mim. Talvez fosse verdade em parte, mas não era a única explicação. E eu não os culpo tanto quanto culpo a mim. Quem, em sã consciência social (ou sanitária), se aproximaria de um desconhecido que, da comunicação rudimentar à higiene prejudicada, do rude autoisolamento às roupas encardidas, em tudo remetia a um neandertal? Eu não devolvia seus sorrisos, nem me deixava aglutinar pelas rodas de conversa. Embora tenha consciência de que ofertei o máximo que poderia oferecer, meu comportamento daqueles primeiros dias determinou a pecha de esquisitinho da turma, que me acompanharia ao longo de toda a graduação.

Quando, pelo final do semestre, uma colega se autorizou a me espezinhar com um "nossa, então é de você que está vindo esse cheiro?", soube que os danos haviam se tornado irreparáveis. Agora era seguir com o que havia restado.

. 3 .

E eu segui.

A morte de Tobby ainda me doía, mas eu segui. Em tudo sentia falta do meu cão. Lamentava não o ter se entrançando entre minhas pernas da mesma forma que, companheiro, se entrançava à malha afetiva de meus dias. E, sempre que fechava os olhos, o vermelho de seu sangue se espalhava em minha mente.

Tobby importava e importaria sempre, mas eu discernia que minha tristeza não era depressão. Se eu desejava não ter nascido ou se, nascido, não queria continuar vivo, isso não se confundia com querer me matar. Tirar a própria vida era um ato concreto e corpóreo que, como tal, eu não conseguia assimilar em uma dimensão mais substanciosa. Afinal, um suicídio exigia estudo, preparação e logística. Como Tio Dico havia se decidido? Por que uma corda, e não altura ou veneno?

Depois de olhar as fotos na cama de minha mãe, tornei a pensar em meu tio com bastante frequência. Será que ele também nunca teria beijado na boca? Será que também abominava o que era? Será que também tossia como um tuberculoso quando, com ojeriza, terminava de se masturbar?

E, no entanto, nem sua coragem eu tinha. Nem sua mecânica e mais vulgar coragem. Nada de estudo, preparação ou logística: minha intenção não era mais que, em um sopro, sumir.

Pensava muito por aqueles dias, e não só em Tio Dico. Pensava em minha mãe e em seu sofrimento retorcido, pensava na conversa que tivemos, pensava em minha irmã e no bebê que crescia dentro dela, pensava em Miguel e no que, incontrolável, se propagava dentro de mim. A presença de meu cunhado me desnorteava e me confinava a um baú de sentimentos tacanhos, vergonha, medo, ódio.

Pensava em muitas coisas e, tanto mais eu pensava, quanto menos eu fazia – fissura do cotidiano por onde escoavam não apenas minha higiene ou minha vida social, mas também atividades básicas de manutenção do organismo, como me alimentar ou me hidratar. Perdi peso, tive tonturas durante as aulas e, por muito tempo, evitei toda forma de satisfação ou descanso. Quando fazia frio de noite, trancava a porta do quarto e ficava só de cueca, ao ponto de perder a sensibilidade dos pés e das mãos, como, quando criança, assistia à chuva descer rumo ao Ourives. No outro dia, acordava fadigado da noite de sono ruim, uma borralha no peito de tanto tossir.

E, no entanto, eu seguia, tateando, insone e cego, pelo avesso da dor. Ansiava por um solavanco que me desatolasse da lama daquele limbo, mas ele só viria meses depois, na última noite de minha irmã – e de meu cunhado – no quarto ao lado. Até lá, o que me restou foi claudicar, me achando inapto não apenas para a morte, mas também, e sobretudo, para a vida.

. 4 .

Meus familiares tentaram me ajudar, mas eles sabiam me tratar tão bem quanto tratariam a um ornitorrinco. Todos sabiam da conversa que tive com minha mãe, mas minha revelação se acoplava a mim como um membro frankensteiniano – um terceiro braço ou uma segunda cabeça a assustar quem me procurasse.

Meu pai me perguntou se eu não queria visitar o médico de minha mãe ("ela melhorou tanto, meu filho"). Neguei de pronto, adivinhando que psicotrópicos não fariam muita coisa por mim.

Nine se esforçou, mas, ocupada entre o trabalho, a gestação difícil e a preparação para a mudança, não conseguiu me dar tanta atenção. No pouco tempo que tínhamos sozinhos, quando vinha se deitar comigo na cama, usava uma fala solta para narrar os acontecimentos do dia. Era uma forma de deixar claro que nossa relação continuaria a mesma – mas era aí que seu discurso se tornava inautêntico e ela me perdia: era inevitável que a revolução dos dias não desembrulhasse também nossos laços. Teria sido mais efetivo encarar a nova realidade. Eu sabia que minha sexualidade não era um problema para Nine, mas a tentativa de ornamentar nosso distanciamento me deixava desconfortável. Ela me contava sobre a rotina, reclamava do trabalho ou fazia piada dos colegas, e eu baixava os olhos para o chão, forçando um sorriso.

Minha mãe andava mesmo melhor. Apesar disso, não se aproximava. Ou achava que eu não a queria por perto ou se recusava a cuidar de mim. Se eu pensava nisso, dobrava os dedos e fincava as unhas na palma da mão até quatro meias-luas se entrincheirarem na pele. Eu recordava a história de seu primeiro filho morrendo afogado no Ourives, história de terror que, um dia, ela havia contado para uma Nine frágil e desnorteada. Se, em vez dessa medonha fabulação – eu custava a crer que era verdade –, tivesse oferecido ninho a minha irmã, talvez o destino de Inês fosse outro.

Às vezes, eu ponderava que minha mãe se omitia de propósito, por castigo ou vingança contra mim. Ela era, afinal, filha de uma velha dada a sadismos e crueldades.

E não era verdade, como ela mesma costumava repetir, que quem sai aos seus não degenera?

.5.

De todos, contudo, quem mais me ajudou foi Yule.

Ela vinha até mim com uma caneca de chocolate quente e um livro e me pedia que lesse para ela. Se eu aceitava, ela se empolgava de uma maneira comovente, porque sabia que, ainda que por alguns minutos, eu voltaria a ser seu Tio Cello. Por contraste – como um par de óculos encontrados dentro do congelador –, sua reação me lembrava de que o lugar que eu ocupava não era o meu. O olhar de Yule sobre mim reconfigurava ao menos um dos meus vínculos familiares: eu era tio de minha sobrinha. Como um pino vermelho em um mapa de territórios inexplorados, isso me dava segurança para voltar a situar minha presença na família e, portanto, no mundo.

Na manhã de seu primeiro dia de escola, flagrei minha sobrinha sentada no sofá com cenho franzido. Em meio à balbúrdia matinal da casa – trocas de roupa, filas no banheiro e esbarrões no corredor –, ela fazia esforço para se manter concentrada. Segurava as alças da mochila com tenacidade e balançava as perninhas no ar. Era uma visão cômica porque, apesar (ou justamente por isso) do nervosismo, ela parecia, com cabelos molhados e peito arfante, estar prestes a entrar em uma reunião de negócios. Fui até ela, me sentei a seu lado, passei o braço sobre seus ombros e, meio provocativo, comecei a cutucar suas costelas. De início, tentou se manter indiferente aos apertos e chacoalhadas, mas logo cedeu. Apertando as narinas, me empurrou para longe e disse, com voz anasalada:

— Sai, Tio Cello! Tu tá fedendo!

Minha reação foi imediata: me desbanquei do sofá de tanto rir. Quando, do chão, olhei para minha sobrinha e vi que continuava séria, me encarando com um carinho irritado, tive que me segurar para não fazer xixi nas calças.

Nine apareceu na sala, penteando os cabelos com ar de preocupação. "O que foi que houve?", perguntou com urgência, mas relaxou quando me viu encostado sobre as pernas da filha. Depois de retomar o fôlego, reportei à minha irmã o que Yule havia dito. Nine arrematou com um "nessa casa só tem doido!", o que reativou meu ataque de riso. Ri até chorar e, resoluto, anunciei que não iria para a faculdade naquele dia. Esperei que todos saíssem (à exceção de Mima, que me observava com olhos de coruja) e entrei no banheiro para, uma hora depois, sair dali banhado e de barba feita.

. 6 .

Passei a estimular o intelecto de Yule sempre que podia. Ela me trazia as tarefas de sala – desenhos a guache e vogais preenchidas com areia sobre cola –, e eu lhe dava os parabéns, pois achava tudo um primor. Quis saber se tinha aprendido o bê-á-bá, mas, meio decepcionada, respondeu que só os meninos grandes entendiam as palavras. Decidi alegrá-la com uma oferta: e se Tio Cello a ensinasse a ler? Minha sobrinha vibrou e pediu para começar imediatamente. Quando nos sentamos na mesa, ela abriu o caderno como se recolhesse um passarinho entre as mãos.

Yule me deixava orgulhoso e temeroso na mesma medida. Embora dotada de uma viva inteligência, minha sobrinha era de uma timidez que beirava a covardia. Se Inês aparecia para acompanhar a lição, por exemplo, ela logo deixava de tirar o som correto das sílabas. Por ter sofrido do mesmo mal, procurei, desde cedo, podar esse ramo de sua personalidade. "*C* com *i* faz o que, Yule?", e ela se calava (ou errava de propósito, pronunciado um *ki*). Eu erguia seu queixo com mão firme e a forçava a me mirar no olho e me dar a resposta certa.

Como reação, ela se agarrava em mim como um polvo e começava a chupar o dedo, mais um hábito que, fôrma a fôrma, parecia ter herdado de mim. Eu puxava sua mão, mas ela pedia para continuar. "Só mais três minutos", eu cedia, armando uma armadilha. "Três minutos é quanto tempo, Tio Cello?", então eu colocava os braços em torno dela e saía correndo destrambelhado pela casa: "é bem na hora que tu cair!". Minha sobrinha ria até se cansar.

Em um daqueles dias, terminada a lição, me sentei no sofá e a coloquei sobre mim. Ela insistiu para brincar de cavalinho, brincadeira que não pedia havia muito tempo. Quando Yule encaixou minha perna direita entre seus joelhos, comecei a balançá-la aos solavancos. "Cavalinho! Cavalinho! Cavalinho", e ela ria,

ria, ria. Depois de alguns minutos, cansei e precisei parar, porém minha sobrinha continuou a se deslizar sobre minha coxa, fazendo pressão. Ela nem sequer alcançava a dimensão do que estava fazendo, mas seu corpo, que ainda não podia diferenciar prazer físico de amor, o sabia. Eu mesmo só me dei conta do que estava acontecendo no instante seguinte: gemendo, passou a respirar com o compasso entrecortado de quando tomava a mamadeira morna que, para acordá-la de manhã, sua mãe lhe levava na cama.

Eu a interrompi sem susto. Me endireitei no sofá e, adulto, a abracei apertado. Depois beijei sua testa e, sem repreendê-la, a desacoplei de mim. Yule saiu para o quarto como uma criança natural: sem culpa nem vergonha. Um pensamento chegou até mim discreto e profundo, linha perolada da costura que, por acaso, se flagra unindo as páginas de um livro: eu era tio de minha sobrinha como, um dia, havia sido sobrinho de meu tio. Nesse avuncular lampejo, nossos rostos se superpuseram, e entendi como era gigantesca a minha responsabilidade. Me fiz, ali mesmo, uma promessa: cuidaria de Yule como de mim mesmo gostaria que houvessem cuidado.

.7.

Embora eu estivesse mais funcional, não havia meios de recuperar o mau desempenho do semestre de faculdade. Se não tinham mais razão para se chocar com minha figura, meus colegas ganharam outra razão para fazer chacota comigo: o cara que tirou primeiro lugar no vestibular foi o único a ficar de prova final em todas as cadeiras. No último dia de aula, saíram pelos corredores da faculdade como macacos em comemoração, se pendurando uns nos outros em meio a gritos e palmas. Depois, se sentaram no bar da esquina e viraram doses e mais doses de cachaça.

As tardes seguintes eu gastaria na biblioteca, lutando contra o atraso. Os tijolos de Wittgenstein se misturavam às árvores de Saussure e aos *schwa* da fonética do inglês. Antes de anoitecer, Nine passava na faculdade e voltávamos para casa exaustos. Às vezes, ela me pedia para trocar de lugar, e quem voltava dirigindo era eu. Nesses dias, sem precisar se concentrar na estrada, minha irmã reclamava do chefe, do paciente, "um velho babão" que teimava em flertar com ela, e do barrigão que, cada dia maior, comprimia e sobrecarregava sua coluna.

Eu ouvia o lamento e tentava acompanhar a lenta translação de minha irmã. Ela ainda trilhava a própria órbita – de vez em quando, fazia um cafuné em mim ou ria com carinho das presepadas de Yule –, mas, inexorável, se distanciava rumo a um escuro e frio afélio. Já não falava de Miguel com afeto e, ao levantar o assunto da mudança, sua voz ficava esganiçada. De antemão, via-se que teria dificuldade de transformar a residência em um lar. Nine se amargurava do tamanho da casa que teriam condições de comprar, da qualidade dos móveis e do preço da comida, que teria de ser contada. Reclamava com a palavra e com o corpo: debaixo dos olhos se cavaram olheiras e a boca vivia escancarada em infindáveis bocejos.

Ao ser perguntada que nome daria ao novo filho, respondeu sem titubeio: "Rute". "E se for menino?", indaguei, remetendo ao ritual que, anos antes, eu e Yule conduzimos juntos. Ela cortou a conversa com um "não é menino. É menina". Seu tom me desconcertou. Será que ela já havia feito exame para descobrir o sexo do bebê? "Teremos uma Rutinha, então?", tentei quebrar o gelo, ao que ela respondeu com secura dirigida mais à barriga que a mim:

— Rutinha não. Rute.

A essa altura, estávamos chegando em casa. Dei por bem ficar calado e não tornei a tocar na questão.

.8.

Apesar da mácula no histórico escolar, consegui ser aprovado em tudo.

Naquele último dia, o prédio estava quase vazio. Fora alguns funcionários e um ou outro aluno, eu incluso, não havia mais ninguém. Lamentei não ter com quem compartilhar o alívio por ter terminado o semestre, mas foi com um sentimento de liberdade que cruzei a rua e, um tanto vacilante, entrei no bar.

Para disfarçar a falta de naturalidade, me vi incorporando os gestos de meu pai. Tomei assento, fiz sinal com a mão erguida, dei duas batidas na mesa e, sem dizer nada, recebi o copo cheio do líquido transparente que podia muito bem ser água. Foi estranho encenar os maneirismos de Seu Joca, como se, de repente, me visse usando as roupas dele. Experimentei, às avessas, ser próximo de meu pai: procurei em minhas mãos algum sinal dos calos que, nas suas, se multiplicavam e lhe enodavam a pele e rastreei a memória de meu rosto em busca de algum traço seu. Não encontrei muito, mas me senti afeiçoado à ideia de, ainda que clandestinamente, me redescobrir seu filho.

Virei o copo de uma única vez. O álcool agrediu minha garganta, subiu volátil ao nariz e desceu ferindo o estômago. A dor me agradou e meu rosto não fez careta. Repeti duas vezes o pedido e aguardei que a bebida surtisse efeito. Senti orgulho de mim, pois parecia atravessar não apenas um ritual de passagem ao mundo adulto, mas também uma iniciação a um novo tipo de experiência corporal. Talvez eu não fosse tão esquisito assim, talvez estivesse fazendo as pazes com minha barriga, com a parte de trás dos joelhos e com o espaço entre os dedos dos pés. Quando me flagrei tirando os sapatos, percebi que estava bêbado e comecei a rir. Paguei pelas doses e saí como um balão pelo estonteante caleidoscópio em que a cidade havia se transformado. De cara cheia, tive certeza: o pior já havia passado.

.9.

A família inteira se reuniu na sacada para mostrar a casa nova a Yule.

Quando o caminhão dobrou a esquina, minha sobrinha deu um grito e pulou do meu colo. "Olha lá, meu amor!", Nine gritou, empolgada ao ver se materializar o fruto de anos de persistência. Yule tentou correr, mas a avó a segurou pelo braço, dizendo que era perigoso criança correr pela rua – disse isso sem virar o rosto para mim, mas me perguntei se não se tratava de um ensaio de pedido de desculpas. Miguel, que vinha de carona, desceu do veículo e, antes de começar a dar instruções ao motorista, sorriu e acenou para a família: nem sua indiferença resistia a se derreter em suor e felicidade.

Com cautela, a casa foi acoplada a seis palanques de madeira sólida, que serviriam de alicerce. Yule se agarrou a mim quando a estrutura se entortou e rangeu, ameaçando se desmontar, para depois se encaixar de modo definitivo. Minha sobrinha gostou sobretudo da tinta azul que cobria a habitação. "Parece uma casa de boneca, né, Tio Cello?", repetiu até que eu concordasse. Atravessamos a rua e entramos pela porta da frente. A casa já contava com portas e janelas e era composta de uma sala, uma cozinha e dois quartos.

Yule perguntou ao pai se poderia dormir ali naquela noite, mas ele explicou que ainda faltavam as instalações elétricas e hidráulicas, além de um banheiro, a ser construído de alvenaria. "Ou você quer fazer cocô no mato?!", Miguel brincou com a filha, que baixou a cabeça decepcionada. Ela ameaçou chorar, mas meu cunhado a ergueu no colo e lhe deu um beijo na bochecha. A menina se alegrou e se agarrou ao pescoço suado do pai, que retribuiu o abraço com braços enormes e protetores. Desviei o olhar: o momento havia se estragado para mim. Disse a Nine que estava muito feliz por ela e fui embora às pressas. Caminhei sozinho até a praia, onde o Ourives também demonstrava mau humor, com águas caudalosas e espumosas. Observei o rio por vários minutos antes de voltar para casa.

.10.

No outro dia, tomei a resolução de ajudar papai e Miguel a trabalhar na parte estrutural da casa – encaixar canos, passar fios por paredes e levantar o banheiro. Expliquei que estava de férias, não seria nenhum sacrifício. Era esperado que eu colaborasse com a mudança carregando caixas ou, quando muito, móveis, mas me comprometer com o trabalho pesado surpreendeu minha família. Apesar disso, ninguém se opôs: quanto mais gente se dedicando, mais rápido a moradia ficaria pronta.

Foram dias cansativos, mas me senti bem. E, apesar da vaga atmosfera de despedida que se concretizava a cada caixa retirada do quarto de minha irmã, eu tinha prazer em ver a casa de Nine tomando forma. Alguns móveis antigos foram aproveitados, mas outros, novinhos em folha, foram trazidos da cidade por papai, na caminhonete emprestada de um vizinho. Aos poucos, os espaços vazios foram sendo preenchidos.

Terminada a fase mais simples da mudança, o trabalho árduo se iniciou. Miguel pediu que eu o ajudasse com a alvenaria do banheiro. Eu ficaria responsável por tarefas leves, como carregar sacos de areia ou misturar cimento, tudo sob os comandos de meu cunhado. Ele, por sua vez, labutaria no pesado. Conforme erguia as paredes, tijolo a tijolo, seu corpo esquentava e ele tinha a necessidade de, camada a camada, tirar peças de roupa. Foram embora o boné, a camisa, a camiseta. Eu o observava com cautela, atento à presença inconstante de meu pai na casa.

Fiz ali duas descobertas importantes – que meu luto por Tobby estava se esgotando e que minhas ações eram pautadas por uma economia tortuosa: meus sofrimentos me faziam credor e devedor de uma mesma dívida. Para pagá-la a mim, tomava mão dos dois lados de uma mesma moeda corrente: satisfação e culpa.

Passei aqueles dias em um retesado limite. O corpo de Miguel se dilatava do sangue bombeado aos músculos e ia sempre crescendo, sumindo e aparecendo nas sombras que seus movimentos lançavam sobre si – giros, contrações e estiramentos que revolviam a carne por baixo da pele tostada. Certa vez, me mandou segurar a base de um cavalete torto em que precisava subir. Trepado sobre os degraus, a poucos centímetros de mim, se esticou inteiro para cima, as axilas se desvendando, os pelos do torso se fazendo mais escuros, os grânulos dos mamilos se deixando revelar por tamanha proximidade. Através da camada de suor que queimava meus olhos e escorria pelo meu rosto, sua imagem chegava até mim embaçada como uma miragem. Sob o calor de um sol inatural, passei a língua sobre o lábio superior e pensei que o gosto de Miguel era aquele: salgado, amargoso, ardejante.

Quando percebi que ele olhava para mim, despertei e larguei mão do cavalete. Meu cunhado ameaçou cair e gritou "porra, Marcelo!". Pedi desculpas e disse que precisava descansar, porque estava passando mal. Atravessei a rua, bebi um copo d'água e não voltei mais.

.11.

A balança da culpa se desestabilizou. Ansiei pela penitência das águas do Ourives, mas era impossível estar lá sozinho, porque, nem bem eu me afastava da casa, Yule se colava em mim. "Tá indo fazer o quê, Tio Cello?", ela perguntava, me desarmando de impaciência. Quando chegávamos à praia, se agarrava a mim. Minha sobrinha tinha medo do Ourives, mas não conseguia verbalizá-lo. Em vez disso, formulava eufemismos como "o barulho é alto, né, Tio Cello?" ou "deve ser muito, muito fundo, né, Tio Cello?". Evitava se aproximar, mas não despregava os olhos da água correndo. Eu tentava acalmá-la e incentivá-la a ser corajosa, então falava que não, não era tão fundo assim, e que, quando fosse menina grande, poderia até tomar banho e se divertir com o irmãozinho que estava por vir.

— E essa corda, Tio Cello?

Enrosquei a mão na corda que pendia da árvore. Aproveitei para contar uma mentira para minha sobrinha, dizendo que adorava tomar banho de rio quando criança e que, no verão, eu corria, corria, corria rápido e me pendurava na corda para me lançar bem no meio do Ourives. Ela começou a olhar para cima, o cenho se franzindo como se imaginasse a cena. "E por que você não toma mais banho, Tio Cello?", ela me encurralou. Ri da perspicácia de Yule e desconversei, explicando que gente grande era chata. Ela pareceu satisfeita com a resposta e pediu para voltarmos.

    Como estar sozinho no Ourives era inviável, procurei outros meios de reequilibrar a tal balança. A internet me mostrou sacos plásticos, cintos, máscaras, cordas e travesseiros. Meu intestino se revolvia a cada vez que me sentava em frente ao computador para fazer pesquisas. Enquanto deslizava pelas páginas, suava e ofegava, olhando por cima do ombro para ter certeza de que ninguém estava vindo. Pouco a pouco, me instruí sobre o assunto, mas me faltava coragem para avançar, sobretudo diante das muitas cautelas que, pelo que entendi, precisaria tomar para não colocar a vida em risco. Adiei colocar as descobertas em prática pelo tempo que me foi possível.

.12.

Era a última noite de Inês em casa.

    Depois de completa a mudança, feitos os reparos, transportada a mobília e erguidas as construções, restava apenas aguardar que as companhias de água e luz acionassem os serviços, o que estava agendado para a manhã seguinte. Em uma espécie de festa de despedida, Nine havia disposto os colchões no chão do que, dali em diante, seria seu antigo quarto. Yule estava eufórica. Brincou de bonecas, saltou entre os travesseiros e gritou até levar uma bronca do pai.

Depois que dormiu, Inês e Miguel trocaram palavras irritadas um com o outro e, dentro em pouco, adormeceram também.

Acordei no meio da noite com uma tábua do assoalho rangendo. Adivinhei, no mesmo instante, que alguém estava parado no corredor. Temi que fosse um malfeitor, e um rasgo gelado me desceu da nuca à lombar. Minha porta se abriu devagar e um homem entrou no quarto. Era Miguel? Pensar nisso não fez passar o medo, mas me conservei imóvel, de olhos semicerrados, o coração percutindo no peito como um atabaque. A sombra de meu cunhado se aproximou da cama e permaneceu em pé, indecisa, só humana pela respiração forte e acelerada. Não vi seus olhos, nem sei se eles viram os meus, mas sei que, em algum ponto ideal, eles se encontraram. Comecei a me tremer e meu pênis endureceu. Estive à iminência de me levantar quando, em um assomo de razão, Miguel deu meia-volta e foi embora.

Esperei que ele retornasse a seu quarto e saltei da cama para passar a chave na fechadura. Tossi três vezes e a garganta ardeu e se contraiu, mas não vomitei. Andei de um lado para o outro e desejei cair e quebrar o joelho, cair e concutir o crânio. Agarrei o lençol e o enrolei ao longo de si mesmo, serpente mole, inventada. Fui até a cabeceira da cama e amarrei nela uma das pontas do tecido – a outra, na extensão certa, enrolei no pescoço. Ajustei minha posição e deixei que o peso do corpo fizesse parte do trabalho – a outra parte a fazia eu com a mão direita.

À testa subiu uma pressão intensa, aos pés, desceram os passos desencontrados de uma epiléptica dança. Suspendeu-se todo controle, todo limite: entre lá e cá, descobri, não havia uma fronteira, uma muralha protegida, mas um litoral, sutil transição: grama, terra úmida, terra molhada, lama, rio. Difícil saber onde parar, mas parei a tempo, a vista se esclarecendo de novo nos olhos, o sangue descendo das têmporas para voltar a correr o curso natural. Enxuguei a mão no lençol, que, agora mais frouxo, envolvia minha cabeça como um ninho macio, maternal. Terminado tudo, dobrei os joelhos sobre mim mesmo e comecei a chorar.

.13.

Voltei a me sentir mal, ainda pior, em culpas redobradas. Por mais de uma vez, tive que correr para chorar no banheiro da faculdade. Prestar atenção aos professores era difícil, e me concentrar nas leituras, um trabalho de Sísifo, subindo e descendo a montanha do mesmo parágrafo. Com a recaída, me assolava a impressão de que nunca mais voltaria ao normal. Além da tristeza, para a qual eu custava a encontrar antídoto, agora eu padecia também da agonia de quem rola escarpa abaixo, ansioso por se agarrar a um tufo de grama para frear a queda.

Nine e Miguel se mudaram e, no quanto pude, evitei ter contato com eles. Ia pouco à casa nova e estava atento aos horários de todos, mas Yule vinha me procurar e me pedia para brincar ou tomar sua lição. Primeiro eu negava, sem ânimo. Ela não reclamava.

Punha-se de canto, abria o livro de caligrafia e, por si mesma, começava a cobrir a linha tracejada. Comovido com a resignação de minha sobrinha, eu logo cedia a seus pedidos.

As visitas de Yule eram também, comecei a perceber, uma forma de disputar a atenção dos pais com o bebê na barriga da mãe. Ficava enfurnada na casa da avó até que, do outro lado da rua, alguém gritasse seu nome. Seus olhos brilhavam, mas ela não respondia e resistia até que um deles tomasse a iniciativa de ir buscá-la.

Em mais uns dois meses, minha irmã daria Rute à luz. O parto se deu sem percalços – mas cessava ali a trégua entre a difícil gravidez e o que viria depois. Quando, de volta a Ourives, Nine desceu do carro carregando o pacotinho de gente (dessa vez, lilás), sua recém-nascida já chorava com pulmões de touro. A partir dali, a férrea obstinação de Rute em berrar só cessaria durante as mamadas.

Depois do sétimo dia insone – Miguel se recusava a acordar de madrugada –, o corpo exaurido de Inês precisou se defender para não entrar em colapso. A apenas um outro instinto presta reverência o instinto maternal: ao de sobrevivência. Durante uma mamada, inebriada pelo raro momento de paz, Nine caiu no sono e foi tragada para longe. Acordou com um grito do esposo, que resgatava a filha. Sem que Inês percebesse, Rute havia rolado de seus braços e batido a cabeça no chão.

Correram para o médico com a caçula, temendo que algum osso houvesse se quebrado. "Por sorte, estava tudo inteiro", disse Miguel. Esperávamos por um comentário de Nine, mas ele não veio. Em duro silêncio, minha irmã puxou a alça do vestido e levou ao seio a filha, que, indiferente ao martírio da mãe, já havia voltado a chorar.

.14.

Os mamilos de Nine viviam em carne viva. Depois que os primeiros dentes romperam sua já nada doce gengiva, Rute passou a mastigar os seios da mãe. A criança em seu colo era vigorosa e irrefreável, e de longe se via a mandíbula a se deslocar em movimento de serra. Depois de semanas de espera, uma enfermeira da prefeitura veio até Ourives e tentou iniciar a bebê em novas formas de pegada, mas nada se resolveu. Nine cerrava os olhos, mordia os lábios e jogava a cabeça para trás, tentando suportar o canibalismo da filha.

Quem passou a chorar, então, foi minha irmã, muitas vezes se escondendo para não irritar Miguel. Se reclamava da sobrecarga, o esposo estalava a língua e ia para longe, perguntando "e o que é mesmo que tu quer que eu faça?". Quando pressionado (inclusive pelos sogros), ele tinha duas desculpas: ou precisava sair para trabalhar ou tinha que descansar.

A raiva que eu sentia contra Miguel começou a ganhar camadas. Enquanto Nine me contava da falta de disposição do marido em ajudá-la, eu construía em minha cabeça diálogos que quase sempre terminavam em briga física: eu revelava à família o que ele havia feito na gruta e depois, irado, partia para cima dele ou me curvava e protegia a cabeça com os braços, esperando a investida de socos e chutes.

Inês terminava o relato e aproveitava para me pedir auxílio com os problemas domésticos – "Marcelo, vá ver se Yule já almoçou", "Marcelo, veja se consegue pagar essa conta para mim", "Marcelo, me ajude aqui a calçar os sapatos que essa menina não para quieta".

Naquela tarde, Nine contraiu o nariz em uma careta e anunciou que precisava trocar a fralda de Rute. Para minha surpresa, conduziu o processo com calma. Dobrou o montinho branco e limpou com cuidado o bumbum da bebê, que esperneava e balbuciava. Ao final, esboçou até um ato de carinho – deu dois apertos nos joelhos acolchoados da filha e, solfejando uma canção infantil, se curvou para cheirar sua testa. Rute reagiu com um desconjuro: começou a fazer força, grunhiu e ficou vermelha. Inês entendeu antes de mim e começou a implorar: "não, não, não! Agora não!". Quando espiou dentro da fralda recém-trocada e já imprestável, Nine começou a chorar.

Pedi que não se estressasse tanto, pois eu mesmo poderia trocar minha sobrinha. Inês me afastou como um exorcista, os braços esticados e abertos no ar. Na pressa, deixou a fralda suja escapar dos dedos e cair no chão. No instante seguinte, havia material fecal espalhado por metade do quarto. Minha irmã deu um grito colérico e socou o trocador onde a bebê estava deitada. Agora foi a vez de Rute, ainda imunda, começar a chorar. Inês tentou se recompor, e o resultado foi apavorante: endireitou o corpo e realinhou a coluna, mas, coberto de lágrimas, seu rosto estava deformado em uma expressão de desvario. Então fechou os olhos, se aproximou de mim e sussurrou que, às vezes, desejava que a filha morresse.

 Imediatamente se arrependeu. Foi até Rute e a agarrou sem se importar com a imundície do abraço, na urgência de um contrafeitiço que trouxesse de volta o que a revelação havia soprado para longe – ou atraído para perto.

.15.

Eu escutava o sofrimento de minha irmã como se à canção de uma baleia desgarrada na imensidão do oceano. Incapaz de sair da fossa abissal onde havia me enterrado, não poderia alcançá-la nem se quisesse – ou, ao menos, era assim que precisava me colocar diante da situação, para evitar altercações entre pedaços de mim que, de outra forma, teriam mutuamente se dilacerado.

 Eu me sentia cada vez mais alienado da família. Além das léguas que separavam minha casa da casa do outro lado da rua, havia outras distâncias a serem superadas. Eu e mamãe ainda nos olhávamos de soslaio, encobrindo com cortesia os hematomas recíprocos ("Marcelo, será que você poderia, por favor, ficar um pouco com a Yule enquanto vou à escola pegar as provas?"). Com meu pai, a convivência era pacífica, mas nunca havíamos ido além disso, razão pela qual passou a representar o potencial de um terreno inexplorado – arremedo de oásis em meio à terra devastada.

Como ele havia dado sinais de preocupação comigo depois da morte de Tobby, acreditei que seria por meio da identificação à figura dele que me reintegraria à família – me esquecendo de que ele mesmo mal fazia parte das dinâmicas familiares. Foi, mesmo quando pareceu um acerto, um erro. Ele viria, afinal, a reaproximar minha mãe de mim e de Inês, mas custo a deixar de pensar que, sem a ajuda de Dona Hilde, talvez minha irmã perdesse o fôlego mais cedo e, assim, terminasse o casamento ruim antes dos estragos definitivos. Sem a interferência de papai, talvez nada do que se sucedeu houvesse acontecido. Ou talvez a conjectura a ser feita seja diferente: se eu não houvesse tentado mimetizar o pior de seu comportamento, teriam sido outros os nós a se atar e desatar. Difícil prever. Difícil até mesmo pensar sobre isso.

.16.

Continuei a chafurdar nos despojos de papai.

Prescindi das comemorações de fim de semestre para cruzar a rua e, aos poucos, cada dia mais, me embebedar. Eu me sentia ridículo, pois, após certo ponto, a paráfrase virava paródia, e a suposta identificação (é a muito pouco que precisamos nos segurar), caricatura, mas não era capaz de me conter.

Depois de retornar ao trabalho, Nine voltou a me buscar na faculdade. Bêbado, eu tinha a cautela de não deixar que um riso frouxo ou uma consoante mastigada me denunciassem. Às vezes, achava que minha irmã tinha plena consciência de minhas diabruras, só não falava nada porque não queria me constranger. Seguia na ladainha, preenchendo os silêncios com infindáveis reclamações sobre o trabalho: depois de duas licenças-maternidade, os chefes passaram a insinuar que, se o trabalho dela não fosse impecável, Inês seria demitida.

Era uma tarde de aula, mas o professor havia faltado. Aproveitei o frio para beber mais que o usual, sob a desculpa de me esquentar. Nine me mandou mensagem para avisar que sairia mais cedo do trabalho: "posso ir te buscar agora?". Respondi "sim, poed virr", que, enquanto esperava por ela, reli com uma gargalhada. Entrei no carro ainda rindo – uma risada que, no fundo, velava a angústia de ter sido descoberto. "Marcelo, pelo amor de deus..." foi tudo o que me falou, erguendo as sobrancelhas.

O ziguezagueado do caminho até Ourives me causou enjoo e visão dupla, as árvores se multiplicando em lâminas que deslizavam umas sobre as outras. Na estrada e no céu anoitecente, se proliferavam animais que só eu podia ver. Quando desci do carro, Nine passou a mão em meu rosto e disse "tome cuidado, meu amor", mas não consegui corresponder ao carinho. Corri para casa com a barriga pesando, enquanto a cabeça balançava como um balde cheio demais. Cruzei a sala aos tropeços, quase pisei em Mima e, por fim, caí no batente que dava para o quintal.

No outro dia, punhos e joelhos estariam doendo da queda. Engatinhei até o canteiro que ficava a alguns metros da porta e vomitei copiosamente, cobrindo de bile as flores de minha mãe. Ao erguer a cabeça, entrevi meu pai, imensa sombra contra a luz da cozinha. Ele veio até mim, me sacudiu pelos ombros e bradou com ódio:

— Que papelão, Marcelo! Mas só sendo muito burro mesmo!!!

Saliva saltava de sua boca quando me deu um tapa cheio na cara, tapa que, anestesiado, quase não senti (no outro dia, contudo, meu rosto estaria dolorido). Doeram muito mais suas palavras: maldizer minha inteligência era me esvaziar do pouco de mim que me causava orgulho. E, claro, meu pai tinha toda a razão. De repente enxerguei meu comportamento pelo que de fato era: uma tosca pantomima.

Era, eu e meu pai sabíamos, o fim das possibilidades de uma conexão mais profunda entre nós dois. Abortávamos ali qualquer relação que fosse além dos bons-dias de café da manhã. Só muitos anos depois eu entenderia que, da parte de meu pai, não se tratava de retaliação, mas de altruísmo às avessas. Reagir daquela forma foi a maneira que encontrou de arrancar de mim suas raízes apodrecidas, ainda que, no processo, a violência física a que precisou recorrer soterrasse definitivamente os túneis de nosso afeto.

Enxuguei o vômito da boca, mas me mantive estirado no chão. Eu podia ouvi-lo aos gritos com minha mãe (ele também estava bêbado). Meu pai a agarrou pelo braço e esbravejou que era por causa dela que eu estava daquele jeito, que bastava daquela mágoa idiota e que a gente precisava se acertar de uma vez por todas. Mamãe olhou para mim, e ali mesmo, diante dos meus olhos, voltou a brilhar sua auréola maternal. Veio até mim, me levantou e me levou ao banheiro para tomar banho. Depois de me fazer jantar, recolheu meu prato e o lavou com um vagar que era também uma forma de ternura. Sem palavra ou afago, me conduziu até a cama e me cobriu com uma manta grossa. Era cedo, mas, sob o calor das cobertas, logo adormeci.

.17.

Voltei a me sentir bem, e mamãe se acalmou. Vivia agora não como um trem desgovernado (ou melhor: hipergovernado), mas como uma maria-fumaça, abrindo caminho em meio a apitos e nuvens. Dali em diante, nosso amor passou a ser tratado como um valioso vaso *kintsugi*, que, celebrando cicatrizes, não deixa de ser também um memento: isto aqui já se quebrou um dia. Cautos e delicados, aprendemos a guardar a quatro mãos um vínculo que se mostrou essencial tanto a mim, quanto a ela.

Nessa parelha, tramamos juntos a rede de apoio a Inês. Sempre que podíamos, nos alternávamos na divertida e estafante tarefa de cuidar das crianças. Com a faculdade chegando ao fim, contei com tardes livres o suficiente para ser babá e observar como o mundo das crianças era semelhante ao dos adultos – apenas um pouco mais lunático. Minhas sobrinhas corriam pela casa, faziam estripulias sobre as camas, escalavam os móveis, perseguiam Mima e quebravam vasos da avó, mas, mais curioso, Rute e Yule demonstravam ter uma dinâmica própria, toda uma engenharia de fragilidades e mesquinhezes, ciúmes, competições e invejas, amores, ressentimentos e culpas, carinhos, saudades e cuidados.

Desde muito cedo, era nítida a diferença de personalidade entre as duas. Ao contrário de Yule, Rute tinha uma natureza destemida, quase impositiva, mas também mais impaciente e menos amorosa que a da irmã. Eu percebia como, apesar das idades distintas, as duas se mediam mutuamente, uma tentando imitar e se aproximar da outra, ao mesmo tempo que se gabavam do que faltasse à irmã. Será que eu e Nine éramos assim? Na minha cabeça, nossa infância não havia sido tão cheia de campos minados e ambiguidades.

Quando Nine chegava para buscar as filhas, Yule ostentava a posição de favorita se atracando à mãe. Minha irmã não fazia o menor esforço em esconder sua predileção pela primogênita, talvez porque nunca tenha se esquecido dos suplícios aos quais a caçula a submeteu. Nine enchia Yule de beijos e apertos, enquanto à mais nova reservava apenas uns afagos no cabelo. Rute, entretanto, era imune. E não porque não entendesse ou não alcançasse a sutileza da cena, mas porque lhe bastava o que recebia. Yule ficava magoada pela indiferença da irmã, vacilando na postura de filha amorosa e dependente. Empinava o nariz e se afastava de Nine, que piscava para mim como quem diz que está acompanhando tudo.

Nos momentos em que minha mãe tomava a lição de Yule, Rute tentava acompanhar a irmã. Menina demais, não entendia nada e terminava se irritando. Subia na mesa, fechava os livros e jogava para longe cadernos e lápis. A avó brigava com ela e ameaçava colocá-la de castigo, mas Rute fugia como um pequeno trator, derrubando o que encontrasse pelo caminho. Vitoriosa, Yule se levantava para reunir o material vandalizado pela irmã. "Ela não tem jeito, vovó", minha sobrinha mais velha se coroava. Mais tarde, depois que Rute entrasse na escola, viveria sempre sob a sombra intelectual de Yule, e se ressentiria mais disso do que da crescente diferença de tratamento pela mãe.

Uma ou outra vez, as discrepâncias entre elas se tornavam inconciliáveis e as duas tinham que resolvê-las – ou incrementá-las – fisicamente. Eu ou minha mãe corríamos para apartar o duelo de puxões de orelha, tapas e arranhões. Rute ficava com o rosto vermelho e Yule terminava chorando, depois de passar pela homilia de "você é a irmã mais velha, não pode fazer isso".

Apesar da rixa, Nine dizia que, ao chegarem em casa exaustas das brincadeiras e das brigas, as filhas se deitavam juntas para ver televisão. Depois de uma risadaria sem fim, iam se aquietando, se aquietando, até se entregarem de vez. Quando, estranhando o silêncio, sua mãe ia verificar o que poderiam estar aprontando, encontrava as duas em um enlace desafetado, dormindo um sono de braços, pernas e cabelos entrelaçados, refeitas irmãs.

.18.

Minha cerimônia de formatura se deu sem pompa. Levantei a mão para fazer o juramento em meio à multidão de alunos das Humanidades e o auditório ecoou em um coro seguido de palmas e gritos emocionados. Eu estava genuinamente feliz, sol na barriga, brasa boa no peito. Nine foi a primeira e a última a me abraçar: depois de papai, mamãe e as meninas, que se acotovelaram para ver quem chegava primeiro até mim, ela voltou e me deu mais um aperto de corpo inteiro. Deixei que se demorasse o quanto queria, pois sabia que aquele era seu discurso de homenagem. Encostou a bochecha à minha, me fez um cafuné na nuca e apertou minhas mãos com força, consagrando o momento ao nosso amor.

De toda a família, somente Miguel não compareceu. Nine havia acobertado o marido com uma historinha de que ele havia torcido o pé ao cair de um andaime. Não sabia que eu havia visto meu cunhado caminhar sem estorvo algum naquela mesma tarde. Não sei se fiquei mais ofendido com a ausência de Miguel ou com a mentira de minha irmã.

Após a colação, fomos jantar em um restaurante da cidade. Assim que se sentou a meu lado, Yule me revelou, com mão em concha, que os pais haviam brigado mais cedo. Esperou um pouco mais, decidindo se devia ou não ir adiante, e arrematou em um cochicho: "o papai gritou com a mamãe". Quando percebeu que a mãe a observava de rabo de olho, se calou. Dei uma piscadela para Nine, mas minha irmã não piscou de volta.

.19.

Desde a metade da faculdade, eu havia decidido seguir carreira acadêmica. Me dediquei menos aos estágios que à publicação de artigos e mais aos projetos de pesquisa e iniciação científica que à correção de redações ou traduções de *abstracts*.

Assim, quando o resultado do mestrado saiu, meu primeiro lugar não foi surpresa nem para mim. Com minha vida de costumes frugais, a bolsa seria mais do que suficiente para me sustentar, ajudar nas contas da casa e juntar um pé de meia que me garantisse uma sobrevida caso o plano final – o doutorado nos Estados Unidos – se mostrasse menos viável do que imaginava.

Pouco mais de dois anos depois, no entanto, minha adesão ao programa de pós-graduação de uma das principais universidades americanas representaria menos o apogeu de um minucioso planejamento que a consequência inesperada do capotamento da história familiar. Depois que tudo acontecesse, eu deixaria Ourives praticamente fugido – às pressas e quase sem organização.

.20.

Antes de as coisas começarem a espiralar de vez, houve um último momento em que acreditei que o edifício familiar resistiria – não incólume, mas, ainda assim, de pé. Acreditei também que, apesar dos ferimentos discretos no pescoço, seria capaz de resistir a mim. Estive duas vezes enganado.

Era véspera de Sexta-feira Santa. Antecipando o que seriam meus últimos anos em casa, convoquei a família para colhermos macelas de madrugada, uma tradição de Ourives da qual eu nunca havia tomado parte. As meninas se agarraram uma à outra e, aos pulos, forçaram os pais a ceder ao convite. "A gente pode aproveitar e tomar banho de rio depois, o que vocês acham?", Nine propôs, levando as filhas ao delírio. Mesmo Miguel parecia animado ao balançar a cabeça em um arremedo de "sim".

No dia seguinte, nos reunimos em frente à casa de minha irmã e subimos rumo às colinas que emolduravam Ourives. Como uma guardiã de costumes, minha mãe nos apontou onde ficava o campo de macelas mais bonito, mas foi meu pai quem nos conduziu pela trilha menos íngreme. Nine perguntou a eles por que nunca havíamos participado do ritual quando éramos crianças. Papai deu de ombros e mamãe indagou, espirituosa, se algum dia havíamos deixado de ser crianças. Eu e Inês rimos da provocação, mas não a refutamos.

Rute dormia agarrada ao pescoço do pai. Yule, arrependida por ter acordado tão cedo, seguia arrastada pela mãe. "Eu tô com sono!", "quero dormir!" e "quero voltar para casa!" foram variações dos resmungos que entoava aos gemidos. A avó precisou intervir: se voltou para a neta e, como se enunciasse um ditado popular, lhe disse um "se você não for hoje, meu amor, amanhã tardará". Minha sobrinha estancou, subitamente desperta. Precisei puxá-la pelo braço para, ainda compenetrada, subir o restante da trilha.

No caminho, outras famílias se juntaram à nossa, sempre sob as saudações de meu pai. Ele parecia conhecer todo mundo, pedindo notícias acerca de um neto doente, de uma esposa hospitalizada ou de um filho que se mudaria para fora. Diante dos dramas alheios, se mostrava sociável, quase agradável. Será que era um artifício para angariar clientes? Fora de casa, ele era outra pessoa. Tomado pela renovada impressão de não conhecer meu próprio pai, comparei-o a Miguel, que, por razões profissionais, também precisava nutrir uma boa relação com a vizinhança. Ao contrário do sogro, no entanto, meu cunhado seguia à frente de Nine e mal cumprimentava os vizinhos, impassível e robusto como uma sentinela. Ri comigo mesmo: os três homens da família éramos drasticamente distintos, mas também, com os corações encafuados, iguais.

Quando saímos de Ourives, deixando as moradias para trás, desceu sobre nós a última cerração da madrugada. Não era um agouro, mas um auspício de proteção e esperança. A vista não ia longe, mas, mais próximos, fiávamos ser um só o caminho. A vaga impressão de estar algo prestes a rebentar se fez concreta quando chegamos ao alto da colina e descobrimos, em redeslumbre, que a noite havia nos dado à luz: no horizonte, o dia nascia em um silêncio róseo. O vento frio suspendeu de nossos olhos o derradeiro véu de penumbra, e, incandescido de sol, o campo de macelas ardeu dourado.

Rute acordou e, com um "caramba!", nos trouxe de volta à terra. Começamos todos, inclusive Yule, a rir descontroladamente. Com a fala destoante da cena anterior, a caçula nos lembrava de como aquela peregrinação era, no fundo, bastante prosaica. Minha mãe distribuiu os cestos que trazia consigo e, sozinhos, aos pares, todos juntos, nos enveredamos entre os arbustos amarelos, cada um com uma tesoura de poda na mão. O sol estava a meia altura quando, carregados dos ramos aveludados de macela, resolvemos descer em direção à praia.

.21.

Eu e minha mãe éramos os únicos fora d'água. Enquanto meu pai nadava entre as margens, as meninas tomavam banho com os pais, que as pajeavam em turnos. De tempos em tempos, Miguel sumia de propósito na água, até que a esposa começasse a se alvoroçar. Rute queria se desgarrar da mãe e ganhar o Ourives. Quando o pai aparecia, gritava e ria alucinada, pedindo para participar. Yule, por sua vez, mal suportava a brincadeira. A cada vez que o pai emergia, implorava para que parasse com aquilo. Depois de poucos minutos, se emburrou e decidiu se juntar a mim e à avó, que assistíamos à cena intrigados com o bom humor de Miguel.

Yule se sentou em meu colo. Minha sobrinha tremia. Perguntei o que havia acontecido, mas ela se recusava a responder. Eu sabia, claro, que era medo do Ourives. O tempo havia passado, mas Yule ainda era uma menina muito suscetível. Na escola, se esmerava em entregar tarefas de casa impecáveis, mas, se a professora lhe dirigia a palavra durante as aulas, abaixava a cabeça e engolia a voz. Ao interagir com pessoas de fora da família, entortava os pés para dentro, cruzava as mãos e começava a apertar os dedos com angústia.

— Tio Cello, como é que pode a gente dizer *amanhã tardará*, se ainda nem aconteceu?

Primeiro franzi o cenho. Em seguida, me situei na referência e me dei conta da profundidade da pergunta de minha sobrinha. Fiquei atônito. Apesar da natureza covarde, Yule era capaz de desenvolver raciocínios (ou, como naquele caso, perplexidades) sofisticados. Não lhe dei resposta, mas matutei na questão por muito tempo e, anos depois, passado o futuro – quando, já nos Estados Unidos, aquela cena retornasse a mim como uma sombria epifania –, passei a ser obsedado pelo que, sem que eu ou minha irmã ou minha mãe ou qualquer pessoa ali desconfiasse, ela tinha de oracular.

Minha sobrinha desistiu de esperar a resposta. Agora mais calma, assistia, de longe, ao pai dar aulas de natação à irmã. Depois se aninhou em mim e se agarrou desinibida a meu pescoço, a cabeça encaixada em meu ombro, os dedos vasculhando meu cabelo. A intimidade do carinho me deixou desconfortável, mas, por outro lado, me trouxe alívio: se era com tamanha desenvoltura que se entregava a um afeto físico, talvez Yule não fosse, afinal, tão parecida com o tio.

.22.

Com a demissão de Inês, cessava, em definitivo, a trégua dos dias.

Para verificar a evolução do estado de saúde de um paciente, Nine propôs que caminhasse ao longo do corredor da clínica. Minha irmã o acompanhava passo a passo, mas deve ter se distraído, porque ele se desequilibrou e caiu de bruços. Bastou um segundo. A queda rendeu uma fratura no punho do senhorzinho e, para a fisioterapeuta responsável, uma demissão sem necessidade de cumprir aviso-prévio.

Minha mãe me contou que Inês havia chegado em casa com uma sacola de doces. Empanzinou as filhas de açúcar e, ainda de jaleco, apostou corrida com as duas. Depois se jogou no sofá, abocanhou mais um punhado de jujubas e revelou que estava sem emprego. Incrédula com a casualidade do anúncio, Dona Hilde ofereceu ajuda. Primeiro se dispôs a procurar contatos na escola, pois talvez existisse gente em Ourives disposta a pagar por atendimento domiciliar. Minha irmã ficou calada, mas, na hora de ir embora, soltou um "o Miguel vai conseguir segurar as pontas, mãe" – assim, com inflexão no futuro, como se a decisão que evitava escancarar já houvesse sido tomada. Quando minha mãe se deu conta disso, Nine já havia saído, voltando para casa de mãos dadas com as filhas.

.23.

De início, achei que a reação de minha irmã se calcasse em um sentimento de liberação. Depois, e foi aí que me veio uma preocupação real, percebi que era no comezinho da vida que Nine se satisfazia com plenitude. Não era desistência: era um antigo projeto que, fora do campo de influência de nossos pais e precipitado por uma contingência externa, ela finalmente poderia colocar em prática.

Seus cabelos desceram do rabo de cavalo no alto da cabeça para se esparramar pelas costas e ombros, à maneira de quem se joga na cama depois de um dia cansativo de trabalho. Jaleco nunca mais, nunca mais camiseta de botão ou sobretudo, substituídos por malhas leves, moletons e jeans. Nine agora cozinhava para a família, cuidava do lar, levava e trazia as meninas da escola, tomava sua lição, dava banho nelas, as colocava na cama e, em meio a tudo isso, reverenciava o marido – mesmo depois de Miguel ter passado a tratá-la como a uma cadela faminta, daquelas que, de tanto importunar por comida, rapidamente convertem pena em ódio e terminam enxotadas com um chute.

Corrido mais de um ano daquela primeira conversa, minha mãe tentou intervir uma última vez. As duas se isolaram no meio do jardim, longe dos meus ouvidos, mas, quando Nine se aproximou da cozinha, consegui discernir o final da briga: "não criei filha minha para ser empregada de ninguém" – "faz-me rir, né, mãe". Dona Hilde parou de segui-la na hora, estancada pela humilhação. Inês passou por mim sem falar nada, cruzou a sala e, com um estrondo, bateu a porta atrás de si.

.24.

Será que eu não conhecia minha irmã? Será que, ao contrário, eu a conhecia tão bem que sabia que, como uma catarata a um rio, aquela era a queda final de um curso irreversível? O comportamento de Inês me atordoava como música contemporânea, com camadas de som se superpondo para formar um todo complexo e desarmônico – mas, ainda assim, orquestrado. Se um acorde sai bem ou mal executado, dá no mesmo: muito difícil discernir.

Enfurnada em casa, Nine parecia gostar de expor o fígado ao gênio rapino de Miguel. Foi ele quem, no começo, mais se agradou da dedicação exclusiva da esposa ao lar. Chegava da marcenaria de que agora era dono, jogava as roupas cobertas de pó e de tinta no chão e, quando o frio permitia, se sentava à mesa só de cueca. Se Nine ouvia o ronco do carro (que ele havia comprado com o dinheiro da rescisão dela), largava o que estivesse fazendo para servir o jantar ao marido. Em uma noite, depois de um banho, abandonou as filhas nuas e molhadas no quarto – fazia questão de enxugá-las e vesti-las – para que Miguel a flagrasse mexendo a sopa que havia esquecido de esquentar.

Enquanto o esposo tomava uma ducha, Nine areava as panelas e a superfície do fogão, passava um pano úmido sobre a mesa para limpar as manchas dos dedos engordurados do marido e varria a cozinha para retirar a menor partícula de comida derrubada no chão. Ao sair do banheiro, Miguel encontrava sobre a cama um pijama que, mesmo depois de lavado, passado, meticulosamente dobrado e guardado na gaveta, minha irmã punha no forno por alguns minutos para que estivesse quentinho quando ele o vestisse.

Terminado tudo, ela oferecia um abraço ao esposo, mas ele o recusava, afastando minha irmã com a mão de gigante. Resignada, Inês ia se aninhar junto às filhas. As três ficavam agarradas até que, antes do final da novela, Rute e Yule caíssem no sono.

Miguel começou a reclamar da comida. Berinjela no almoço? Aquilo tinha a textura das tiras de couro que ele usava para recobrir poltronas. O peixe estava cru, e a carne, estorricada. O arroz, papa intragável, ele empurrava para longe na mesa. Ela não sabia que ele odiava coisa defumada? Pouco importava sua falta de atenção ou, tanto menos, seu pedido de desculpas: ele passava o dia trabalhando para chegar em casa e comer aquela porcaria? O pão tinha ficado massudo e com gosto de farinha queimada. O doce, carecendo de doce, tinha talhado. Faltou sal, sobrou coentro. O feijão, salgado demais, ele virou a cabeça para o lado e cuspiu, e era bom que ela limpasse logo a sujeira pela qual, em última instância, era responsável. O bolo de aniversário em três camadas, embebido em baba de moça e coberto com glacê, ele disse que estava com cheiro de ovo e se recusou a pôr na boca um pedaço sequer – será que Inês não fazia nada que prestasse?

Nine não reagia. Nunca reagiu. Presa não a Miguel, mas à má fibra de um coração que nunca se esqueceu da roca que o fiou, minha irmã acedia, anuía, assentia e se conformava, sem que disso tirasse proveito algum – ou assim eu pensava. Miguel crescia como um baobá em meio ao deserto familiar, alcançando com a sombra o pouco de terreno que o largo tronco já não houvesse tomado para si.

Sem rebordosa por parte de Inês, o menosprezo de meu cunhado avançou contra o corpo da esposa.

Miguel nunca encostou um dedo nela, e não sei se Nine teria se adaptado também a isso (teria, meu deus?), mas logo descobriu maneiras muito eficazes de açoitar a carne dela: lhe dizia que havia ficado desleixada, que a barriga estava pulando para fora da calça ou que era impressionante o estrago que duas filhas causavam em uma mulher. Certa vez – e isso eu vi pessoalmente, não foi ela quem me relatou –, ele a chamou de imunda, nocauteando-a com um "não é possível que nem banho você não saiba tomar". Suada de haver passado a manhã faxinando a casa, Nine baixou a cabeça e foi ao banheiro se lavar.

Imaginei que Inês fosse reincorporar antigos hábitos, que as unhas voltassem a ser tocos sanguinolentos, que o rosto se desbotasse e que os pelos das sobrancelhas tomassem a fronte como erva daninha. Deu-se, entretanto, o revés: teimosa como um joão-bobo, minha irmã reforçou sua vaidade. Apareceu de luzes no cabelo, carmim na boca e roupa nova (meu cunhado reclamou dos gastos desnecessários). Eu não conseguia acreditar no que estava acontecendo. Nine era devorada por Miguel em plena luz do dia. Por que meus pais não faziam nada? Por que eu mesmo não fazia nada?

.25.

Quando compartilhei meu desespero com mamãe, recorri à imagem de um filhote de cão esmagado por uma jiboia. Ela me olhou com uma expressão nova no rosto – um entortado de surpresa, a meio caminho entre decepção e incredulidade, como se dissesse que não era possível que eu, justo eu, tão inteligente, fosse também tão ingênuo. Balancei a cabeça e sacudi os ombros, pedindo explicações. Ela se restringiu a dizer que Inês estava longe de ser uma coitadinha naquela história: minha irmã estava onde bem queria. "E, quanto a Miguel: bicho manso, se acuado, ataca." De alguma maneira, intuí que, sabendo mais do que eu imaginava que soubesse, minha mãe conduzia a conversa Ourives acima, rumo à gruta que eu havia soterrado em anos de silêncio, de culpa e de estiagem. Precavido, silenciei, deixando que o assunto morresse por ali.

Nos dias que se seguiram, quando caía a hora de dormir, ia até a janela e fixava a vista sobre a casa da frente, as luzes apagadas, o azul da madeira desgastado em diversos pontos. Passei semanas pensando sobre o que minha mãe havia dito, mas, mais uma vez, retardei qualquer ação.

.26.

Nine se apegou às filhas como quem busca um antídoto. Se o pai estava em casa, elas perdiam a prioridade, mas, de resto, eram realeza – "vocês duas são minhas princesas", a mãe dizia enquanto as abraçava com vigor. Minha irmã tinha o cuidado de tentar tratá-las sem acepções, mas, nisso, acabava entregando a preferência: era por causa de Yule que dividia irmãmente o afeto, o tempo e a brincadeira. Se a mãe se demorava mais em pentear os cabelos da caçula (que logo se impacientava), a mais velha se amuava e ia para longe carregando as bonecas. Por outro lado, quando Nine se traía e, na hora de colocá-las para dormir, ficava mais tempo na cama da primogênita, agarrada a ela e inebriada por seu cheiro de bala de leite, Yule perguntava baixinho, em queixa vicária, se a mamãe não ia ficar também com a Rute.

O amor de Rute, por outro lado, era um amor sem ensaios. Ao contrário dos ritos exigidos por Yule, a quem Nine condescendia com certa fadiga, o despojamento da caçula caía como um toque de sal em uma receita de outro modo doce demais. Rute se entretinha sozinha com os carrinhos – em suas mãos, as bonecas terminavam ou mutiladas, depois de batalhas épicas, ou de cabelos ceifados –, apostava corrida com os meninos da rua e se metia a subir nas árvores do quintal da avó. Se caía e se machucava, procurava a mãe ofegando não de choro, mas da palpitação de um coração que bombeia conquista. Minha irmã fazia um curativo no machucado e, com um beijo na testa, despachava a filha, que sempre tentava se esquivar do carinho da mãe.

Depois que as aulas do mestrado acabaram e me concentrei na escrita da Dissertação, Nine voltou a me procurar com frequência. Deixava as meninas na escola e vinha até meu quarto, perguntando, sem esperar resposta, se podia me atrapalhar. Quando se deitava na cama, eu virava a cadeira de estudos para ela, os pés apoiados na ponta do colchão. Me deixava, então, carrear pelas conversas. Até que o escândalo com as meninas acontecesse e ela me interditasse de suas vidas, Nine se alternaria entre uma prosa vazia (pratos novos que havia cozinhado, um novo jeito de fazer sabão ou a média de tempo que levava para completar as tarefas domésticas) e relatos emocionados do cotidiano com as filhas.

Primeiro matraqueava sem parar, como se o silêncio fosse uma rachadura por onde deixaria escapar um segredo. Usando o discurso como escudo, minha irmã chegava ao cúmulo de se esquecer de tomar ar, então ficava ofegante e precisava descansar. Durante o descanso, ia lentamente se encaminhando para o segundo tipo de conversa, quando discorria sobre as dádivas do amor maternal. Os clichês todos – "eu morreria por elas", "elas são um pedaço de mim", "é um amor que chega a doer no pé da barriga" – eram, em sua boca, retemperados pelo fato de que aquela era minha irmã, ali redescoberta tão próxima e tão distante. Havia uma parcela daquele amor que, pura matéria, refratária a traduções, eu jamais poderia compreender – e que, na tentativa de se transmitir por meio do envelope da palavra, ou chegava até mim degradada ou se extraviava de vez.

Havia sempre um instante em que os olhos dela lacrimejavam. A fala cessava, mas, no quarto, não se fazia silêncio: ecoava ainda o ruído do que me sonegava. Inúmeras vezes achei que estivesse prestes a me revelar como realmente se sentia no casamento com Miguel, mas isso nunca aconteceu. No fim de tudo, ela se levantava, me dava um beijo no alto da cabeça e, taciturna como um crepúsculo, voltava para casa.

.27.

Aconteceu em uma quinta-feira de excepcional calor.

No meio da tarde, Inês gritou tão alto que consegui ouvir do outro lado da rua. Foi um grito curto, de pavor, do tipo que se dá quando se descobre um bicho de peçonha debaixo do travesseiro. Apurei a audição e, de cima do armário, Mima colocou as orelhas para trás. Nenhum outro som, nenhum pedido de socorro, nada. Relaxei, presumindo ter sido só mais um susto que Rute pregava na mãe.

De noite, entretanto, Nine e Miguel se engajaram em uma briga pesada. Era a primeira vez que minha irmã levantava a voz para o marido, e foi isso, não os gritos dele, nem os objetos que se espatifavam no chão, o que mais me aturdiu. Corri para a sala e esbarrei em minha mãe, que, alarmada, me pediu para verificar o que estava acontecendo (meu pai ainda não havia retornado do bar).

Atravessei a rua em pânico, o barulho da respiração soando como um fole. Pensava que ia dar de cara com minha irmã morta. Tentei abrir a porta, mas estava trancada. Bati o nó dos dedos contra a madeira com delicadeza, tomado pelo medo de, caso batesse mais forte, acabar acirrando ânimos. Em meio aos gritos ininteligíveis dos pais, minhas sobrinhas choravam alto. Alguns vizinhos começaram a descer a rua. Minha vista ficou turva e comecei a chutar a porta com brutalidade, urrando "abre, abre, abre" enquanto uma espuma branca escorria do canto da boca.

A porta finalmente se abriu. Por um instante, vislumbrei o seguinte quadro: ao fundo, um Miguel arfante, se apoiando, trêmulo, sobre o espaldar de uma cadeira da cozinha; de pernas encolhidas sobre o sofá, abraçadas uma à outra e sem conseguir conter o choro, minhas sobrinhas; bem à minha frente, com a mão sobre o trinco, minha irmã, que enxugou o suor da testa, mudou a expressão do rosto – foi raiva o que precisou camuflar com falsa serenidade? – e, como que querendo me enxotar, começou a repetir que estava tudo bem, estava tudo bem, estava tudo bem. Só então meu cunhado levantou a cabeça. Ao descobrir que eu estava ali, tornou a ser agressivo:

— Ah, mas olha quem resolveu aparecer justo agora!!!

Minha irmã avançou até mim e sussurrou entre dentes que eu precisava ir embora. "Está tudo bem. É sério", apertou minha mão, mas, ao mesmo tempo, me empurrou para longe. Fechou a porta na minha cara e me deixou ali, em choque, escandalizado pelo que a fala de Miguel insinuava. Quando subi os degraus da sacada de casa, minha mãe, que havia assistido à cena de longe, não me perguntou nada. A rua agora estava silenciosa e os vizinhos, mais curiosos que solidários, sumiam ladeira acima. Fui até a cozinha, abri e fechei a geladeira, lavei as mãos com detergente três vezes e fiquei em pé no meio da sala, fitando a lâmpada no teto. Por fim, voltei para o quarto, me deitei na cama e, sem discernir exatamente os motivos, chorei muito.

.28.

Minha irmã não apareceu mais para conversar comigo. Depois que deixava as filhas na escola se enfurnava em casa, de portas fechadas. Antes do almoço, subia para buscar as meninas no colégio e descia pelo trajeto que, a essa altura, elas já estavam acostumadas a fazer sozinhas. Almoçavam, tomavam banho e saíam não sei para onde. Passavam a tarde fora e, à noite, retornavam pouco antes de Miguel chegar do trabalho. Aos finais de semana, ou iam para a cidade ou viajavam para o vilarejo dos pais de meu cunhado.

Esperei terminar mais um capítulo da Dissertação para procurar Inês. Bati na sua porta com despretensão fingida. Ela me recebeu com falsa alegria, cheia de mesuras – chegou ao cúmulo de me oferecer pé de moleque e doce de abóbora, como se recebesse uma visita. Eu a forcei a suportar minha presença até o momento em que, balançando a perna, passou a olhar para o relógio de parede. Era ridículo. Seu comportamento fugidio era ridículo e era ridícula a tentativa de o mascarar, pois subestimavam nossa relação e, ainda pior, minha inteligência. Ela realmente achava que me engabelaria com doces juninos? Que, dali em diante, eu simplesmente aceitaria sua política de distanciar minhas sobrinhas de mim?

Saí de lá disposto a confrontá-la no momento certo.

Voltei naquele mesmo dia, em horário calculado. Minhas sobrinhas correram para me abraçar e as abracei de volta, com saudade genuína. Nine estremeceu e me perguntou se não poderia voltar outra hora, porque precisava dar um banho nas filhas. Saiu para o quintal e voltou com duas das quatro toalhas estendidas no varal. Permaneci em pé, impertinente, no meio de sua sala, mas ela não se dobrou e tangeu as meninas para dentro do banheiro: "e ainda tenho que terminar de costurar os vestidos!". Respondi que não fazia mal, podia até ajudá-la. Ela começou a ceder: "é que Miguel está para chegar, Marcelo". Estávamos quase lá.

De um jeito sonso, inclinei a cabeça e ergui as sobrancelhas, como se não estivesse entendendo nada. Estava disposto a assistir a cada minuto dos contorcionismos de Inês, mas fomos interrompidos por um rugido de motor – Miguel vinha descendo a rua. Os lábios de Inês ficaram brancos como se, perdida na mata cerrada com as filhas, tivesse acabado de dar de cara com uma onça faminta. Seu figurino se rasgou, sua personagem virou espuma e ela inteira se desmanchou até sobrar apenas o rosto, uma caveira estarrecida de ósseo horror. Entendi que eu havia feito algo grave e irreversível. Quis, como um amante, me esconder em algum armário ou fugir pela porta dos fundos. Em vez disso, contra a minha vontade, dei três passos para trás, me afundei no sofá e cruzei as pernas.

Ao abrir a porta, Miguel olhou para mim, para a esposa e para as filhas. Não disse nada. Cruzou a sala como um mamute desapressado e foi até a cozinha, a madeira rangendo sob o passo maciço. Bebeu um copo inteiro de água. Fitou meus olhos outra vez, agora com demora eloquente. Por fim, ainda em silêncio, foi até o quarto e se trancou. Sem trocar nenhuma outra palavra com Inês, fui embora dali.

.29.

No dia seguinte, dia da festa de São João na escola, Miguel sumiu com as filhas.

 Ele acordou, tomou o café que a esposa havia preparado e começou a arrumar as mochilas, indiferente às perguntas das meninas ("a gente vai para onde, papai?") e às inquietações da esposa ("para onde você vai com elas, meu amor?"). Reuniu duas mudas de roupa para cada, presilhas de cabelo e brinquedos favoritos. Enquanto isso, Inês o seguia em crescente aflição. Primeiro agarrou o esposo pela manga da camisa e tentou abraçá-lo. Quando, impassível, ele entrou no carro com as filhas, minha irmã entrou em desespero. Passou a pedir desculpas e disse que nunca mais desobedeceria às suas ordens e que se tornaria uma esposa melhor – ela prometia, ela prometia. Foi tudo o que conseguiu fazer contra Miguel. Àquela altura, já sabia o que ele estava fazendo. Mesmo assim, lhe faltou pulso para arrancar as meninas do carro e correr com elas para longe ou fazer um escândalo, se jogar em cima do carro e impedir que o marido desse partida no motor.

 A manhã transcorreu em agonia. Minha irmã ligou para Miguel inúmeras vezes, sem resposta. Esperou que a família retornasse para o almoço, mas ninguém apareceu. Quando, no meio da tarde, sem ter comido nada o dia inteiro, me procurou para contar tudo o que estava acontecendo, Nine estava desmantelada, a cara oleosa e inchada de choro, o peito subindo e descendo em um estertor de engasgos. Era, me pareceu, um pedido de ajuda, e assenti quando, apertando meus dedos, me implorou que eu não dissesse nada a nossos pais, sobretudo mamãe, que acabaria tomando medidas extremas – e, mesmo chegando ao último limite, Inês não desejava tomar nenhuma medida extrema.

.30.

Aconteceu em uma quinta-feira de excepcional calor: depois do almoço, Inês colocou as meninas para dormir e, com a pressão caindo de mormaço, decidiu ela mesma tirar uma sesta. Dormiu demais e acordou desorientada, estranhando a quietude das filhas. Foi até o quarto delas: camas vazias, lençóis desprezados. Caminhou até o quintal e, em seguida, a rua: silêncio de passarinho cantando, silêncio de Ourives correndo no leito. Ao retornar para casa, Inês percebeu a porta do banheiro encostada, então a abriu. Encontrou as filhas nuas, unidas em abraço, os shorts arriados ao chão, as bocas se beijando. Minha irmã gritou e, com o susto, as meninas se apartaram e se cobriram de volta, chorando de vergonha. Horrorizada, Nine foi até elas e as sacolejou pelos ombros: "o que vocês pensam que estão fazendo?".

"Mas isso é normal, Nine", tentei apaziguá-la. Precisei respirar fundo, pois começava a se desvelar diante de mim a razão pela qual aquela noite terminou como terminou. Inês não respondeu ao meu comentário e continuou: pôs as duas de castigo, longe uma da outra, mas esperou Miguel retornar para saber que atitude tomar em definitivo. Ao saber do acontecido, o esposo ficou transtornado, jogou objetos ao chão e gritou que não tinha criado filha para se tornar uma degenerada – a culpa daquela aberração era do sangue ruim de Inês.

Dali em diante, as meninas estariam proibidas de me ver, de andar comigo, de falar comigo ou de estar no mesmo ambiente que eu. Foi então que, pela primeira vez, Nine reagiu, superou a natureza pusilânime e enfrentou o marido: "mas as filhas são minhas!". Desatou a gritar fora de controle, talvez buscando compensação pelos anos de aviltamento cabisbaixo. Nine não entendia que, com aquela frase, havia entregado o jogo e exposto a jugular. Miguel lançou um ultimato: se ela não fizesse exatamente o que ele mandava, sumiria com as meninas – se ele tivesse qualquer notícia de contato delas comigo, Inês nunca mais as veria.

Nine desviou o olhar de mim e se calou. Não chorava, mas cutucava freneticamente o ouvido com a ponta do dedo mindinho, em um gesto de primata enjaulado. Minha visão embaçou e senti, ou imaginei sentir, um cheiro intenso de chorume. Minha garganta virou um tambor, minha coluna se envergou para trás e meu corpo inteiro despertou sob o caos de uma fantasia: arranhar a cara de Miguel até tirar sangue, arrancar seu couro cabeludo a faca, quebrar seus fêmures no chute, partir suas costelas e perfurar seus pulmões, exorbitar seus olhos com os indicadores em gancho, esmagar seus testículos a marreta, cortar fora seu pau e jogar no Ourives, enfiar uma britadeira em seu ânus e trucidar suas tripas.

Um empurrão no peito me aterrou: "Marcelo, para!!!". Eu e Nine estávamos no meio da rua, alguns quarteirões acima de casa. Vizinhos nos observavam das janelas. Mais adiante, uma senhora se detinha à saída de um mercadinho, as sacolas na mão, sem entender se era seguro sair à rua. Eu não fazia ideia de como havia chegado ali, mas o eco de uma voz ainda reverberava em minha cabeça – aos gritos, eu vinha repetindo que ia matar o filho da puta do Miguel, ia matar o filho da puta do Miguel, ia matar o filho da puta do Miguel.

Eu tremia e estava coberto de suor, as roupas ensopadas e pesadas se regelando do vento que vinha frio contra a fervura do rosto. Achei que fosse cair e me apoiei no braço de Inês. Com boca seca e dificuldade, perguntei a ela por que o interdito recaía justo sobre mim, que cuidava tão bem das meninas e que amava Yule mais até do que Miguel – "onde é que eu entro nessa história, minha irmã?".

Foi uma pergunta estúpida porque eu já tinha a resposta. É, ainda hoje é, uma indagação da qual me arrependo. Sem ela, talvez tivéssemos tomado outro rumo. Será que eu queria testar Inês? Minha irmã me olhou com olhos de chacina e, em palavras que foram mais silêncio que som, finalizou:

— É que elas estavam se beijando de boca aberta, Marcelo.

É que – locução expletiva, descartável, a pôr realce quase invisível no que minha irmã queria realmente dizer. É que – traição do idioma, sutil inflexão do sentido, grão de areia a, na mordida inadvertida, quebrar um dente. Minha irmã não havia me procurado para pedir socorro ou ajuda, ela o havia feito no fulcro de uma acusação. Miguel tinha, na visão da esposa, sua razão de pai e de marido: não eram duas crianças descobrindo a própria sexualidade, eram duas meninas que, a não serem corrigidas com urgência, terminariam deformadas como o tio – terminariam deformadas como eu.

Não consegui reagir a Inês, mas não foi preciso. A nosso lado, com Rute e Yule acenando para a mãe e para mim, o carro de Miguel desceu pela ladeira, de volta a casa. Nine engoliu ar em um gemido bestial e correu atrás do veículo. De longe, vi quando as meninas desceram e, sem entender muita coisa, se deixaram abraçar pela mãe, que havia caído de joelhos. As duas portavam vestidos de São João, coloridos e cheios de laços, os cabelos arrumados em tranças que mostravam orgulhosas para Nine. Como se nada tivesse acontecido, minha irmã levou as filhas para dentro de casa, não sem antes dar um beijo em Miguel. De longe, meu cunhado me encarou por um tempo e depois seguiu porta adentro.

Não voltei para casa, não desci mais a rua, não busquei agasalho contra o frio que engrossava. De onde estava, subi em solitária senda, as mãos dormentes, o pescoço formigando, o peito aberto a obus.

.31.

Família é brutal. Arena de touros, rinha de cães. Ceitil de civilização, refinada barbárie. Gérmen de todo amor, todo cuidado, toda compaixão, paragem última de todo ódio, todo medo, toda morte. Dela, começo e fim da marca humana: que outro bicho conhece a vingança? Que outro animal se apraz na dor?

Com aquela última dose, um arrepio desceu de baixo da língua até o fundo do estômago, que se contraiu em enjeição. Um gancho fisgou minha cabeça para o lado e retorci metade do rosto para segurar o vômito. Saindo do bar, uma tortuosa linha reta me trouxe reiteradas vezes a lugar nenhum. Eu sabia aonde queria chegar, mas não exatamente o que queria fazer. Os quarteirões, que se repetiam como por sortilégio, propunham ao meu corpo um labirinto e à minha cabeça, um elusivo busílis. Resolvi seguir o barulho de festa: gritos de criança, bombinhas estourando e sanfonas.

Quando entrei na escola, a quadrilha estava começando, meninas e meninos se organizando aos pares na quadra de esportes. O colorido das bandeirinhas juninas, que se embaralhavam entre si e corriam rápidas sobre os fios, me agrediu e quase me fez cair de tontura, embora tenham também me alegrado e me feito esquecer que, como adulto, não poderia mais me alegrar com bandeirinhas juninas. Era, constatei em um soluço cáustico, minha primeira festa de São João no colégio: em todas as outras pedi à mamãe para não participar. Não me escapou a ironia de estar ali naquela reminiscência às avessas, então gargalhei alto, atravessado pelo delírio de uma infância tardia. Ao perceber que os adultos mais próximos me observavam em alerta, me calei, bem-comportado. As mesas rodopiavam pelo terreno, cheias de família em comemoração. Onde estavam meus parentes?

Encontrei minhas sobrinhas no meio da dança, os semblantes concentrados em acompanhar os comandos: "olha a chuva!", "já passou!" – "olha a cobra!" – "é mentira!". Se eu gritasse de onde estava, será que conseguiriam me ouvir? Foi Yule quem me conduziu pelo mapa da festa, mirando, com ar de apreensão, um ponto fixo entre a quadra e o prédio principal da escola. Na ponta do seu olhar, encontrei o tesouro que procurava: meu pai bebendo cerveja, minha mãe batendo palma ao ritmo da música, Inês se encostando no ombro do esposo e Miguel inerte como uma rocha vitoriosa. O que eu tinha em comum com aquela gente? Que herança deles havia chegado até mim?

Nine se lambuzava com canjica e, de quando em quando, oferecia o doce a Miguel, levando a colher direto à boca do esposo. Ele inclinava a cabeça, abocanhava a oferenda e mastigava tudo com um obsceno movimento de mandíbula, o masseter quadrado se revolvendo sob a barba, o pomo de adão subindo e descendo, despontando do perfil. Minha visão se anuviou de ódio por Miguel, mas descobri que isso era uma sombra diante do que eu sentia contra Inês. Algum dia conseguiria perdoar minha irmã? Minha vendeta foi se arquitetando conforme o passo ganhou velocidade e eu trotei em direção a eles disposto a revelar tudo o que sabia sobre meu cunhado. Acabei, contudo, desviando a rota: Miguel se levantou, deu mais um gole na cerveja e foi até o banheiro.

Então eu o segui.

Ele estava urinando em um dos mictórios do fundo, de costas para quem entrasse. Uma besta se eriçou em mim e suspendeu-se todo pensamento. Corri até ele e o puxei pelo ombro em um solavanco. Grunhindo de susto, Miguel girou, ameaçando cair, e um resto de urina quente atingiu meus pés. Em vez de dar um passo para trás, avancei à queima-roupa:

— Ainda anda frequentando muito a gruta, cunhado?

Ele preferiu partir para cima de mim a cobrir a nudez. Me segurou pela gola da camisa e avançou com meu corpo até a parede. Bateu minha cabeça repetidas vezes contra a alvenaria fria e, a cada pancada, paulatinamente mais dura. Percebi que meus pés não alcançavam mais o piso molhado do banheiro. Cravei as unhas inúteis em seus antebraços hirtos, depois deslizei as mãos até seu rosto, que explorei com violência: arranhei sua barba, puxei seu cabelo e invadi sua boca com os dedos, que ele mordeu e cobriu de saliva grossa de cão raivoso.

Houve um instante em que nos olhamos e, cansado de muitos anos, ameacei querer ceder: tremi em arrebatada eletrocussão quando, conduzido por minhas mãos, ele lentamente transferiu a pressão dos polegares para minha garganta, até que, enfim, em danada forca, envolveu meu pescoço inteiro com os dedos.

Minha vista escureceu e depois se encheu de constelações, uma miríade de estrelas muito antigas, muito misteriosas também. Miguel apertava meu pescoço com toda a força, e, vinda de longe, rumo a mim, vi uma nuvem solitária flutuar em meio a centenas de pontos de luz róseo-neon. A nuvem cresceu,

cresceu, e se transformou em uma colossal nebulosa. Miguel inclinou o rosto, lambeu minha boca e vasculhou meus dentes com a língua áspera de felino. Meus braços lassos e já dormentes encontraram força para subir até seu peito, onde, com tino de rasgo, acariciaram os mamilos intumescidos. Desci a mão por sua barriga e me imiscuí entre os pelos de seu púbis. Masturbei-o com urgência. Ele manteve a mão direita em meu pescoço, mas, com a esquerda, abriu minha braguilha com habilidade e me masturbou com igual furor, até que, primeiro ele, depois eu, tivéssemos gozado. Só então, ao final de tudo, ele me largou ao chão.

.32.

Quanto tempo levou para que eu acordasse? Alguns minutos? Uma hora? Primeiro precisei me situar: estava deitado no chão imundo de um banheiro da escola. Minha cabeça doía como se eu tivesse caído de luciferinas alturas. Apalpei o corpo para ver se estava inteiro e descobri algo úmido entre as pernas: uma quantidade descomunal de sêmen liquefeito, que embebia e atravessava o tecido da calça entreaberta sem que eu pudesse determinar se ele era, de fato, todo meu.

Muitos anos se passaram e, ainda hoje, não posso precisar o que, daquela cena, foi concretamente real. Quanto a confirmar com meu cunhado o que havia acontecido, isso se tornou impossível, porque não o vi mais. No dia seguinte, antes que todos acordassem, Miguel entrou no carro e, sem se importar com a sorte de uma família que nunca quis sua, deixou Ourives para nunca mais voltar.

V

— Acorda, Tio Dico!

Era Yule quem, com cabelos crescidos que, curvada ela sobre meu leito de inarraigáveis sonos, compensação a éons e éons de espertinas sem fim, roçavam-me e, desenhando em torno dele um negro e vertido dossel, rebuçavam-me o rosto, falava-me ao ouvido a urgentes vozes de que, contudo, abafado todo som por colunas de sólida água onde enguias invisíveis se reproduziam com gônadas misteriosas, meus ouvidos, entulhados de suas madeixas, de folhas, de lama e de caramujos, só captaram as notas mais distantes, impalpáveis, suficientes somente a me despertar o de trás do crânio, mas não os olhos, que não se abriram, nem a boca, que cerrada ficou enquanto eu enxergava minha sobrinha com a nuca e tentava lhe explicar que não, meu amor, este não é o meu nome.

— Acorda, Tio Dico!

Ela insistia no imperativo, indiferente a que meu corpo levantado, em riste, de olhos e boca inúteis embora, pusesse-lhes claro, a ela, Yule, e à cabrita que, entre suas pernas, agora berrava em nossos ouvidos, que, ao contrário do que se inferia de seu berro, que

na verdade era choro carpido por minha morte mal-
-entendida, eu estava vivo sim, chacoalhando meus
braços de menino estendidos ao lado e ao longo de
meu peito e de minha barriga às suas frontes que, todavia, se enfeavam de luto e tristeza por mim, que então, em desvairado almejo por me deixar tentar fazer
ver vivo e firme, pulsante, rijo, trepava sobre a cacunda
de minha sobrinha, que já não era minha sobrinha,
mas outra cabrita, cujos balidos convocaram, de dentro de um poço onde boiava a cabeça desdentada da
velha, outra cabrita, depois outra cabrita, depois outra
cabrita, até que nove cabritas corriam ao meu redor,
traçando nove círculos concêntricos em nove diferentes velocidades, ao ponto de, engrenadas entre si,
engendrarem um formidável mecanismo por meio do
qual, se se ouvisse bem o chibante chiado do choque
de nove cascos contra si e contra a grama, marcava-
-se como que o tiquetaqueado do pinga-pinga de uma
chuva amarela que virava curso que virava córrego
que virava rio, caudaloso, leteu, amarelo de fazer vergonha, amarelo de fazer esquecer.

— Acorda, Tio Dico!

As nove cabritas, a trair a própria estirpe, atraíram
esmilodontes que, sem tamanho ou nome que se lhos
desse, ostentavam por dentes sabres, por pele, um velo
coberto de rosetas que eu, embora cego e mudo, era
o único capaz de decifrar, conhecendo-as empresta-
das de felídeos outros, pintados, pardejados, e assim,
lendo-lhes a mensagem secreta de seu próprio couro,
embalava-lhes a sanha sanguinária, vindo eles nina-
dos, desvendado seu destino por mim, aninhar-se a
meus pés com a mansuetude de pardais avelhentados,

brancos e quebradiços, que, sem que eu as percebesse se aproximar, eram, um a um, despedaçados pelas cabritas onceiras, cujas presas insuspeitadas elas as fixavam na carne dos tigres, que gemiam de dor, as fixavam nas coxas, as fixavam no ventre, aberto obsceno a mostrar tripas atropeladas, as fixavam nas patas, as fixavam no lombo, as fixavam no pescoço também, até que, depredados os predadores, foram elas todas rio adentro, de cujo lúteo emergia então um gigante, velho senhor de cãs dependuradas à cara, carregando às muitas mãos táses, cadinhos, estecas, estilheiras, martelos, cinzéis, a fim de que me melhor pudesse abrir, com golpes de burilo, as fendas sensíveis da cara – posto que eu não o desejasse, vinha ele a desabalado passo e me alcançou e derribou, enrolou suas barbas em minha garganta e as apertou bem rente, iniciando seu trabalho, que, ao revés de meu medo cambaio, doeu-me não como bisturi, mas como nuvem, cuja matéria friável, à minha voz finalmente reclamada, partiu-se, dissipou-se e me desvelou que o velho, que já não mais havia, era, em verdade, Yule em formas outras, frouxas e cianas, a quem eu finalmente podia dizer, e disse, que meu nome era outro e que, talvez incrédula, talvez revanchista, vinha claudicando até mim e, com dura candura, a folgar a si, a folgar suas retinas, que ficavam enormes e queriam me engolir, cerrava os dedos em meu pescoço e os apertava, apertava, apertava, até que, em apogísticas contrações, eu lhe vomitasse a boca.

 A estranha espiral de imagens, sons e texturas me cuspiu para fora e, acordado em um susto, ergui o tronco da cama. Ao longe, o Ourives murmurejava, ainda e sempre. Deslizei a mão pela testa suada, o peito subindo e descendo de horror onírico. Em meu quarto, reencontrei o travesseiro e me acalmei de novo. Acreditei estar seguro: uma armadilha. A respiração voltava ao normal quando percebi que, sobre meu baixo ventre, escorriam, liquefeitos e mornos, os espólios nefandos de uma polução. Comecei a chorar e chorei tanto que logo precisei enfiar o lençol na boca, para que nem minha mãe nem meu pai escutassem meus gritos.

.1.

Choveu muito depois do sumiço de Miguel.

O céu se cerrava em chumbo e, após algumas horas, caía um aguaceiro impiedoso. O Ourives subia a cada dia – não houve enchentes, mas a orla da praia desapareceu sob as margens famintas do rio. Se entremeando colinas abaixo e ganhando corpo, a chuva arrastava consigo sacos de lixo, entulhos, sucatas, esqueletos de árvores mortas e plantações abortadas, as raízes surrupiadas do solo que não pôde dar mais fundo enterro a elas. O que não chegava até o Ourives se espalhava pela Vila Baixa como carcaças sobre um sítio arqueológico abandonado, esquecidas ali por meses, até que acabassem os dias mais frios e o povo saísse para recolher os sobejos da estação pregressa (ninguém da minha família ajudaria em nada).

No final da terceira semana, choveu granizo. Eu tomava chá na cozinha, de propósito afundando o mindinho na água recém-fervida. A casa inteira tremeu com o estrondo do gelo contra a madeira das paredes e do telhado. Uma enorme pedra atravessou a janela da sala e, com o som do estilhaço, Mima se eriçou e correu para tomar abrigo debaixo do móvel da televisão. Meus pais apareceram assustados e sonolentos do cochilo interrompido. Não disse nada, mas, com o dedo que usava para mexer minha bebida, apontei para o meteorito congelado que jazia em meio aos cacos de vidro. Minha mãe pegou a vassoura e a pá, mas eu lhe disse que não se importunasse, porque eu mesmo cuidaria de limpar a bagunça. Antes de me levantar e tomar os instrumentos de sua mão, bebi todo o chá em um único gole, a mucosa da garganta se contraindo e despelando.

No dia seguinte, passada a precipitação, um grito longínquo de Yule me atraiu até a varanda. Se eu tivesse podido gritar, teria gritado também, mas me faltou lastro no peito e nas veias. Sobre o chão enlameado da rua, sobre o capô amassado dos carros esquecidos fora das garagens, sobre as copas desconjuntadas das árvores, cobrindo Ourives inteira, de cima a baixo, uma multidão de inexplicáveis periquitos abatidos, o verde vivo da plumagem em contraste com a imobilidade dos corpúsculos mortos, os ossículos fraturados, as asas quebradas, os bicos partidos.

Vi quando equipes de jornalismo apareceram e fizeram registros fotográficos e reportagens televisivas. Logo foram embora, repelidos pelas condições precárias do lugar onde nasci e cresci. Não demoraria para que saísse a notícia sobre os estranhos acontecimentos que abalaram o desimportante vilarejo de Ourives, de resto há muito esquecido: durante a rota migratória rumo a climas mais amenos, as pobres aves foram surpreendidas em pleno voo – o céu caía sólido sobre suas cabeças. Pelas estimativas dos estudiosos, o mais provável era que o bando inteiro, centenas de espécimes, houvesse sido fulminado. Um ou outro pássaro que houvesse encontrado refúgio a tempo não teria condições de viver sozinho na natureza. Os que restaram morreriam em questão de dias.

.2.

Ao acordar e não encontrar o esposo na cama, minha irmã ponderou que ele devia ter saído cedo para a marcenaria. Com isso, forjou uma paz de algumas horas. Pelo almoço, foi até nossa casa e perguntou se alguém tinha notícias de Miguel. Desviei meus olhos dos dela e emendei, ressaqueado, que a última vez que havia me encontrado com ele foi na festa, no dia anterior. Disse isso e levei a mão à boca, como quem tenta segurar um arroto acidental. Nine estava tão desorientada que nem sequer percebeu meu desconcerto. Foi embora depois que minha mãe a acalmou: decerto o genro havia viajado para visitar os pais. Depois que Inês saiu, Dona Hilde olhou fixamente para mim. Não me fez perguntas, mas adivinhei que havia atinado na incongruência da minha história.

Inês tentou encontrar o esposo por meio do telefone, mas a ligação caía direto na caixa postal. Tomou emprestado o carro de papai e foi até a vila vizinha, onde moravam os sogros, porém tampouco eles sabiam do paradeiro do filho. Minha irmã voltou para nos contar com voz fanha que, no caminho, "o telefone chegou a chamar umas três vezes, mas depois a ligação caiu". Ao dizer isso, caiu no choro e cobriu o rosto com as mãos. Era, percebi na hora, vergonha pela tentativa de se enganar. A ligação não havia caído, e ela sabia disso, como também já devia saber que nunca mais voltaria a ver o esposo.

.3.

Os meses seguintes se passaram como uma carroça por um atoleiro.

Minha irmã percebeu que um único emprego não seria suficiente para cobrir os gastos com as contas, com a casa, com as filhas, consigo e, sobretudo, com as dívidas que Miguel havia deixado. Quem primeiro a procurou foi o proprietário do galpão onde funcionava a marcenaria. Vinha cobrar, além do proporcional do mês corrente, a multa do contrato e os aluguéis de três meses para trás, todos atrasados. Nine retrucou que não havia necessidade de se rescindir contrato nenhum, pois logo o esposo voltava para quitar as dívidas e retomar o trabalho. "Eu quebro o galho e dou um abatimento bom a você, minha filha", teria sido a condescendente resposta do locador.

Em seguida, vieram empregados da marcenaria e funcionários que Miguel contratava para serviços avulsos. Exigiam o ordenado, hora extra, vale, verba disso, verba daquilo. Havia também os fornecedores da tinta, do verniz, da lixa, do couro, do vidro, da madeira, do metal e até do maquinário que Miguel usava para transformar tudo isso em mobília. Dois estranhos chegaram até a intimidá-la. Entraram sem convite em sua casa e deram um prazo de um mês para receber os saldos, assustando as meninas, que assistiram à mãe se sentar no sofá e, com voz sumidiça, tentar explicar como o dinheiro andava pouco.

Certa noite, por achar que lhe fazia um bem, avisei à minha irmã que, legalmente falando, ela não tinha que pagar nada para ninguém. Era tarde da noite, e ela, que saía de casa às 6:30 da manhã, estava retornando da dupla jornada de trabalho na cidade para buscar as meninas, por quem eu e minha mãe ficávamos responsáveis durante o dia. Inês ouviu o que eu disse e, embora sua fala não desse sinal de alteração, seu corpo se armou para um ataque. Os dedos se empalideceram no punho cerrado e o pescoço ficou vermelho do sangue que subia até uma veia protuberada na testa. Enquanto isso, ela me dizia que eu não sabia de nada do que ela estava passando, que eu não tinha a menor noção de como era viver uma vida de verdade e que eu era um menino mimado que nunca tinha colocado o pé para fora de casa.

A família se crispou em um mal-estar silencioso. Rute foi até a avó e a agarrou. Não sei o que teria acontecido se, no instante seguinte, Yule, aterrorizada com a transfiguração da mãe, não tivesse começado a chorar. Caindo em si, Nine se inclinou e abraçou a filha, que ainda demoraria muito a se acalmar (ecos de soluços alcançariam meu quarto até a hora de dormir). Por fim, minha irmã veio até mim, me deu um abraço e pediu desculpas, explicando que havia sido um dia muito difícil. "Não foi nada, meu irmão", me disse, antes de sair dali sem esperar resposta.

.4.

O pequeno surto de minha irmã me levou a duas conclusões.

Primeiro inferi que a desaparição de Miguel a afetava de maneira muito mais aguda do que qualquer um de nós poderia supor. Parte de mim, talvez a parte que ansiava por expiação, queria crer que, fundidos à falta, Nine experimentaria sentimentos de redenção, de alívio ou de libertação. Não vieram. Sem uma morte a se superar, ela estaria sempre ali, na sala de espera do luto. A ausência do esposo chegava a ela ao molde de um puro nada, um vazio de onde não conseguia tirar sentido, um espaço negativo ao qual não conseguia acoplar uma âncora. Não se tratava tanto da perda de Miguel, mas sim do que ele agora representava a Inês: um oco que, inominável e inconsistente, havia fundamentalmente deformado as estruturas de seu ser.

A segunda conclusão me trouxe sentimentos ambíguos: no fundo de seu fígado, Nine me culpava pelo sumiço de Miguel. Sempre que agia comigo daquela forma – contidas explosões verbais, delicados empurrões na passagem por um corredor, palavrões dirigidos à tampa emperrada da geleia que, eu sabia, eram na verdade dirigidos a mim –, eu encontrava um pouco de refrigério. Chegava mesmo a me regozijar, porque ansiava pela punição que merecia – pelo castigo remidor. Fantasiava com o dia em que confessaria meus delitos sem perdão e, em incontrolável revanche, ela me cobriria de socos, arranharia minha cara com as unhas por fazer e me estrangularia com um mata-leão até que eu perdesse a consciência.

Acontecia, entretanto, que minha irmã precisava de mim. Era eu quem mais dava atenção às meninas e garantia que seguissem uma rotina, costurando seu cotidiano com fios de normalidade. Elas desciam da escola, almoçavam comigo, cochilavam comigo, faziam a lição de casa comigo e brincavam comigo até que eu precisasse trabalhar na Dissertação. Nesse momento, iam buscar a companhia da avó, que, por retornar do trabalho cansada, era não mais que uma imitação barata de mim. Ao Tio Cello ninguém substituía. Elas me adoravam, e eu cuidava delas com prazer. Em um golpe de fina ironia, a vida me sub-rogava no papel de seu pai – e minha irmã sabia disso. Então se segurava não só porque ela ou suas filhas precisassem de mim, mas porque padecia ela mesma da culpa e da vergonha de, um dia, ter tentado nos apartar.

Assim, ficávamos os dois a meio do caminho, em um palíndromo que teimava em não se formar: nem vingança, nem purgação. De noite, rolando na cama, eu demorava a dormir, obcecado com um enigma: se minha irmã soubesse de tudo o que eu era capaz de fazer, será que ainda se omitiria em me punir?

.5.

Foi por essa época que minha mãe deu início ao costume de, aos sábados de manhã, sair para pescar no Ourives, em um ponto para cima da praia. Nem bem raiava o sol, ia até a casa de minha irmã e saía de lá com a filha e as netas, todas aparatadas com redes, varas, iscas, baldes e galochas. Ninguém esperava fazer dinheiro (papai havia deixado claro que o Ourives não era um rio de pesca), mas dona Hilde garantia, com isso, uma redução nas contas do mercado, ao mesmo tempo que gerava entretenimento para as netas – ou, ao menos, era o que esperava.

Assim que teve contato com o primeiro peixe arrancado das águas e entendeu que o animal se debatia no desespero de sobreviver, Yule gritou de ficar roxa e correu mato adentro, para longe da enseada onde as famílias se reuniam para pescar. Nine foi encontrá-la perto de casa, encolhida sobre si mesma, abraçando os joelhos. Desde então, antes de subir, elas vinham com Yule e a deixavam comigo. Em pijamas amassados, minha sobrinha me cutucava e, ainda dormindo, eu me afastava para perto da parede, abrindo espaço para que dividisse comigo a cama e os últimos sonos da manhã.

Eu acordava primeiro que ela e ficava um tempo a observá-la. Minha sobrinha começava, aos poucos, a se desfazer dos contornos de criança, caminhando para ser uma moça muito bonita. Havia perdido o aspecto rechonchudo e o ar de menina perdida que está sempre procurando a mãe. As sobrancelhas engrossavam e se pintavam de tons mais escuros, tomando destaque no desenho do rosto. Cada vez mais cheios e vigorosos, os cabelos lhe conferiam, mesmo ali, deitada e entregue, uma certa potência leonina, capaz de atrair e intimidar.

Apesar disso, e sobretudo naqueles últimos meses, Yule dava constante demonstração da natureza frágil, como um pardal de asinhas quebradiças. Minha sobrinha sofria de um medo generalizado e vivia em estado de alerta. Se sobressaltava com tudo: um copo quebrado na cozinha, um fruto caído sobre o telhado da casa, um rosnado de Mima a bichos no jardim, um estouro de escape de motos na rua, um chamado do avô, um toque de telefone. Rute havia parado de lhe pregar peças e sustos, pois, da última vez, saltou para cima de Yule de trás das latas de lixo e a irmã caiu de febre por uma noite inteira, depois de um ataque de pânico que envolveu gritos, choro e até mesmo vômito.

Atormentada por toda sorte de pesadelos, minha sobrinha mais velha acordava aos prantos no meio da noite. Mais de uma vez, vi seu colchão secando ao sol, depois de episódios de enurese noturna que tiveram que virar tabu porque, se mencionados, a deixavam mortificada de constrangimento. Ela tinha poucos amigos e, nos dias de prova, mesmo que tivéssemos certeza de que tiraria um dez, ia para a escola com o tremor de quem subia para a forca.

Nada daquilo me irritava, mas, por saber como minha sobrinha poderia terminar, eu tentava endireitar seu ânimo abatido, inibir seus temores e estimular suas coragens. Por amor a mim, ela até tentava se fazer de forte, mas, não demorava muito tempo, os veios de quem realmente era voltavam a brotar.

. 6 .

Yule acordou e me flagrou a observá-la. Fingiu estar envergonhada e, com a descoordenação motora de quem acaba de despertar, quis afastar meu rosto para longe, mas acabou me dando um tapa na cara. Gritei "ai!" e ela começou a rir, me dizendo que era bem feito – quem mandou ficar igual a um psicopata olhando para ela?

Respondi que agora ela ia ver o que era um psicopata de verdade e fiz cócegas em sua barriga até que os dois estivéssemos exaustos de tanto gargalhar. Depois, ela recuperou o fôlego e, sem que eu esperasse, me mandou um "Tio Cello, por que você não tem namorada?".

Ainda refreando as últimas ondas de riso, a resposta me veio com inesperada naturalidade: "porque eu gosto de meninos, meu amor". Yule parou um tempo, fitou o teto e, sem se abalar nem escandalizar, adaptou a pergunta: "então por que é que você não tem um namorado?", ao que não fiz mais do que voltar a rir alto.

Dei um beijo em sua testa e disse que ela andava muito perguntadeira para o meu gosto. Deslizei outra vez os dedos por suas costelas, e ela voltou a rir como quem soluça, jogando a cabeça para trás. Enquanto lutava para se esquivar, soltou, quase ainda dormindo (quase ainda sonhando), um "para, pai!". Ficamos sérios os dois, e, de rosto vermelho, baixando os olhos, ela me pediu desculpas pela confusão. Então anunciou que ainda queria fazer outra pergunta, mas não a fazia porque tinha receio de que eu reagisse como a mãe havia reagido – Nine deu uma bronca feia nela, berrando que aquilo não era assunto para criança se meter. Passei a mão em seu cabelo e busquei tranquilizar seu coração angustiado: com o Tio Cello, ela poderia falar sobre tudo o que quisesse, sempre. Ela ficou mordendo o lábio e finalmente se decidiu:

— Por que é que meu pai foi embora?

Não precisei nem tentar responder. Dada a tenuidades, Yule leu em minha hesitação e descompostura que aquela era uma pergunta para a qual nem os adultos da família tinham resposta – ou, ao menos, uma resposta que pudéssemos conceder a ela. Antes que eu abrisse a boca à procura de alguma mentira, minha sobrinha começou a chorar.

.7.

No final de janeiro do ano seguinte, às vésperas do retorno das aulas escolares, Rute desapareceu.

Nine acordou antes das 6, como de costume. Colocou uma leva de roupas para lavar na máquina, preparou o café da manhã, arrumou as lancheiras das filhas e lavou a louça. Quando foi acordar as meninas, deu com a cama de Rute vazia. Vasculhou a casa e o quintal e saiu à rua só de roupão e chinelos. Nenhum vestígio da caçula. Acordou Yule com sacolejos no ombro, mas ela não fazia ideia de onde a irmã pudesse estar.

Inês apareceu em nossa casa com os pés sujos de lama. Entrou aos gritos, perguntando por Rute, mal conseguindo explicar o que havia acontecido. Yule apareceu depois, catatônica de medo. Minha irmã foi até o antigo quarto e voltou de lá com a constatação de um *déjà-vu:* "Miguel!!", exclamou como quem acerta um dardo na mira. Disse isso e seu rosto se transfigurou sucessivas vezes, atravessando um espectro de expressões que não sou capaz de delimitar com exatidão. Em um idioma que minha irmã desconhecia conhecer, o potencial sequestro da filha era lido também como o retorno do marido. Sorrindo, mas confrangendo a testa, comprimindo a boca, mas iluminando os olhos, Inês parecia delirar em mirabolante caos.

Saiu correndo em desvario. Percorreu Ourives de cima a baixo, perguntando a vizinhos e estranhos, em mercadinhos e padarias, em bares e na igreja, se alguém havia visto a filha mais nova – se alguém havia visto Miguel. Ninguém deu notícias nem de uma, nem de outro. A clínica onde trabalhava de manhã tentou contactá-la várias vezes, mas Inês ignorou o celular. Meus pais se uniram às pessoas que, àquela altura, formavam um mutirão de buscas. Fiquei responsável por cuidar de Yule. Embora não chorasse, ela se tremia da cabeça aos pés.

.8.

Foi meu pai quem encontrou a neta. Rute estava no galpão do avô, encolhida entre as sacas de ração do gado, o choro incomum abafado pelos relinchos dos cavalos agitados por sua presença.

O que aconteceu foi que ela havia acordado ainda de madrugada e se lançado na empreitada de cortar bem curto os cabelos. "Igual ao do meu pai", ela explicou (nesse ponto, Nine começou a chorar). Em mãos inábeis, a tesoura que a mãe usava na cozinha fez um estrago que Rute não soube consertar. Desesperada de vergonha, minha sobrinha mais nova, que odiava se lamentar ou pedir ajuda, decidiu fugir e se esconder.

Nine ligou para o trabalho e avisou que logo mais chegaria. Antes de sair às pressas, me fez prometer que eu a lembraria de trocar as chaves de casa, pois não queria passar por outro sufoco como aquele. "Vai que Miguel retorna de verdade, né?", falou como quem esconjura um perigo iminente. Pelas semanas seguintes, volta e meia eu cobrava dela que contratasse o serviço. Minha irmã batia a mão na testa, estalava a língua e me dizia que ainda naquele dia chamaria o chaveiro, mas isso nunca aconteceu. Ainda hoje as fechaduras da casa de minha irmã são as mesmas.

.9.

Então Miguel reapareceu.

A primeira vez foi na Vila Alta, paramentado de roupas puídas e maltrapilho, ostentando a fome a quem lhe desse de comer. Nine largou as atividades em vão, pois, ao chegar às proximidades de onde avistaram seu marido, não encontrou ninguém. Houve gente a não cruzar com vivalma, houve gente a confirmar que sim, era o esposo dela, e houve gente a negar tudo, afirmando se tratar de um desvalido que costumava passar por ali para pedir esmolas. Inês voltou ali sempre que pôde, mas, antes de o mendigo tornar a aparecer, Miguel foi visto na cidade, de cara limpa e cabelo cortado, dirigindo um carrão de gente rica.

Depois disso, esteve por todo canto: de volta à vila dos pais, trabalhando na lavoura; no retrato falado do jornal que reportava, para alerta dos moradores da região, a notícia de um novo assassino em série; na sala de um IML, como indigente, carecendo de ter o corpo reconhecido; em um programa de auditório, rindo no meio da plateia; na cabine de um caminhão abarrotado de tijolos ou no supermercado da periferia da cidade, desfilando com mulher nova e uma criança de colo.

Com o tempo, a figura de Miguel se dissolveu o suficiente para se deformar em uma entidade folclórica. Algo lenda, algo agouro, inspirava persignações quando, à maneira de uma visagem onipresente, dava de aparecer simultaneamente em dois ou três locais diferentes, tendo por testemunha crianças, velhas e cães. Estando em lugar algum, meu cunhado estava por toda parte.

.10.

Em mim também ele ainda estava.

Miguel povoou meus sonhos e perturbou minha vigília, eivou meu espírito como um fantasma e mutilou minha carne como um ferrete. Meu corpo crescia, e eu, que não era meu corpo, era estiolado por ele. Padeci de desarranjos sem tamanho. Tive dores de cabeça e febre. Minhas juntas doíam. Houve dias em que minhas entranhas se revolveram em tirânico protesto contra mim e precisei vomitar.

Eu não poderia, nem se quisesse – e, por deus, como eu queria –, reproduzir o tipo de saciedade que experimentei com meu cunhado. Não encontrei meios de recuperar a avalanche de neurotransmissores que, naquele São João, inundaram e, uma vez esgotados, embotaram as sinapses para as satisfações deficitárias de um cotidiano sem cor. O que sobrava era vau, e, feito toxicômano em abstinência, meu corpo exigia o arrebatamento de uma fundura que, sozinho, era incapaz de reaver.

Em palavras mais simples e mais cansadas: eu sentia falta de Miguel e, por isso, me sentia ridículo e humilhado, mas também desumano com minha irmã e com a dor que talvez eu tivesse evitado se, mais de uma década antes, tivesse revelado a ela o que sabia sobre meu cunhado. Que tipo de gente cala quanto a isso? Que tipo de gente eu era?

Acicatado e envergonhado pela falta, culpado e penitente pelas atrocidades que cometi, muitas vezes não consegui me levantar da cama – muitas vezes apertei um pouco mais o lençol (o cachecol, o cinto, a calça) ao redor do pescoço. Pelos dias que se seguiam, surgiam hematomas, eritemas e arranhões que, precisando esconder e querendo mostrar, eu portava como uma insígnia e uma mácula, negativo das mãos que um dia lhe impuseram indelével marca. Meu corpo crescia, meu corpo ganhava, e eu jamais teria podido prever o fim que tudo tomou.

.11.

Defendi a Dissertação tardiamente. Apesar do estado atribulado, fui aprovado com louvor. Desde meados do ano anterior, meu orientador vinha tentando me demover da ideia de fazer o doutorado fora. Queria me convencer a ficar ali, sob sua batuta acadêmica, com o argumento de que a Universidade precisava de pessoas como eu (ri ao ler isso no e-mail).

Com o drama vivido por minha irmã, acabei perdendo, de propósito, todos os prazos de inscrição ou submissões de projeto. Era uma forma de garantir que minhas sobrinhas fossem bem cuidadas até que Inês se estabilizasse. Era também, não posso negar, uma forma de autopunição: eu abria mão de uma das poucas coisas que queria para mim.

Ponderava sobre isso e então, rápido e sinuoso como uma cobra em fuga, me passava à mente um outro pensamento: ficando em Ourives, seria mais fácil de rever Miguel, caso ele resolvesse retornar.

.12.

Comecei a levar as meninas à praia todo domingo de manhã.

Carregávamos três cadeiras, uma mochila com comidas e bebidas e, quando o resto da família resolvia participar, toalhas grandes para esparramar sobre a areia e improvisar um piquenique. Minhas sobrinhas desciam vestidas dos maiôs e, sob minha supervisão, brincavam próximo às pedras. Com Rute, eu precisava sempre fazer um alerta para não se distanciar tanto da margem, tentando explicar que o Ourives ficava fundo de repente. Nada disso a continha. Ela sumia debaixo da água e, quando eu já estava apreensivo, reaparecia do outro lado do rio, gritando meu nome com água escorrendo dos cabelos, empolgada pela transgressão bem-sucedida.

Com Yule, ao contrário, era necessário insistir muito para que vencesse o medo de entrar no rio. Depois de comer, ela se demorava na cadeira enquanto eu insistia para que fosse se divertir com a irmã. Ela se recusava, tentava me engabelar dizendo que estava cansada, que tinha tido pesadelo ou dormido mal, mas eu sabia, e me recusava a tolerar, que era tudo covardia.

"Me engana que eu gosto!", eu brincava para disfarçar a seriedade do que buscava ensinar.

Quando a agarrava pelo punho, ela ria, mas tentava escapulir. "E por que você também não toma banho, Tio Cello?", me provocava, entre risada e grito, antes de eu tomá-la no colo e jogar dentro da água. Depois de se molhar, Yule relaxava um pouco, porém nunca soltava a mão das pedras onde então eu me sentava para pajeá-las, recordando os momentos que havia passado ali com Tobby.

Depois de um tempo, os mergulhos de Rute se tornaram mais ousados. Ela corria, corria e depois saltava no Ourives. Quando a rotina perdeu a graça, ela me perguntou se poderia usar a corda pendurada na árvore para se jogar mais longe e mais fundo. Respondi que só quando ela fosse mais velha, "da idade da sua irmã", e olhei capcioso para Yule, que retrucou que não se penduraria naquilo nem morta.

Rute aproveitou minha distração e, como sempre, fez o que queria fazer: sem que eu percebesse, se afastou e veio correndo a toda velocidade em direção ao rio. No meio do caminho, saltou o mais alto que pôde. Não achei que fosse capaz de alcançar a corda, mas estava enganado. No instante seguinte, ela desenhava um perfeito arco no ar e caía bem no meio do Ourives, do qual emergiu aos brados, como se só então houvesse verdadeiramente conquistado aquelas águas.

Dali em diante, saltar com a corda se tornou a principal atração do Ourives para a caçula, que, a cada domingo, incrementava os saltos com giros e acrobacias. Ao meu lado, Yule observava fascinada, querendo tomar parte no recreio da irmã, mas paralisada de covardia. "Não quer saltar também, meu amor?", eu lhe perguntava mais triste do que encorajador, mas ela se acanhava e, em silêncio, me devolvia um derrotado balanço de cabeça.

.13.

Acordei, arrumei a mochila e, antes de sair de casa, verifiquei se meus pais ainda estavam dormindo. Através da porta do quarto, ouvi seu ronco alternado e sincronizado, como sapos coaxando em diálogo. Eles estavam mesmo envelhecendo.

Cheguei à casa de minha irmã e a encontrei de péssimo humor. Estava sentada no sofá, assistindo ausente a algum desses desoladores programas de domingo de manhã. Mal falou comigo. Alternava o olhar entre a tela e o fumego do café nas mãos, dissolvendo as nuvens de vapor com sopros sem vontade. Perguntei onde estavam minhas sobrinhas, ao que ela deu de ombros, apontando o indicador para o quarto.

Fui até a cama delas e mandei que se levantassem, lavassem o rosto, escovassem os dentes e se trocassem em um pulo, que o dia estava lindo, quente e cheio de vento. "O café vocês tomam comigo lá na praia", anunciei, colocando a cabeça para fora do quarto com uma cara feia para Nine, que apenas me ignorou. Ainda anestesiadas de sono, minhas sobrinhas derrubavam objetos e esbarravam uma na outra, como em uma comédia quartelesca. Voltei para a sala e me dei conta de que, embora não pudesse precisar a razão, algo em Inês me irritava. Minha irmã agora estava deitada de lado, apoiada sobre o cotovelo, e se equilibrava desleixadamente para não derramar o café, que ela sugava com um cicio de ar entre os dentes.

Estávamos, logo descobri, na mesma sintonia. Em um tom indefinido entre a afronta e o tripúdio, ela me perguntou que manchas roxas eram aquelas no meu pescoço. Meu rosto deve ter ficado púrpura. Por reflexo, puxei a gola para cima e disse que devia ser picada de inseto. Ela insistiu. "Nossa, mas haja inseto, hein?", arrematou com ironia. Não respondi nada, mas me senti violado, o corpo exposto em nudez aviltante e desonrosa. Minha irmã, tenho certeza, já havia visto aquelas marcas inúmeras vezes. Se as mencionava ali, era porque queria me machucar.

E conseguiu.

Tentei me recompor sem falar nada, mas as artérias em meu pescoço bombeavam sangue e cólera ao cérebro. Pensei que a responsabilidade pela desgraça de Inês era exclusivamente dela e que não era justo que, nem por um segundo, nem em uma parcela infinitesimal, eu atribuísse a mim a culpa pelos problemas dela – o que pesava sobre sua cabeça era consequência da própria burrice, de sua espragatada incapacidade de se impor, de sua coluna vertebral feita de paina, de sua irrefreável paixão por se arreganhar toda – inclusive literalmente – a quem a desprezasse e a quem, no fundo, ela nunca conseguisse agradar, como costumava fazer desde os tempos de Vovó Márcia, época em que eu poderia ter ido até ela e, como queria ter feito ali, na sala de sua casa, lhe arrancado a xícara da mão e lhe arranhado a cara e lhe puxado os cabelos antes de reivindicar a intervenção dos adultos: "ela quem me provocou, mãe! Ela quem me provocou, pai! A culpa é toda dela!".

Mas eu não era mais uma criança. Precisei, então, sofisticar minha ira, tomando o desvio da palavra. Cruzei os braços e, de pernas bambas, soltei um "porra, Inês, mas tu não podia nem ter acordado as meninas?", como se viessem disso a crescente tensão na sala e minha respiração de escafandrista. Quase imperturbável, mas claramente consciente do subtexto da conversa, ela respondeu que, se as meninas queriam dormir até mais tarde, não havia nada que pudesse ter feito para evitar.

Meu queixo tremeu. Disposto a toda destruição, caminhei em direção a ela e gritei, entre dentes cerrados e saliva, que ela poderia, sim, ter feito muita coisa para evitar tudo aquilo.

Era o fim da farsa.

Minha irmã se levantou de chofre, a xícara ainda na mão. Avançou até mim e eu me retraí, acreditando que jogaria o café quente em meu rosto. Descortinando a conversa de subliminaridades, Inês me perguntou se eu havia visto Miguel antes de ele ir embora e se, por acaso, eu não havia me encontrado com ele durante a festa de São João. Antes ela tivesse me enfiado uma faca no braço. Através de seus olhos, me vi menino destroçado, o lábio pendendo, as pernas finas entortadas para dentro, mas percebi que essa imagem não a comovia nem um pouco. Minha irmã permanecia dura como um soldado em tempo de guerra – então eu senti muito medo.

Antes de qualquer reação minha, as meninas apareceram e foram me arrastando pelas mãos. "Vamos! Vamos! Vamos! Tu não tava com pressa, Tio Cello?", repetia Yule enquanto cruzava a porta, me levando para longe de uma conversa que eu e minha irmã nunca mais poderíamos ter.

.14.

Será que mamãe havia comentado com Inês sobre meu lapso no dia seguinte ao desaparecimento de Miguel? Será que minha irmã havia me visto no São João e, desde os mais longes garimpos do cérebro, recuperou aquela pepita de memória? Será que alguém havia me flagrado no banheiro?

Acompanhado de minhas sobrinhas, desci o caminho até o Ourives sem atinar a nada ao redor. Um arrepio se alastrava em minhas costas e saía de minhas narinas uma trilha de formigas de fogo. Idioma algum me acudiria em dar nome à bizarra sensação de que meu corpo – ou só as mãos? Ou só a cabeça? Ou só a tripas? – se me avessava e desavessava inteiro, quase vertigem, quase volúpia. Quis largar as meninas e voltar a Nine e me agarrar às pernas dela e lhe pedir perdão e lhe dizer que a culpa de tudo era sim toda minha, a culpa, a vergonha, a vileza. Ela então chutaria meu rosto e quebraria meu nariz e, na insânia desse acerto de contas, meu peito se insuflaria, minha nuca se eriçaria e se açularia em mim, lá de dentro, um bicho que me viesse arrancar a cara e que, ao mesmo tempo, eu sabia, era não outro que eu mesmo.

.15.

Retornei com um toque desveloso no rosto. Estávamos na praia, Rute a nadar, eu sentado na areia, Yule a meu lado, de pé, com ar de preocupação. "Tá tudo bem, Tio

Cello?", ela me indagava e pressionava a mão contra meu pescoço, ao modo de quem afere febre. Me disse que era normal irmãos brigarem e que estava tudo bem se eu quisesse ficar triste. Comecei a chorar e encostei a cabeça em sua barriga. Ela passou o braço por minha nuca e me perguntou o que poderia fazer para me deixar feliz de novo. Não respondi nada, mas ela tomou a decisão por si: foi até a margem do Ourives e gritou insistentemente pela irmã, que saiu da água contrariada. Se inclinou e cochichou um segredo ao ouvido de Rute. Entre risos, palmas e pulos, as duas conversaram por um tempo, olhando de longe para mim.

Com o plano bem ensaiado, as duas vieram até onde eu estava. Rute se colocou atrás de mim e vedou meus olhos com as mãos, me alertando de que eu só poderia abri-los quando ela deixasse. "É uma surpresa, Tio Cello! Não pode abrir antes!", Yule alteava a voz, se distanciando de onde eu estava. Fiquei ali alguns minutos, pensando que ela estava subindo para casa e logo retornaria com um presente. Na realidade, minha sobrinha mais velha nunca chegou a sair da praia – até hoje sou acossado pela imagem que, de olhos vendados, só pude imaginar: Yule parada em pé, respirando fundo, buscando tomar coragem, hesitando e querendo desistir, mas afinal impelida pela promessa que havia feito ao tio.

Quando gritou "pode abrir!", eu já ouvia os passos rápidos sobre a areia frouxa. Rute tirou as mãos de meus olhos e, em um breve instante, capturei a cena de Yule correndo em direção à corda e preparando um salto que ela acreditava ser capaz de me trazer felicidade. Ao se aproximar, deu um grito prolongado que era também um começo de risada. Ri junto, a boca incrédula se escancarando como forma de aprovação. Antes de que seus pés deixassem o solo, ela me olhou uma última vez. Em seus olhos, pensei ter encontrado orgulho – orgulho que era seu, mas que ela queria fazer meu também.

Ao saltar, minha sobrinha mais velha estava de olhos fechados. Agarrou o arremedo de catapulta com força, mas os dedos destreinados a traíram: antes do tempo certo, Yule escorregou da corda.

.16.

Existe mesmo um fio vermelho a ligar todas as coisas, todas as pessoas, todos os tempos? Existe mesmo um fio vermelho a mostrar o caminho de volta – a mostrar o verso da trilha? E se a esse fio, fio a fio, se juntam outros fios, ele vira uma malha ou uma corda?

É da condição humana poder enunciar, hoje, que amanhã tardará. Nenhum outro bicho alcançou tal (inútil) nível de sofisticação psíquica. Para o animal, existe apenas o corpo, e o corpo é pura presença, puro presente, resiste a toda inflexão de tempo, essa nossa muito triste ficção de linguagem. Deslocamos os *loci* de discurso – *eu*, *você* e *ele*, *ontem*, *hoje* e *amanhã*, *aqui*, *ali* e *lá* – na vã intenção de driblar aquilo que, em nós, é incontornável e persistente, na vã intenção de mascarar o que, primeiro, essencial, comparece a todo momento, se valendo de cada fresta para mostrar a cara medonha e selvagem.

Na bruxuleante tentativa de nos defendermos disso, inventamos a palavra, precário distintivo humano.

E, mesmo aí, nos descobrimos ineptos e diletantes. Terminamos, assim, por cair em um paradoxo: para fazer frente a uma falta que nós mesmos cavamos, criamos um excesso, nos perdemos, nos cambiamos e nos confundimos em uma tormenta de signos que, a não dizerem nada, podem querer dizer tudo. O eu é um protótipo ou um resquício do você? O ontem forjará o hoje? O amanhã se passou? Quando reconto uma história, ela acontece agora ou então?

A justa medida não se alcança nunca, e o que resta é impareável descompasso. O drama humano é, assim, um drama de dêixis: *eu* e *você*, *ontem* e *hoje*, *aqui* e *ali*, em uma voragem de espelhos sem fim.

.17.

Antes do tempo certo, Yule escorrega da corda.

Assim que se desprendem, como se tivessem vida própria, seus dedos se fecham espasmodicamente em três desesperados movimentos de pinça que, a essa altura, só conseguem se agarrar ao nada. Você, que não se livra da visão de seu rosto, lê nele não humor, que ela, muito nova, ainda não aprendeu a rir de si, nem medo, porque é justo a ele que ela quer dar um fim, mas, pior que tudo isso, vexame: a menina se envergonha de seu erro. Ela não sabe o que está acontecendo, mas agora seu corpo desenha no ar uma parábola imperfeita. Antecipa que há algo errado, então crispa sua testa, contraindo seus olhos e seus lábios em um pedido de desculpas que, no fundo, se dirige a você.

Seu corpo se torce de tal forma que, sob aquele novo ângulo, ainda em sinistro voo, ela não tem mais rosto, apenas cabelos e braços, que se batem em uma natação instintiva, buscando reaver equilíbrio. É improvável que você veja o que vê, mas o baque seco que chega e, nas horas mais insuspeitadas, chegará sempre a seu ouvido não deixa que você se engane: com o mau jeito e com a velocidade da queda, seu crânio se choca solidamente contra a borda de pedra à beira do Ourives, do que dá iniludível testemunho a marca vermelha do sangue que se espirra e se imprime no cinza implacável da rocha.

Yule se transforma em um par de braços esticados para fora da água, mas eles também, como toda ela, logo somem imersos, seguidos de um fino rasto encarnado. Rute grita a seu lado, mas você se mantém imóvel, primeiro porque se entrega ao absurdo de crer que, de alguma maneira, trata-se de uma peça que suas sobrinhas estão pregando em você, mas depois, ah!, depois, porque alguma força deliciosamente incontrastável solda você ao chão, força essa que embaralha seus olhos abertos com seus olhos esbugalhados, seus braços rijos com seus braços amolecidos, seu pescoço ferido com seu pescoço imaculado, seu pulmão que insiste em se encher e se esvaziar com seu pulmão que já não encontra oxigênio por mais um segundo, por mais um segundo, por um segundo a mais, indo muito além de onde você jamais foi, afundando até onde você, covarde, jamais desceu, grama, terra úmida, terra molhada, lama, rio, mais fundo rio, recavo álveo, secreto Ourives, um sorvo que não puxa ar, mas água, um sorvo que não puxa ar, mas sangue, um sorvo que não puxa ar, mas nada, porque, pétreo, seu pulmão para, ao ponto último de fazer você, tétrica criatura, observar tudo aquilo com tal teratológico fascínio que, entre suas pernas, quase imperceptível (ninguém mais notaria, ninguém mais saberia, a não ser você), lateje um cavernoso pulso que, de então em diante, Ourives abaixo, já não se embaralha com seu pulso, que, minguado, logo mais já nem existe, perdido no pélago de uma infância a que, impreterível, nunca se soube dar um fim.

.18.

Encontraram o corpo de Yule preso a alguns galhos, um pouco mais para baixo da praia. Disseram que minha sobrinha estava emborcada na água, os cabelos se movendo ao ritmo das correntes do Ourives. Embora tenha prejudicado suas faculdades de reação, a pancada na cabeça não a matou: minha sobrinha morreu afogada. O mais provável, aliás, é que tenha suportado aqueles minutos sem nem mesmo se desacordar. Tudo isso eu soube pelas informações reunidas no inquérito, que concluiu que a morte havia sido acidental e que não, o tio da menina morta não poderia ser responsabilizado, nem mesmo culposamente. Meus pais comemorariam, mas eu sabia, como também sabia minha irmã, que a pessoa a se culpar pela tragédia era ninguém além de mim.

Depois de gritar e tentar me empurrar várias vezes, sem que eu nem mesmo me movesse, Rute correu para casa e chamou a mãe. Nine apareceu aos tropeços na praia e, ainda de roupa, se jogou no Ourives. Nadou desesperadamente por muitos minutos e, quando reapareceu, estava transtornada. Veio até mim, me derrubou ao chão com um soco no peito e me perguntou o porquê de eu não ter feito nada, mas, estirado na areia, eu nem estava ali. Nine urrou até a voz se esfiapar em um choro sem som. Mais tarde, depois daquelas horas terríveis em que aguardamos notícia, enquanto a morte de Yule era menos que uma certeza, mas muito, muito mais que uma probabilidade, antes de os moradores da vila vizinha ligarem para a polícia e reportarem um corpo boiando próximo a um local que vivia infestado de caramujos, fui até minha irmã e agarrei seus dois pulsos com força, a boca se abrindo sem conseguir articular palavra.

Estávamos em casa, na sala. Inês se desvencilhou e foi para longe, para dentro do antigo quarto, mas, em seguida, retornou, segurou meu rosto com as duas mãos, aproximou seu nariz do meu e, sem que ninguém mais a escutasse, me disse baixinho que tudo o que eu fazia, desde o Tio Dico, era atrair a morte para perto de mim. Nunca consegui discernir se essa fala guardava uma vingança, um ato de clemência ou uma despedida, mas de imediato entendi o que minha irmã queria me revelar. Ela sabia, e sabia mais do que eu: sozinho, eu teria sido incapaz de atar aquelas pontas. Tremi como se presenciasse algo grandioso e finalmente chorei. Ela deu as costas para mim e saiu em direção aos fundos do quintal. Não tornaríamos a nos falar.

Mima desapareceu de novo. Apenas algumas horas haviam se passado, mas eu estava cheio de angústia. Perguntei a minha mãe, que saía do quarto de meu pai com uma bandeja de instrumentos, se havia visto a gata. Ela me respondeu que, para ter sumido por tanto tempo, era provável que nem retornasse mais. "Deve ter saído para morrer" foram as exatas palavras dela, palavras que, sem que eu lhes captasse o tom de ironia, me atropelaram como um caminhão. Descobri que, mais até do que os cuidados paliativos com meu pai, foram os meses tratando de Mima que me costuraram de volta aos ilhós de minha história em Ourives. Sem isso, algo se espedaçaria e espalharia no ar, irrecuperável.

Prendi a respiração, mas minha mãe interveio. Me disse que era só uma brincadeira idiota, meu filho. Passou a mão por meus cabelos e me falou que Mima havia retornado e estava no quintal, fingindo caçar os lagartos do jardim. Fui até lá fora e vi que era verdade. Voltei a respirar. Quando me ouviu gritar seu nome, minha gata miou alto e veio saltitando até mim, coisa que nunca fazia. Talvez adivinhasse que, naquelas circunstâncias, nosso reencontro era também um milagre.

Voltei para dentro de casa com ela no colo: pelo macio, reluzente, sem falhas, sem feridas na pele. Senti orgulho. No quarto, papai dormia, ressonando no que nunca sabíamos ser ou não o último sono. Sem nenhum aviso prévio, o sol ainda reinando, começou a chover, uma chuva fina que súbito engrossou, invadindo a casa. Minha mãe correu para fechar as janelas. Depois, com calma, se sentou a meu lado, coçou a cabeça de Mima e me perguntou se eu, que era criança demais na época, me lembrava bem do tempo em que a gente morou na casa da Vovó Márcia.

Eu lhe respondi que sim.

Acreditamos nos livros

Este livro foi composto em Athelas e
impresso pela Gráfica Santa Marta para a
Editora Planeta do Brasil em junho de 2024.